JULY, JULY
de volta ao começo

Tim O'Brien

JULY, JULY
de volta ao começo

TRADUÇÃO
Cristina Laguna Sangiuliano Bôa

2003

EDITORA BEST SELLER

Título original: *July July*
Copyright © 2003 by Tim O'Brien
Licença editorial para a Editora Nova Cultural Ltda.
Todos os direitos reservados.

Coordenação editorial
Janice Flórido

Editores
Eliel S. Cunha
Fernanda Cardoso

Editoras de arte
Ana Suely S. Dobón
Mônica Maldonado

Revisão
Agnaldo Alves
Tereza Gouveia

Editoração eletrônica
Dany Editora Ltda.

EDITORA NOVA CULTURAL LTDA.
Direitos exclusivos da edição em língua portuguesa no Brasil
adquiridos por Editora Nova Cultural Ltda.,
que se reserva a propriedade desta tradução.

EDITORA BEST SELLER
uma divisão da Editora Nova Cultural Ltda.
Rua Paes Leme, 524 – 10º andar
CEP 05424-010 – São Paulo – SP
www.editorabestseller.com.br

2003

Impressão e acabamento:
RR Donnelley América Latina
Fone: (55 11) 4166-3500

Para Meredith

Agradecimentos a Larry Cooper, Janet Silver, Wendy Strothman, Clay Harper, Meredith O'Brien, Les Ramirez, Nader Darehshori, Adrienne Miller, Bill Buford, Tim Waller e à Fundação Roy F. e Joann Cole Mitte.

1

TURMA DE 69

O Baile do Reencontro havia começado apenas uma hora antes, mas muitos dos convidados já estavam ligeiramente embriagados, e a maioria dos outros seguia o mesmo caminho. Àquela altura, fofocas fluíam, confissões se revelavam, velhas chamas se extinguiam ou se reacendiam sob estrelas de papelão, no ginásio de Darton Hall College.

Amy Robinson contava a Jan Huebner, sua ex-colega de quarto, sobre o assassinato de Karen Burns, outra ex-colega de quarto, ocorrido no ano anterior.

— É típico de Karen — disse Amy. — Ser morta daquele jeito. Mais ninguém. Só Karen.

— Certo — Jan replicou. Esperou um momento. — Ponha a língua para funcionar, querida. Quero detalhes.

Amy deu de ombros, de um jeito abatido e desanimado.

— Nada de novo, eu acho. A mesma velha história de Karen, ingênua como uma criança. Confiava no mundo. Foi aniquilada.

— Pobre menina — Jan murmurou.

— Pobre mulher — Amy corrigiu.

Jan fez uma careta e disse:

— Mulher, cadáver, tanto faz. Ainda solteira, se não me engano? Karen?

— Naturalmente.

— E algum sujeito?...
— Naturalmente.
— Meu Deus! — Jan exclamou.
— Sim, sim — Amy confirmou.

Algum tempo antes, naquela mesma noite, as duas haviam aberto uma garrafa de vodca de Darton Hall, que, a essa altura, já estava quase vazia, e ambas experimentavam os efeitos da bebida forte e sentimentos deturpados. Tinham 53 anos de idade. Estavam embriagadas. Eram divorciadas. O tempo e as decepções haviam deixado suas marcas. Amy Robinson ainda conservava a aparência de garota, com seu nariz pequeno e arredondado, e sardas, mas a postura alegre e petulante dos tempos de faculdade dera lugar a um toque de rigidez e abatimento. Jan Huebner nunca fora alegre e petulante. Nunca fora bonita, nem atraente, nem mesmo passável. No momento, os cabelos descoloridos, as sobrancelhas tiradas e o batom cor de ameixa ofereciam apenas os corretivos mais duvidosos.

— O que eu adoro nos homens — Jan dizia —, é a absoluta arrogância. Isso, sim, eu adoro. Concorda comigo?
— Claro — disse Amy.
— Tire isso, e o que resta?
— Resta zero.
— Ah! — Jan riu. — Saúde! — Amy brindou. — Idiotas! — Jan replicou. Ficaram em silêncio, bebericando vodca, observando a turma de 69 se redescobrir na pista de dança encerada do ginásio. Extra-oficialmente, aquele era o trigésimo reencontro — um ano atrasado, por causa de um engano de alguém, uma ironia que fora bastante discutida entre coquetéis naquela noite e alvo de inúmeras piadas, embora ainda não completamente decifrada. Mesmo assim, fazia com que se sentissem especiais. Assim como o fato de que estavam se reunindo em um *campus* deserto, no auge

do verão, mais de um mês depois dos encontros costumeiros do dia de formatura. A escola parecia abandonada, assombrada, com muitas lembranças, muitos fantasmas, o que era bastante apropriado.

— Bem — Jan Huebner falou, afinal. — É uma má notícia, claro... a morte de Karen. Mas temos boas notícias, também. Gal nunca se divorciou.

— Isso é um fato — Amy admitiu.

— Sim, quero dizer, ai!

— Ai é o termo preciso — Amy murmurou.

Jan assentiu.

— Vinte e nove anos, quase trinta, e adivinhe? Aquele cafajeste do meu ex-marido, Richard, o Oleoso, sorri e acena para mim, e então, passeia tranqüilamente porta afora. Ele não caminha, não corre. Ele passeia. Por falar em assassinato... Estou errada?

— Não, você não está errada — Amy respondeu.

— Estamos falando do sexo masculino, não estamos?

— Sim, estamos.

— Bem, essa é a moral da história — Jan prosseguiu. — De um jeito ou de outro, eles acabam nos matando. Tudo sempre acaba em flores e lápides. Sem exceção.

— Sem exceção — Amy concordou e inclinou-se para trás, a fim de observar o grupo de dançarinos de meia-idade. Trinta e um anos, pensou. Um novo mundo. Após alguns instantes, suspirou e despejou mais vodca nos dois copos, dizendo: — O que você acha de transarmos com alguém, esta noite?

— Sim, senhora — Jan respondeu. — Com idiotas.

— Claro!

— Grandes, estúpidos e carecas.

Amy ergueu o copo.

— A Karen Burns.

— Ao divórcio — Jan replicou.
Então, virou-se e acenou para Marv Bertel, em um gesto que dizia "venha dançar conosco", mas Marv sacudiu a cabeça, bateu de leve no peito e reclinou-se pesadamente contra o balcão do bar.

Marv recuperava-se de uma dança com Spook Spinelli, perguntando-se se seu coração suportaria outro golpe. Ele duvidava disso. Duvidava, também, de que deveria arriscar mais uma dose de uísque, exceto pelo fato de a bebida já estar em sua mão, fria como gelo, e de aquietar talvez as batidas aceleradas de seu coração. Em parte, o problema era Spook Spinelli: aquele olhar atrevido, a risada franca como a de uma garotinha. Ao longo de metade de sua vida, passando por dois casamentos mornos, Marv acalentara a fantasia de que algo poderia acontecer entre eles. Lamentável, ele pensou, mas mesmo agora não conseguia livrar-se daquela esperança. Todos aqueles anos, todas aquelas madrugadas jogando paciência, e ele continuava obcecado por Spook Spinelli. Além disso, claro, havia a questão das três pontes de safena, a gordura nas artérias, a abundância flácida em torno da cintura. Mesmo assim, Marv refletiu, aquele era um maldito reencontro, possivelmente o último para ele. Por isso, bebeu o uísque de um só gole e pediu ao *barman* que lhe servisse outro, com gelo, dose dupla.

Do outro lado do ginásio, debaixo de holofotes azuis que piscavam, Spook Spinelli dançava com Billy McMann. Encenavam um flerte exagerado, fazendo caretas, mostrando-se sensuais, um para o outro. Billy, porém, não tirava os olhos de Dorothy Stier, que conversava com Paulette Haslo, perto do palco. Depois de três décadas, Billy ainda odiava Dorothy. Também a amava. O amor e o ódio haviam endurecido dentro dele, um reforçando o outro, como se fossem camadas de tijolos e cimento. Dali a alguns minutos, Billy decidiu, ele beberia outra dose, ou talvez três ou quatro, para então aproximar-se de Dorothy e explicar a ela a dinâmica amor-ódio, em todos os seus detalhes históricos.

Dorothy sabia que Billy a observava. Também sabia que Billy ainda a amava. Disse a si mesma que, mais tarde, haveria tempo de levá-lo para fora e admitir o erro terrível que ela tinha cometido em 1969. Não que houvesse sido um erro, ao menos, não a longo prazo, pois Dorothy tinha um marido adorável e dois filhos incríveis, além de ser sócia de alguns dos clubes de campo mais elegantes da região. Ainda assim, se Billy precisava ouvir uma mentira, ela não via mal algum em oferecer-lhe uma. Quase com certeza, ela o beijaria. Quase com certeza, choraria um pouco. No momento, porém, Dorothy estava ocupada em contar a Paulette Haslo sobre seu câncer de mama, que, graças a Deus, estava em processo de remissão, e sobre o apoio que ela havia recebido de seu adorado marido e de seus dois filhos incríveis.

Era dia 7 de julho de 2000, uma noite úmida de sexta-feira.
A guerra terminara havia pouco, as paixões estavam em alta e o conjunto tocava uma versão lenta de uma velha canção de Buffalo Springfield. Para todos, havia uma sensação de nostalgia, com a fluidez resultante das possibilidades do presente.
— Tão triste, tão bizarro — Amy Robinson dizia —, mas tão previsível, também. A velha maneira de ser de Karen, foi isso o que a matou. Ela nunca deixou de ser Karen.
— Quem a matou? — Jan Huebner perguntou.
Amy sacudiu a cabeça.

— Ninguém sabe ao certo. Algum sujeito por quem ela estava apaixonada, algum tarado, o que combina com tudo o que diz respeito a Karen. Ela nunca teve sorte.

— Nunca, nunca — Jan concordou. — O mais incrível é o fato de que ela poderia ter sido um sucesso, com todos os ingredientes que possuía. Os lindos cabelos ruivos, toneladas deles. Quero dizer, ela era um sucesso.

— Tinha problemas com o excesso de peso, claro — Amy observou.

— É verdade — Jan admitiu.

— Além da idade. Vamos encarar os fatos, ela estava acumulando milhagem, como todos nós. — Amy suspirou.

— Uma grande pena, não? A geração dourada. Sonhos tão grandiosos, poderosos, que nunca morreriam... Mas, de alguma forma, tudo se desfez. É difícil de engolir, mas a biologia não segue nenhuma política. É aquela história do velho corpo, sabia? Simplesmente, continua seguindo seu caminho tolo, perigoso, tedioso.

— É mesmo verdade — disse Jan, piscando repetidas vezes, enquanto olhava as próprias mãos. — O que aconteceu conosco?

— Agora, você me pegou — Amy respondeu.

— Talvez tenha sido culpa dos Monkees.

— O que disse?

— Ora, está claro como o dia — Jan continuou. — Uma geração inteira é fã entusiástica dos Monkees. Como poderíamos esperar que as coisas dessem certo? *"I'm a believer, I couldn't leave her"*, isso é que é começar com o pé esquerdo! Fomos tão ingênuos que sinto vontade de chorar. *"Last train to Clarksville, babe"*, e estamos todos a bordo.

Amy concordou.

— Tem razão — disse.

— É claro que tenho razão — Jan insistiu.

— Posso fazer uma pergunta?
— Pode.
— Onde está nossa vodca?

Conversas semelhantes ocorriam por todo o salão mal iluminado. Morte, casamento, filhos, divórcio, traição, perda, dor, doença: esses eram alguns dos assuntos que geravam o burburinho baixo e suave por trás do som da música. Sentados em torno de uma mesa perto do bar, três colegas de classe discutiam a recente boa-sorte de Amy Robinson, comentando que, depois de tantos anos de muito azar, ela finalmente encontrara um sujeito decente, professor de matemática, e que, durante a lua-de-mel, os dois haviam ganhado uma fortuna em corridas de cavalo, ou bingo, ou na loteria estadual, qualquer coisa assim, ninguém sabia ao certo. Fosse o que fosse, Amy estava muito bem de vida, agora, com uma gorda conta bancária, um Mercedes novo em folha e uma piscina do tamanho do Estado de Arkansas. O casamento, porém, havia fracassado.

— Não durou nem duas semanas — alguém comentou.
— Por falar em ironia... — outro colega acrescentou. — Pobre Amy. Finalmente tem sorte, encontra um sujeito e, então, é o sujeito que dá azar. De volta à estaca zero. Até mesmo a sorte dela é duvidosa.

Trinta e um anos antes, na brutal primavera de 1969, Amy Robinson e muitos outros tinham superado a si mesmos, estimulados pela época. Havia o bem e o mal. Havia calor moral. Este, porém, era o ano 2000, um novo milênio, congenialidade em público, esperanças esquecidas, sujeitos estúpidos tornando-se milionários, e as fofocas eram sobre a depressão de Ellie Abbott, o câncer de mama de Dorothy Stier, o duplo casamento bem-sucedido de Spook Spinelli e o fato de que ela parecia estar caminhando para o terceiro, naquela noite, com Marv Bertel ou Billy McMann.

— A parte mais terrível — Jan Huebner dizia — é que Karen era, obviamente, a melhor de nós. Tinha um coração imenso. Cheio de ilusões, é verdade, mas aquela garota nunca perdeu a esperança.

— E foi justamente isso o que a matou — Amy argumentou.

— O quê?

— Esperança. É letal.

Jan refletiu por um momento. Pensou no ex-marido, como ele havia acenado e atravessado porta afora.

— Talvez nós devêssemos, simplesmente, parar de ter esperanças — disse. — Talvez seja esse o melhor truque. Nunca ter esperança.

— Você acha? — Amy indagou.

— Sim, acho — Jan confirmou.

Após pensar um pouco, Amy Robinson deu de ombros e disse:

— Ora, só nos resta ter esperança de que não seja assim.

E as duas caíram na risada e se dirigiram ao bar, a fim de perguntar sobre o coração de Marv Bertel.

Agora, a música era o ritmo pesado dos Stones, traduzido por clarinetes para os tempos atuais.

Engenheiros tropeçavam. Ações caíam na Bolsa.

Karen Burns fora assassinada.

— É difícil acreditar — os colegas de classe diziam, sobre uma coisa, sobre outra, sobre o próprio ato de acreditar.

E, enquanto as pessoas conversavam, sacudindo a cabeça, desacreditando, dois projetores de *slides* lançavam fotos antigas e indistintas em uma das paredes do ginásio: Amy Robinson como uma agitadora de multidões de 20 anos de idade, alegre e sardenta; Jan Huebner, vestida de palhaço; Karen Burns flertando um recém-contratado professor de sociologia; David Todd parecendo tímido e em boa forma, vestindo seu uniforme azul e dourado do time de beisebol; Spook Spinelli posando com os seios nus para o livro do ano de Darton Hall; Dorothy Stier envergando um vestido de baile cor-de-rosa, pouco à vontade, fitando a câmera com irritação; Billy McMann segurando a mão de Dorothy; Marla Dempsey perseguindo Paulette Haslo com um extintor de incêndio; Ellie Abbott, Marv Bertel e Harmon Osterberg jogando futebol com um melão em lugar da bola, no apinhado refeitório, no horário de almoço. Segundo o catálogo do reencontro, 62% da turma havia se estabelecido na região de Twin Cities — Amy Robinson e Jan Huebner moravam a sete quarteirões de distância uma da outra, no subúrbio de Eden Prairie. Quarenta e nove por cento haviam visitado, ao menos uma vez, o fórum para se divorciar. Um total de 67% eram casados. E 58% descreviam a si mesmos como "sem sorte no amor". Quase 80% haviam escolhido "romance e/ou realização espiritual" como o princípio governante na vida. Naquela noite, no ginásio, sob estrelas de papelão, havia seis advogados, doze professores, cinco médicos, um químico, três contadores, dezenove empresários, catorze mães em período integral, um diretor de empresa, um ator, um pastor, um missionário luterano, uma bibliotecária aposentada, um vice-governador. Billy McMann era proprietário de uma cadeia de lojas de ferragens em Winnipeg. Amy Robinson era advogada criminalista. David Todd, que havia perdido uma perna em 1969, e que, agora, estava divorciado de Marla Dempsey, administrava uma bem-sucedida fábrica de móveis sob encomenda. Paulette Haslo era pastora presbiteriana, embora atualmente sem igreja, o que era outro assunto predominante nas conversas.

— É difícil acreditar, não? — disse a ex-estrela do time de basquete de Danton Hall, hoje mãe de três filhos.

— A pequena Miss Religião, nossa Paulette, foi pega entrando... deixe pra lá. Um escândalo. Deus a despediu.

— Puxa, que horrível — disse uma ex-companheira de time, agora contadora na Honeywell. — Talvez nós devêssemos... bem... ir até lá e dizer alguma coisa.

— Sobre o quê?

— Não sei o quê. Tentar ajudar.

A antiga marcadora de pontos, hoje mãe de três filhos, sacudiu a cabeça e disse:

— De jeito nenhum! Também mereço me divertir.

E, com isso, dirigiu-se rapidamente ao bar.

Cem por cento deles, declarava o catálogo, haviam aparecido para o reencontro "prontos para a festa".

Era uma noite abafada, opressivamente quente. Em uma porta aberta, nos fundos do ginásio, Ellie Abbott abanava-se com uma estrela de papelão caída, partilhando um cigarro com David Todd e Marla Dempsey. Os três se mostravam mais que cordiais, e até riam, às vezes, mas ali também, como acontecia com Amy Robinson e Jan Huebner, esperança era um problema. Marla esperava que David parasse de olhar para ela. Ellie esperava que Marla parasse de falar sobre Harmon Osterberg, que havia se afogado no verão anterior, nas águas do nordeste de Minnesota. David Todd esperava que Marla se arrependesse de tê-lo deixado por um corretor de ações falastrão, com uma carteira apenas um pouco mais recheada que sua cabeça.

— Ele era dentista — Marla disse. Olhou para Ellie, depois para David e, finalmente, para os próprios braços cruzados. — Refiro-me a Harmon. E era um bom dentista. Muito delicado. Ao menos, é o que as pessoas dizem. — Parou e desviou o olhar. — Talvez vocês já soubessem disso.

— Eu sabia — disse Ellie.

Marla suspirou.

— Meu Deus, chega a me fazer mal! Um sujeito tão querido, sempre tão alegre, e, agora, é apenas... sem ofensa... é apenas um dentista morto. Aliás, se Harmon estivesse aqui esta noite, aposto que estaria contando piadas sobre dentistas.

— E piadas sobre afogamentos — disse David.

Ellie ficou calada. Não dissera nada por onze meses e meio.

Fez um movimento vago com o punho, deu uma última tragada no cigarro de David, pediu licença e voltou para dentro do ginásio, onde se sentou sozinha na arquibancada por algum tempo, esperou que os mergulhões e as gaivotas saíssem de sua cabeça, esperou que Harmon terminasse de se afogar e, então, saiu à procura do marido.

Na porta aberta do ginásio, David Todd e Marla Dempsey observaram Ellie afastar-se e desaparecer em meio à pequena multidão de dançarinos.

— Adivinhe o que estou pensando — David disse.

— Ellie e Harmon — Marla declarou. — Eles chegaram perto, um milhão de vezes. Talvez, finalmente...

— Como nós?

— Não. Não como nós.

Entre os dois fez-se um silêncio, que eles reconheceram dos anos de casamento: falta de energia. Sempre haviam desejado coisas diferentes. Não era culpa de ninguém. Mesmo enquanto estavam juntos, Marla deixara claro que não podia comprometer-se completamente, que aquele casamento era uma experiência, que a ausência da perna de David, às vezes, provocava-lhe arrepios. Ela detestava tocar o coto enrugado, detestava olhar para ele. E, também, havia a suspeita assustadora de que aquele homem era capaz de ler seus pensamentos, às vezes, como uma cartomante, como se algum espião ou detetive particular houvesse revelado a ele todos os segredos dela, ao longo dos anos.

Mesmo agora, quando David sorria para ela, Marla perguntava-se o que aquele sorriso escondia. Ele era um bom homem, sem dúvida, mas até mesmo a bondade dele a assustava.

— Vá em frente — David dizia. — Estou pronto.

— Do que está falando?

— Pergunte onde estou hospedado.

Marla franziu a sobrancelha.

— Muito bem, vou morder a isca. Onde você está hospedado?

— No *campus*. Flarety Hall. Podemos chegar lá em sessenta segundos.

— Correndo?

— Coxeando — ele disse, batendo com uma das mãos na prótese. — Em nosso próprio ritmo, devagar, será como...

— Pare.

— Certo. Desculpe. Já parei.

Marla estudou-o com olhar neutro e franco.

— Bem, olhe só para mim. Três quilos e meio a mais. Não faço idéia de onde vieram.

— Você está linda — David elogiou.

— Doce, doce mentira.

— O prazer foi meu. — David retirou o cigarro dos lábios dela e atirou-o no chão. — Não faça isso a si mesma. O fumo torna a mulher estéril.

Marla fitou-o com ar surpreso.

— Eu não havia percebido que você parou de fumar.

— Não parei, mas eu sou eu, meu amor. Você é você.
— Meu amor?
— Desculpe outra vez. Divorciados, certo?
— Acenda outro cigarro para mim, David.
— Não posso fazer isso. E quanto a todos aqueles bebês que deixarão de nascer?
— É uma pena — Marla replicou —, mas eles terão de conviver com isso. Vamos, dê-me um cigarro.

David retirou um cigarro do maço, colocou-o entre os lábios de Marla, riscou um palito de fósforo e observou-a inclinar-se sobre a chama. Mulher adorável, pensou. Olhos de aço. Cabelos platinados, curtos. Magra. Quadris estreitos. Nenhum sinal de três quilos e meio a mais. Haviam continuado amigos ao longo dos anos, partilhando almoços, partilhando a cama às vezes, e David achava impossível acreditar que não acabariam morando juntos, envelhecendo juntos e, finalmente, ocupando o mesmo túmulo. Qualquer outra coisa parecia loucura. Pior que loucura. Pura maldade.

Marla soprou a fumaça na noite de julho.
— Muito melhor — disse.
— Não para nossos bebês.
— David, por favor, esqueça essa história de bebês. Minha taxa de estrogênio é baixa. O tanque está vazio. Estou velha.
— Você não está velha.
— Ah, estou, sim. Sempre fui. — Marla desviou o olhar, voltou a fitá-lo, colocou-se na ponta dos pés e beijou-o na face. — É essa bobagem de reencontro, David, que torna as pessoas sentimentais.
— Sentimental, eu sou — David declarou.
— Com certeza. Você é mesmo sentimental.
— Preciso lhe perguntar uma coisa.

— É uma pergunta sentimental?
— É.
— Não — ela disse. — Não pergunte.
Marla cruzou os braços e recuou um passo.

Gostava de David e desejava que as coisas entre eles pudessem ser diferentes, mas o que ele queria dela nunca fora uma possibilidade. Amor comum — o que a maioria das pessoas considerava amor — significava pouco para ela. Tudo o que ela sempre desejara fora estar sozinha.

— Vamos dançar — disse. — Não sou boa nessas coisas.
— Que coisas?
— Conversar.
— Justo, mas se você não quer conversar, não vou dançar.
— Por causa da perna?
— Não pela perna — ele respondeu. — Eu apenas esperava que... Esqueça.
— Importa-se de observar?
— É claro que não.

David seguiu Marla dentro do ginásio e ficou parado, observando, enquanto ela dançava com Dorothy Stier e Spook Spinelli. Era verdade, ele pensou, que ela estava envelhecendo. O branco de seus olhos havia amarelado, e sua pele apresentava uma textura ressecada e flácida, que o apanhou de surpresa. Marla aparentava a idade que tinha, 53 anos. Mesmo assim... Incríveis 53 anos. Na verdade, David concluiu, eram 53 anos sublimes, magníficos, de tirar o fôlego, de fazer parar o trânsito. Apesar de todos aqueles anos, o brilho essencial de Marla ainda estava lá, um campo magnético, fosse lá o que fosse que fazia de Marla a mulher que era, e fazia sua própria vida valer a dor de vivê-la.

Após alguns minutos, Marv Bertel apareceu e levou Spook para um canto e, um momento depois, Dorothy Stier afastou-se para fazer as pazes com Billy McMann, e Marla continuou dançando sozinha.

Bem, David pensou.

A garota dos sonhos.

Virou-se.

A noite fora dura para ele, porque desejava Marla com tremenda intensidade e porque ela havia vivido dentro dele por tantos anos, ao longo de toda uma guerra, depois por um casamento de nove anos, e depois durante as décadas que se passaram. David deu-se conta de que Marla merecia um grande crédito: ela nunca havia fingido paixão, nunca prometera qualquer coisa. David acreditava quando ela dizia que gostava dele. Por outro lado, ele passara a desprezar a palavra "gostar". Não gostava dessa palavra. Nem gostava da terrível verdade de que Marla apenas gostava dele.

Depois de duas doses, David saiu do ginásio. Atravessou o *campus* até Flarety Hall, pegou o elevador para seu quarto, tirou a calça e a prótese, tomou um Demerol, meio ácido, deitou-se no chão de ladrilhos e deixou que os narcóticos o levassem para um rio raso, de águas rápidas, chamado Song Tra Ky.

Ellie Abbott saiu não muito depois, junto do marido, com o som de aves aquáticas ecoando em sua cabeça. Harmon jamais terminaria de se afogar nela. Ellie atrevera-se a ter dois casos em sua vida, e o segundo fora muito, muito mal, e há quase um ano, agora, Harmon Osterberg vinha se afogando em seus sonhos. Era algo de que ela nunca poderia falar. Nem com Mark, nem com mais ninguém. O romance acontecera por acidente, um simples flerte, nada sério, mas as conseqüências haviam sido suficientes para fazê-la acreditar em Satanás. Pelo resto da vida, Ellie viveria com o terror de ouvir o telefone tocar ou de escutar uma batida na porta no meio da noite. O segredo estava pressionando seu futuro.

No táxi, quando retornavam para o hotel, seu marido perguntou:
— Foi divertido?
— Divertido? — ela indagou.
— O reencontro. Velhos amigos. O que mais?

Fez-se um vácuo, como se entre eles um buraco fosse aberto e, por alguns segundos, Ellie perguntou-se se encontraria coragem para preenchê-lo com a verdade.

Ao contrário, disse:
— Ah, sim, divertido.

Quase todos os demais convidados continuaram festejando muito depois da meia-noite. Realizaram-se sorteios e, mais tarde, um concurso de dança sob a corda e, mais tarde ainda, um show de talentos que provocou muitas gargalhadas. Marv Bertel estava entre os que ficaram. Mesmo com problemas no coração, dançou várias vezes com Spook Spinelli, que já era casada, duplamente, e que dividia seu tempo entre dois maridos dedicados e um amante ocasional. Por volta de uma hora da madrugada, a cabeça de Spook estava no ombro de Marv.

— Sou um gordo estúpido — ele disse —, mas daria um excelente terceiro marido. Esconda-me debaixo de sua cama, ou melhor, camas, no plural.
— Belo sonho, não? — Spook disse.
— Diga apenas talvez.
— Talvez — ela disse.

Dorothy Stier ficou até tarde, também. Permaneceu do lado de fora do ginásio, com Billy McMann, tentando explicar seu erro, ou o que Billy chamava de erro. Culpou a religião, a política e as imensas diferenças entre eles, em 1969.

— Eu era católica — lembrou. — Era eleitora de Nixon. O que mais eu poderia ter feito?
— Existem igrejas em Winnipeg — Billy disse. — As pessoas organizam chás, lá.
— Ao menos, dance comigo.
— Não, obrigado — ele retrucou.
— Por favor.
— Não posso. Não quero. Sinto muito. — Billy não olhava para ela. — E onde está Ron, esta noite?
— Pare com isso.
— Deixe-me adivinhar. Em casa com as crianças?
— Correto.
— Claro que é correto. Em casa. Com as crianças. Correto é a palavra.

Dentro do ginásio, Marla Dempsey ainda dançava sozinha, mergulhada em si mesma.
A sessenta segundos dali, David Todd jazia com os dois pés feridos por balas, atordoado, drogado, ouvindo o som da eternidade por entre o mato alto e ensangüentado, à margem do rio raso a oeste de Chu Lai.
Harmon Osterberg havia se afogado.
Karen Burns fora assassinada.
Em um quarto de hotel, no centro da cidade, Ellie Abbott estava deitada debaixo das cobertas, ao lado do marido, Mark. A certa altura, Ellie começou a estender o braço para ele. Quase disse algo.

Logo depois de 1h30 da madrugada, o conjunto parou de tocar. As luzes se acenderam, as pessoas começaram a se dirigir à porta, mas, então, alguém encontrou um rádio e ligou-o no volume máximo, e a festa continuou.
Nos fundos do ginásio, seis ex-jogadores de futebol corriam, fazendo suas jogadas.

Os dois projetores de *slide* fixavam a história na parede. O senador americano Robert F. Kennedy sangrava por causa de um tiro em sua cabeça. Ellie Abbott nadava junto de Harmon Osterberg na piscina de Darton Hall, e Amy Robinson empunhava uma vela por Martin Luther King, e um helicóptero erguia-se de um enevoado campo de arroz a oeste de Chu Lai, e David Todd curvava-se para rebater uma bola baixa, e Spook Spinelli exibia seu sorriso jovem e sensual, e Billy McMann jogava um cartão de alistamento militar em chamas, da sacada do terceiro andar do diretório estudantil, e a polícia de Chicago golpeava na cabeça um jovem de costeletas, e Paulette Haslo liderava uma prece pela paz, e a *Apolo II* era lançada para a Lua, e o presidente dos Estados Unidos contava mentiras heróicas em plena luz do dia. Na pista de dança, o vice-governador de Minnesota e sua ex-noiva, agora uma missionária luterana, oscilavam lentamente ao som da música rápida. Um químico explorava os amplos quadris de uma bibliotecária aposentada. Um médico proeminente e uma das mães em período integral, estrela do basquete, seguiram na direção do vestiário feminino. Extra-oficialmente, aquele era um trigésimo reencontro — oficialmente o 31☉ — e para muitos membros da turma de 69, talvez para todos eles, o mundo se reduzira a agora ou nunca.

Billy McMann e Dorothy Stier não haviam ido a lugar nenhum. Estavam perto do bar, distribuindo culpas.

Paulette Haslo estava de quatro, bêbada, espiando as estrelas de papelão.

— Tudo o que eu sempre quis — ela dizia a ninguém — era ser uma boa pastora. Só isso. Nada mais.

O químico beijava o pescoço enrugado de sua bibliotecária aposentada.

O vice-governador de Minnesota havia desaparecido. Assim como sua ex-noiva, agora missionária luterana.

Spook Spinelli estava sentada no colo de Marv Bertel. Marv estava certo de que sua vez havia chegado. Spook não estava certa de nada, menos ainda de seu próprio coração. Após alguns instantes, ela pediu licença, levantou-se e foi telefonar para seus dois maridos e para o amante ocasional, chamado Baldy Devlin.

Numa mesa dos fundos, bebendo o que restava da vodca, Amy Robinson confidenciava a Jan Huebner como fora sua desastrosa lua-de-mel, explicando como pacotes de notas de cem dólares foram parar em sua bolsa. A boa sorte, Amy disse, sempre vinha em doses, e ela temia haver esgotado até a última gota da sua, durante a lua-de-mel.

— Sei que parece superstição — disse —, mas fico me perguntando se ainda me resta um pouco de sorte... para o mundo real.

— Divórcio é uma droga — Jan declarou.

— Ponha droga nisso — Amy concordou.

Jan olhou em volta.

— Talvez encontremos um pote de ouro. Dê uma olhada neste lugar. Não restou ninguém, exceto um bando de velhos bêbados, como nós. *"People who need people"*.[1]

— Detesto essa música! — disse Amy.

— O universo detesta essa música — Jan argumentou. — Com exceção de meu ex-marido.

— Ele que se dane — Amy praguejou.

— Todos os homens — Jan acrescentou.

— Saúde!

— Saúde!

---

[1] "Gente que precisa de gente", da canção *People*, gravada por Barbra Streisand.

Amy terminou sua bebida, fechou os olhos, piscou e sorriu.

— Louco, não?

— O que é louco?

— Ah, não sei, ficar velha. Você e eu, toda a nossa geração sonhadora. Costumávamos ser assim, conversávamos sobre os acordos da Convenção de Genebra, a resolução do golfo de Tonkin. Agora, nós nos limitamos a lipoaspiração e ex-maridos. Não se pode confiar em ninguém com mais de 60 anos. — Amy disse, balançando a cabeça. Por alguns segundos, bateu o copo vazio na mesa. — E você sabe qual é a pior parte? Aqui está a pior parte de todas. Nossos velhos pais, os seus, os meus, os de todo mundo, não sabiam nada de nada. Não seriam capazes de soletrar Hanói, mesmo que lhes mostrássemos as vogais. Mas uma coisa eles sabiam, sabiam muito bem onde nós acabaríamos. Sabiam aonde todas as estradas levavam.

— E para onde elas levam? — Jan perguntou.

— Para cá.

— Como?

— Aqui, exatamente onde estamos.

Jan suspirou.

— É verdade — murmurou. — Mas olhe por esse ângulo. As coisas poderiam ser piores. Não somos Karen Burns.

2

JULHO DE 69

Era fim de tarde do dia 16 de julho de 1969. Dentro de quatro dias, Neil Armstrong pisaria na Lua. Naquele momento, porém, num mundo inteiro distante dali, nas montanhas a oeste de Chu Lai, o segundo-tenente David Todd jazia na grama, à margem de um rio raso, de correnteza rápida, chamado Song Tra Ky, gravemente ferido, pensando "Meu Deus", ouvindo as pessoas morrer ao seu redor. Hector Ortiz fora atingido por um tiro no rosto. O rapaz estava morto, ou parecia estar, mas seu rádio ainda transmitia, em meio ao chiado de ondas estáticas, o noticiário vespertino de Da Nang. A *Apolo II* fora lançada naquela manhã. Havia orações, em Sioux City, relatórios contínuos em Times Square e, em toda a república, em pequenas e grandes cidades, sob o céu claro de verão, multidões se reuniam diante de lojas de eletrodomésticos, para assistir às notícias enviadas pelo Centro de Controle da Missão. Vince Mustin chorava. Havia recebido uma bala no estômago. Mais adiante, do outro lado do rio, o sargento Bus Dexter gritou alguma coisa e rastejou na direção de um agrupamento de rochas. Quase conseguiu. David viu o homem alto e robusto colocar-se de pé e começar a correr, dando três ou quatro passos desajeitados. Então, algo explodiu ao lado dele, ergueu-o no ar e sacudiu-o para os lados, atirando-o, morto, na margem do rio. Buddy Bond e Kaz Maples haviam morrido na primeira rajada de balas. Happy James fora atingido no pescoço. Doc Paladino desaparecera completamente. Minutos antes, durante o descanso do pelotão, Doc estivera ajoelhado na grama, poucos metros atrás de David, ouvindo o rádio de Ortiz, sorrindo e sacudindo a cabeça — "Maldita Lua", ele dissera — e, então, um som ensurdecedor explodira no ar, seguido por um grande clarão, e Doc Paladino fora sugado inteiramente para dentro da grama queimada.

Outros ainda estavam morrendo. David podia ouvi-los emitir vozes animais ao longo da margem do rio e em meio aos arbustos atrás dele. Ele não tinha idéia do que fazer. Fora atingido por balas nos dois pés. Girou o corpo, deitando-se de lado, virado na direção do rio, e cobriu a cabeça. Aquele era o seu décimo nono dia no Vietnã. Sentia-se em parte aterrorizado, em parte chocado. Não lhe parecera possível que pudesse ser atingido, ou atingido tão rapidamente, ou atingido nos dois pés. O barulho o apanhara de surpresa, também, assim como Doc Paladino fora sugado para a morte, assim como o fato de seus pés doerem e de o pequeno rádio de Ortiz continuar funcionando, enquanto as pessoas morriam. A aterrissagem da *Apolo II* estava prevista para as 20h27, horário de Greenwich, de 20 de julho, em um ponto do universo, chamado "Mar da Tranqüilidade".

David sentia medo demais para se mover.

Ocorreu-lhe que era um oficial e deveria fazer alguma coisa, exceto pelo fato de não haver nada a fazer, nada contra o que atirar, apenas a grama seca e áspera ao seu redor.

A dez ou quinze metros de distância, o rádio de Ortiz apresentou uma transmissão da *Apolo II*.

Alguém perto do rio estava rindo.

Ouviam-se vozes vietnamitas, sons rápidos e inarticulados.

Durante alguns segundos, o tiroteio pareceu cessar, como acontece com a chuva, mas, então, recomeçou, mais alto e muito mais próximo, e David disse a si mesmo que tinha de se movimentar. Tomou fôlego, arrastou-se adiante por alguns metros, parou, apurou os ouvidos e voltou a se arrastar. Parecia-lhe absurdo ter sido atingido como fora. A dor era terrível, mas nem sequer se aproximava intensidade do medo que sentia. Por isso, fechou os olhos com força, conversando silenciosamente consigo mesmo e continuou rastejando, até alcançar duas árvores novas, que se erguiam no centro da clareira. Era estranho o fato de que, mesmo com todo aquele tiroteio, ele ainda pudesse ouvir o rádio de Ortiz. Vince Mustin já não soluçava e, à margem do rio, onde a maior parte do pelotão fora emboscada, os tiros americanos haviam cessado. Vietnamitas festejavam, riam. De tempos em tempos, um único tiro ecoava. Estavam terminando o que tinham começado, David pensou. E, pela primeira vez, tornou-se evidente que, quase com certeza, ele morreria ali, e morreria sozinho, sem amigos, sem Marla Dempsey, atingido nos dois pés.

O pânico forçou-o a voltar a se movimentar. Ele se arrastou pela grama, de bruços na maior parte do tempo, e depois do que pareceu um período inacreditavelmente longo, alcançou uma grande touceira de juncos, à beira do Song Tra Ky. O resto do pelotão tinha de estar em algum lugar, rio abaixo. Uma hora antes, ele dera permissão a metade de seus homens para um banho no rio; uma hora antes, o universo ainda era um universo.

David esgueirou-se por entre os juncos, em meio à água barrenta, abraçou o próprio corpo, formando uma imagem fugaz de seu próprio cadáver. Também pensou em Marla

Dempsey. Não havia dúvida de que ela compareceria a seu funeral. Ela cobriria seu caixão com uma bandeira, piscaria com dificuldade e se sentiria culpada. Faria o possível para chorar.

Tais imagens fizeram David querer viver.

A cinqüenta metros de distância, quase inaudível agora, o rádio de Ortiz continuava a transmitir discursos sobre o destino da humanidade, como a *Apolo II* havia unido o mundo. Nada daquilo parecia real: nem o noticiário, nem a Lua.

— Vamos lá, parceiro, agüente firme — disse uma voz macia e sulista, um sotaque do Texas.

Loucura, David pensou. A voz parecia vir do rádio de Ortiz. Encolheu-se ainda mais, entre os juncos, tentando raciocinar com clareza, mas tudo o que conseguiu foi rezar para não sangrar até a morte, pelos ferimentos nos pés, para não ser aniquilado como os outros.

A certa altura, ouviu vozes vietnamitas muito perto. Sentiu um odor ácido e adocicado, talvez tônico capilar. Imaginou o cano de uma arma contra sua têmpora.

— Ei, não! — disse, e então sentiu-se deslizar para a inconsciência.

Mais tarde, ouviu a própria voz balbuciando algo sobre beisebol.

Mais tarde ainda, viu seus pés serem comidos por formigas, uma colônia inteira.

As formigas o acordaram pouco antes do anoitecer. David permaneceu imóvel por alguns segundos, até a dor nos pés atingi-lo com força total. Ele se sentou, livrou-se das formigas, retirou um cantil do cinto e bebeu todo o conteúdo, esfregou os olhos e fixou-os no céu púrpura. Ouviu alguns sons de insetos, sapos, nada mais. A tentação era dormir outra vez, flutuar para longe, e ele se surpreendeu, quase se assustou, ao ouvir uma voz texana dizer com cortesia:

— Vamos embora, meu rapaz. Mexa-se. O tempo está passando, as formigas estão famintas.

David esquadrinhou o anoitecer tropical.

— Estou falando sério, Davy. Mexa-se.

A noite caíra por completo, quando David rastejou de volta à clareira. O lugar já adquirira a sensação de mera lembrança. David seguiu o som do rádio de Ortiz, que agora enchia a noite com "Sly and the Family Stone". O corpo de Ortiz jazia bem próximo. Mais perto do rio, em um semicírculo irregular, estavam os corpos de Kaz Maples, Buddy Bond e Vince Mustin, além de um jovem cabo, cujo nome David não conseguiu se lembrar. Todos mortos, pálidos e plásticos, como se nunca houvessem vivido, mas, para ter certeza, David tomou o pulso de cada um deles. Depois, sentou-se e ouviu. Tinha 24 anos. Era jogador de beisebol, não soldado. Parte dele queria chorar, ou enlouquecer, mas ele estava apavorado demais, confuso demais, até mesmo para fazer loucuras, e o "Sly" o estava assombrando.

Desligou o rádio e guardou-o no bolso.

Duas idéias se formaram em sua mente, de uma só vez. Sabia que morreria ali. Sabia que a culpa era quase toda sua.

A noite foi confusa. Às vezes, David rezava, às vezes, rendia-se à dor nos pés. Periodicamente, quando achava que conseguiria tolerar, apertava os cordões das botas, na esperança de, com isso, fazer cessar a hemorragia. Seus pensamentos vinham a ele como fogos de artifício: uma rápida lembrança da infância, então a escuridão, depois outra lembrança difusa, clareando na forma de um rosto parcialmente esquecido da faculdade. Viu Marla Dempsey dançando no ginásio de Darton Hall. Viu a mãe estendendo roupas no quintal, o pai plantando mudas de lilases, o irmão, Mickey, atirando uma bola de beisebol na garagem.

Como se levasse um tiro, David notou.

Nada daquilo tinha o menor sentido.

Tarde da noite, ele ligou o rádio de Ortiz. Manteve o volume baixo, o aparelho colado ao ouvido, e ouviu a voz cansada de um sargento em Da Nang, falando sobre o lançamento da *Apolo*.

— Nada de buracos, nem lombadas na estrada — disse ele —, e fizemos uma excelente viagem à Lua. Portanto, todos vocês aí fora, soldados, drogados, neuróticos da guerra e covardes, podem acreditar. — O homem riu. — A tecnologia funciona, pessoal. À primeira luz da manhã, David fez uma busca sistemática da clareira. Encontrou o que havia restado de Doc Paladino. Era uma manhã quieta, totalmente imóvel, como uma fotografia instantânea da realidade. Nem mesmo a grama se movia. A oeste, David ouvia o borbulhar da água. Além disso, não havia nenhum outro som. Ele abriu a bolsa de primeiros-socorros de Doc Paladino, retirou sete seringas de morfina, injetou uma delas na coxa, tomou um comprimido de penicilina, aplicou três curativos sobre os furos em suas botas, pendurou a bolsa de lona no ombro, pegou a M-16 de Doc e iniciou a longa jornada, rastejando pela margem do Song Tra Ky.

Demorou bem mais de uma hora para percorrer duzentos metros. Por duas vezes, mergulhou em um estado muito parecido a um sono profundo. Outra vez, ficou deitado, observando dois jatos passarem alto no céu, deixando seus rastros paralelos contra o fundo de néon vermelho.

Quando chegou ao rio, a morfina o levara para dentro de um novo mundo. Não era mais uma guerra, e ele não estava ferido, nem sozinho, nem sangrando até a morte pelos ferimentos nos pés.

Quase se deixou levar pela esperança.

Encheu os cantis, tirou um cochilo, juntou-se a Marla na pista de dança, casou-se com ela depois, plantou mudas de lilases no quintal.

O calor do meio-dia arrancou-o daquele mundo. Então, mais ou menos determinado, decidiu seguir rio abaixo. O resto do pelotão tinha de estar escondido em algum lugar, por lá. Ele não podia ser o único sobrevivente — sua sorte nunca fora tão boa, nem tão ruim.

Após uma prece, David deslizou para dentro do rio raso. O frio foi agradável por um momento, mas, então, atingiu os ossos de seus pés, as duas pernas pareceram despertar de súbito e algo agudo e gelado atingiu-o entre os olhos. Por alguns segundos, David só teve consciência de sua própria biologia. O rio não tinha mais de um metro de profundidade, nem deveria ser chamado de rio, mas a forte correnteza o fez girar em torno de si mesmo e arrastou-o de bruços ao longo do leito. David sentiu que perdia a consciência e, finalmente, desmaiou. Um bom tempo depois, descobriu que estava enroscado em um emaranhado de raízes de árvores, junto à margem.

Sentou-se. Ali, a profundidade era de trinta centímetros. Diretamente à sua esquerda, quase tocando seu corpo, o cabo Borden Manning boiava de costas, sem nariz, a correnteza balançando-o de encontro a uma rocha grande e cinzenta. Vários outros boiavam a seu redor, enroscados em raízes e rochas. O sargento Gil Reiss jazia, morto, na margem. Tap Hammerlee, Van Skederian e Alvin Campbell estavam caídos, lado a lado, mais adiante, na mesma margem, como se fizessem parte de uma exposição, seus escalpos retirados, assim como seus pés, os cotos de um roxo avermelhado e brilhante ao sol quente.

Havia borboletas nas margens. Os cadáveres estavam nus e muito inchados. Tinham sido mortos nus, divertindo-se na água, como um bando de escoteiros.

David arrastou-se para fora da água, até a sombra de uma pequena palmeira. A carnificina fora medonha. Retirou uma seringa do bolso, aplicou-a na coxa novamente, secou-se com a própria camisa. Borboletas brancas e amarelas voavam em torno dele. David dançou com Marla Dempsey por algum tempo, rebateu uma bola baixa, chorou pela dor nas pernas, pelo quanto se sentia sozinho e pelo medo que tinha de morrer. Mais tarde, começou a contar os mortos. Vinte e quatro horas antes, quando haviam parado para descansar na clareira, eram dezessete deles, um pelotão desguarnecido. Agora, havia um. Nem era ele mesmo, pois a morfina o transformara em uma criança e ele estava morrendo muito depressa. E a culpa era dele. Não ordenara que vigiassem a retaguarda; permitira que metade do pelotão descesse o rio para um mergulho; não dissera nada, não fizera nada, quando Ortiz ligara seu rádio para ouvir as notícias sobre o lançamento para a Lua. Analisados juntos, ou separadamente, aqueles erros violavam até mesmo a disciplina mínima de campo.

Tão estúpido, ele pensou.

Já não havia o menor sentido em seguir adiante. Deveria estar faminto, mas não estava. Também deveria pensar em um plano, algo inteligente, mas tudo o que conseguiu fazer foi fechar os olhos e se perguntar quando estaria morto.

Não era uma guerra, agora.

Uma guerra deixava de ser uma guerra, David decidiu, quando se é atingido por tiros nos pés.

— Setenta e seis horas e contando, todos os sistemas em funcionamento — disse o cansado radialista de Da Nang. Era a noite de 17 de julho de 1969. O rádio de Ortiz continuava funcionando, mesmo depois de sua passagem pelo rio.

— Dois dias e um amanhecer e, então, estaremos revistando o lugar, à procura de pequenos comunistas verdes. — O homem emitiu um suspiro longo, exausto. — Muito bem, camaradas, vamos terminar de uma vez por todas essa ação policial. Chegou a hora de atacarmos as praias da Tranqüilidade.

Em outra notícia, o astro do beisebol, Rod Carew, havia marcado o sétimo *stole home* de sua carreira. Logo após o amanhecer, dois helicópteros voaram baixo sobre o Song Tra Ky. Talvez fosse a imaginação de David, talvez a morfina, mas, por um instante, ele se viu olhando diretamente para os olhos azuis de um jovem atirador, fascinado, chocado por toda aquela carnificina. David tentou erguer uma das mãos, mas o esforço provocou-lhe tonturas. Tudo se passou em meio a uma névoa de inconsciência, e alguns segundos depois até mesmo a névoa desaparecera. A dor ia e vinha. Às vezes, não era nada. Outras vezes, ela excedia a capacidade física de resistência.

Ao calor do meio-dia, David apanhou outra seringa, aplicou-a na coxa, arrastou-se até o rio, entrou na água e esperou que seus pés se aquietassem. Tentou não olhar para os corpos a seu redor. O cheiro já era o bastante. Ficou deitado de costas, no riacho raso, os ombros apoiados na margem, e durante vinte minutos deixou que a água gelada borbulhasse sobre suas pernas e suas botas inchadas. A morfina ajudava. Ele estava morrendo, sabia disso, mas seus pensamentos voltaram a vagar pelo beisebol e por Marla, e o céu era de um azul forte e límpido. Ligou o rádio de Ortiz, colocou-o na margem e cantarolou as canções mais conhecidas, a voz subindo e descendo nas escalas de sua própria história insignificante.

Havia um lado muito triste naquela história, David observou, que era o fato de sua vida ter sido, na maior parte, não vivida, limitando-se apenas a projetos e perspectivas.
Marla, por exemplo.
Beisebol, também.
Em seu primeiro ano, em Darton Hall, seu talento fora reconhecido por dois grandes times, o Twins e o Phillies, e com algum esforço e dedicação talvez ele tivesse se tornado um astro do esporte. Agarrava bem e rebatia melhor ainda. Por uns poucos minutos, com a clareza proporcionada pela morfina, David Todd repassou mentalmente alguns de seus pontos altos. Encontrava-se na segunda base, lançando para a primeira, e em seguida estava casado com Marla Dempsey, que o adorava, e eles tinham dois filhos e uma bela casa em Minneapolis, e em seus devaneios ele não morreria nos próximos cinqüenta anos.

Em seu segundo ano, em Darton Hall, David havia tentado instruir Marla em alguns detalhes importantes do beisebol: a caminhada intencional; a demora para apanhar a bola; o *hit and run*.[1] Teve pouca sorte. Marla era estudante de Artes. Não dava a menor importância aos esportes.

— É o que sei fazer melhor — ele lhe dissera. — Não entendo por que você se recusa a prestar atenção. — Eu presto atenção.

— O que é um *bunt?*[2]

— Um *bunt?* É como um drible, certo? — Certo... Quase — David replicara desanimado, refletindo que rebater a bola sem girar o corpo estava longe de se parecer com um drible.

---

1 *Hit and run:* Jogada em que o rebatedor tenta atingir a bola enquanto o jogador da base está correndo.
2 *Bunt:* ato de acertar a bola de beisebol suavemente.

Às vezes, Marla ria. Outras vezes, resmungava uma ou duas palavras sobre homens e seus jogos de machões.

— Prestarei atenção — ela disse, uma vez —, se você me explicar como o beisebol poderia alimentar os órfãos na Índia. — O beisebol não faz isso — ele respondeu. — E a arte?

— Não. A arte alimenta outra coisa. Ora, não vamos brigar. Conte-me sobre aqueles lindos e imensos *bunts* que você faz. Então, os dois riam. Mesmo assim, David podia ver o tédio nos olhos dela, enquanto ele falava sobre a função do *bunt*, como uma manobra como aquela podia ser tão bonita e gratificante quanto uma pincelada na tela. Marla ouvia e assentia, mas depois não se lembrava de nada. Isso o assustava. Levava-o a questionar seu futuro juntos, o que o amor significava para ela, quanto tempo demoraria para que ela realizasse seu próprio *hit and run*.

— São três horas da tarde, em ponto — disse o radialista de Da Nang —, e os termômetros aqui no centro de Slope City marcam... minha nossa, não pode estar certo... 36 graus! — Efeitos sonoros: o radialista bebendo ruidosamente um copo de água. — Uma guerra e tanto, quente como o inferno! Por isso, vocês aí fora, tratem de engolir seus comprimidos de sal e continuem a beber muito líquido. Este é o conselho experiente do seu, sinceramente, sargento Johnny Ever. — O homem fez uma pausa e riu. — O que vale em dobro para vocês, garotos, aí nas montanhas, os fracos e feridos, pobres diabos como David Todd.

Então, vieram as notícias. Faltavam 32 horas para a *Apolo II* pousar.

No final da tarde, David tirou a bota esquerda. Um filete de sangue escorria de um buraco na curva do pé e de outro, maior, logo abaixo da linha dos dedos. Ele encheu a meia com gaze que encontrara na bolsa de Doc Paladino, amarrou a bota o mais apertado que pôde, tomou quatro comprimidos de penicilina e desmaiou. Acordou no meio da noite. A dor havia atravessado os dois tornozelos, alcançando os ossos da perna, e durante algum tempo ele ouviu a si mesmo conversando com os pés. Era como se conversasse com um bebê. Fazia barganhas com Deus.

Mais tarde, tentou distinguir as realidades.

Restavam quatro seringas de morfina, que ele esperava conservar para quando a situação piorasse. Disse a si mesmo que deveria esperar vinte minutos. Fixou os olhos no relógio de pulso, contando os segundos, mas após um movimento irritado da mão, deu de ombros e aplicou outra seringa na coxa. Na escuridão, o odor de mofo misturava-se ao dos amigos mortos. David sentiu o cheiro de seus pés apodrecendo.

— Vamos direto ao ponto — disse o radialista de Da Nang. — Falando de beisebol, você teria conseguido. O primeiro ano seria duro, devo ser honesto, mas depois... Não quero deixá-lo deprimido.

— Depois, o quê? — David perguntou.

O radialista emitiu um som compadecido.

— Bem, ora, estamos falando de quatro temporadas no grande circuito. Nada espetacular, admito, mas, que diabos, também não é a segunda divisão. David ficou em silêncio. Girou o botão de sintonia do rádio de Ortiz.

Houve estática, depois risos.

— Boa tentativa, meu camarada. O problema é que ninguém se livra de Johnny Ever, simplesmente girando o botão do dial. Sou... Como posso dizer? Estou em rede. Sou global. Sou o famoso jornalista, Walter Cronkite, só que em caráter planetário.

— Certo — David murmurou.

— Como a chuva, amigo. Exatamente como a chuva. De qualquer maneira, seriam quatro belas temporadas, estava nas cartas. Uma pena, sabia? Pena, pena, pena. — O radialista suspirou. — Não sou seu pai, mas você deveria ter terminado o último ano da faculdade, em vez de abandonar a escola. Quero dizer, meu Deus, você simplesmente se apresentou voluntariamente para este lixo. — Fez uma pausa, para que o lembrete fosse assimilado. — Que diabos! Sei que não adianta chorar sobre o leite derramado. Mais alguma coisa que você precise saber?

— Vá embora.

— Quer ouvir sobre sua vida amorosa?

— Pare.

— Sim, se fosse tão simples. — Por um breve instante, o radialista pareceu ponderar a metafísica de parar. Então, sua voz soou mais animada: — Ora, vamos! Não seja tímido. Faça perguntas. Ao amanhecer, David engoliu dois comprimidos de penicilina, aplicou uma seringa de morfina e esperou pela música interior. Naquele dia, desceria o rio. Deu-se conta de que, provavelmente, seria uma tentativa inútil, mas, mesmo assim, ele precisava fingir que estava se salvando.

Passou a manhã de bruços, às vezes rastejando, às vezes arrastando-se pelas águas rasas do rio. A maior parte do tempo, David cochilava. Ao meio-dia, quando finalmente desistiu de continuar, havia percorrido menos de metade da distância correspondente a um quarteirão. O esforço o deixara febril. Ele perdeu a noção de seu paradeiro espiritual, de sua posição no tempo, de seu lugar no sonho generalizado das coisas. Durante o calor forte da tarde, David ficou deitado à sombra oferecida por três árvores próximas, ouvindo o rio a poucos metros, à sua esquerda. Então, ao anoitecer, sentou-se e inspecionou seus ferimentos. O pé direito e a parte inferior da perna direita haviam adquirido uma tonalidade que ia de amarelo a preto. A perna esquerda parecia estar em melhores condições: mais dolorida, mas não tão descolorida.

Restavam-lhe mais duas seringas. David sabia que, quando a morfina terminasse, ele deixaria de ser completamente humano. Mesmo agora, já era difícil pensar além dos próximos instantes. Apanhou uma das seringas e colocou-a na grama, ao seu lado.

A fim de se forçar a esperar, ligou o rádio de Ortiz.

Faltavam doze horas e meia para o pouso da *Apolo II*. A música *Bad Moon Rising* havia alcançado o segundo lugar na parada da Billboard. — E para vocês, fãs duros de matar do beisebol — disse o radialista —, esta é a temporada do século. Dave, meu caro, acredita naqueles malditos Mets?[1] Aquele bando de "já eram" e "nunca serão" estão surpreendendo a todos, até mesmo o velho sargento Johnny Ever. E posso lhe garantir que sou um ser de dez mil anos, completamente ligado em todos os acontecimentos do mundo, que nunca se surpreende com nada. Spartacus, eu acho, seria capaz de me surpreender. Esther Williams, talvez. Mas só isso. — O homem tossiu junto ao microfone. — Escute, tenente, qual é o placar aí? Alguns pontos? Linha de fundo?

Efeito dos narcóticos, David pensou. Não respondeu. — Não quero subestimar a situação — disse o radialista —, mas você tem de se lembrar, homem, que esse negócio de morte é apenas mais um jogo deturpado. Todos querem um milagre, como aconteceu com os idiotas dos Mets. Não me custou nada ajudá-los. — Um tom maroto surgiu na voz

---

1 New York Mets, famoso time de beisebol americano fundado em 1961.

dele. — Talvez seja o mesmo com você. Era uma tentação, mas David não disse nada. — Não está interessado? Não acredita no sobrenatural?

David permaneceu em silêncio.

— Bem, acontece que tenho uma promoção especial hoje. Dois milagres pelo preço de um. Peça com educação e lhe darei um brinde.

— Você é Deus?

O radialista riu.

— Não, porra, eu não sou Deus. Use a cabeça, homem. Por acaso, Deus diz "Não, porra"? — Fez-se um momento de silêncio reflexivo. — Sou... Como se diz? Sou como um intermediário. Billy Graham sem açúcar. São Cristóvão sem os recursos. Tudo o que posso fazer é receber o pedido, pedir um helicóptero e esperar que aconteça o melhor.

David fechou os olhos, aplicou a seringa na coxa e tentou não chorar.

— Não que você fosse perder grande coisa — o radialista continuou. — Um futuro lamentável, eu receio. Encare a situação de frente: quem quer um perneta na segunda base? Eu poderia tocar a fita do futuro para você, mas acho que poderia ser muito, muito deprimente. Vinte e dois anos de idade, carreira encerrada, ninguém dá a mínima para ferimentos de guerra. Seus cartões dos chicletes, Davy, não valerão nem um dólar. De qualquer maneira, se isso não for suficiente, muito em breve você começará a ter pesadelos. Dez, vinte anos de sofrimento, e então lá vem a culpa do sobrevivente. Fantasmas em abundância. Todos esses caras mortos, como Bus Dexter e Vince Mustin, vão deixar você maluco, de tanto falarem do que aconteceu aqui. Não foi inteiramente culpa sua, afinal, estamos em uma guerra armada, mas tente dizer isso a eles. Então, uma coisa leva a outra. Já mencionei a bebida? Problemas em casa. Divórcio turbulento. Detesto dizer isso, mas aquela linda gatinha, Marla, não era mesmo para você. Nem para mais ninguém.

Os olhos de David se abriram.

— O que está querendo dizer?

— Seu futuro, tenente. Se quiser um futuro. — O radialista emitiu um som zombeteiro. — Desculpe-me por ser o portador da má notícia, mas você está destinado a viver a história típica de Jezebel. Tão antiga quanto os crocodilos. Marla lhe diz como você é incrível, como é o amor da vida dela e, então, um belo dia, ela vai embora com aquele matreiro corretor de ações, na garupa de sua Harley. Antes de ir, porém, ela se acaba de tanto chorar. Diz que não pode evitar, diz que vai amá-lo para sempre. Grande coisa, certo? Puf, ela se foi, e você passa os seis anos seguintes esperando que a mocinha mude de idéia. Todos os dias, você verifica sua caixa de correspondência. Nada. Nem um cartão de Natal. Diga a verdade. Conseguiria tolerar isso? Sua própria vida desgraçada? — O homem fez uma pausa. Até mesmo seu silêncio continha um toque de zombaria. — Bem, aqui vai minha proposta, amigo. Pense no assunto. Falando hipoteticamente, digamos que eu consiga tirar você dessa fria. Um helicóptero viria buscá-lo, sua perna direita seria amputada no Japão, a esquerda seria reparada. E então? Está preparado para a rotina do sofrimento? Gerenciar um ridículo Triple Z, em East Paducah? Manchas de tabaco nos molares? Câncer de gengiva? Acabar-se por causa de uma ex-esposa complicada? Apocalipse, homem, é uma aposta certeira. Bum, e a Babilônia vem abaixo. Ebola. Peste. Isso é a vida, Davy. Todos morrem. — O que aconteceu a Marla? — David perguntou.

— Ora, então, você está mesmo prestando atenção.

— O quê?

O radialista suspirou, exausto. — Sinto muito, meu amigo, mas não tenho permissão para revelar detalhes. Viver e aprender, é essa a teoria. Digamos apenas que aquela garota nasceu em ponto morto. Sem sobremarcha. Sem marcha nenhuma. — Ela nunca me amou? — Suas palavras, não minhas. Você não ouviu isso de Johnny Ever. Mais tarde, depois da previsão do tempo, o homem disse:

— Mas, Davy, aqui vai a boa notícia. Ao menos, ela gostava de você. Gostar conta. Gostar está perto do topo da lista, junto de meias limpas. Falando sério, se mais pessoas, simplesmente, gostassem umas das outras... bem, você não estaria nessa situação miserável. Quem precisa de paixão? Dê-me a escolha, e ficarei com o mais simples e morno gostar. Nem todos são grandes estrelas.

O radialista emitiu um som de simpatia. Ficou quieto por alguns segundos.

— Dê-me sua opinião — disse. — Se eu salvar o seu dia, mandar um helicóptero, acha que conseguiria viver com tudo isso? Acha?

David ficou deitado, imóvel. — Eu perderia uma perna?

— Sim, cara, como o herói dos faroestes, Hopalong Cassidy.

— E Marla, também? Eu a perderia?

— O Perneta Solitário. Aiôôôô, Silver!

David esperou um pouco e, então, desligou o rádio. No entanto, ainda havia um zunido eletrônico no ar. Estática da selva, algaravia da selva. O radialista bocejou e disse:

— Pense nisso. Sem pressão. De um jeito ou de outro, camarada, ninguém vai culpar você.

Às 4h30 da madrugada, David Todd usou sua última seringa. Quando o dia amanheceu, estava deitado de costas, à margem do Song Tra Ky, nem morto, nem vivo, ouvindo a notícia atrasada da lua.

— Incrível, não? — disse o sargento Johnny Ever. — Todo aquele poder de fogo, toda aquela tecnologia. Puseram aqueles dois idiotas lá em cima, para ficarem pulando de um lado para outro, mas não podem fazer droga nenhuma por nós, almas perdidas, aqui embaixo, no planeta Terra. Patético, não? Ora, eles nem sabem que você e eu existimos. Lá no mundo real, Davy, estão dando pulos de alegria, estourando champanhe produzida na Califórnia. Toda essa maldita guerra está em compasso de espera. — Ele riu. — Uma situação triste. Para David Todd, porém, não era triste. Era triste, mais alguma outra coisa. Seus pés doíam, ele estava sozinho e assustado, era jovem demais para aquilo. Mesmo assim, doze minutos depois, foi invadido por uma onda de alegria, quando a *Eagle* pousou no mar da Tranqüilidade. Foi quase felicidade, quase fascinação. Ele se perguntou se Armstrong, Aldrin e Collins conseguiriam voltar para casa. Um ano e meio antes, Marla concordara em se casar com ele. A linguagem dela, porém, fora escrupulosa.

— Gosto de você — ela dissera —, mas não tenho certeza de que será assim para sempre. Isso parece demais...

— Para sempre? — David indagara. — Vou tentar. Vou tentar. Mas não posso prometer muito.

Desde o dia em que a conhecera, ou talvez até mesmo antes, David sabia que a probabilidade era mínima. Uma em mil, ou ainda pior. No entanto, não havia alternativa, senão desistir.

Agora, ele sorria para o rio, dizendo.

— Tudo bem.

— Tudo bem, o quê? — perguntou Johnny Ever.

— Mande o helicóptero.

— Mesmo sabendo tudo o que lhe contei?

— Afirmativo.

— E está certo de que compreendeu a barganha, Dave? Não estou brincando. Existe, definitivamente, um corretor de ações em seu futuro. — O radialista hesitou e, então, limpou a garganta. Quando voltou a falar, sua voz carregava um misto de compaixão e resignação. — A verdade é que não devo dar conselhos. Prometa que não vai contar isso a ninguém! Acontece que, bem, em seu caso... Ora, tenho de ser honesto e recomendar que pense duas vezes. Evite o prejuízo. Caia fora. Até agora, Davy, você ainda não teve a exata noção do que é sentir dor. Espere até a guerra com Marla começar, com todo aquele sofrimento, todos aqueles sonhos em uma Harley. Está pedindo para ser lançado em um mundo de dor, meu amigo, e morfina não vai resolver nada.

— Entendido — David afirmou.

— E?

— Luz verde. Vou correr o risco.

— Tem certeza?

— Sim, tenho.

Johnny Ever soltou uma risadinha.

— Está bem. Mas tenho de lhe dizer mais uma coisa. Você é um filho da mãe muito corajoso.

3

TURMA DE 69

Passava de 1h45 da madrugada, agora 8 de julho de 2000, mas uma grande parte da turma de 69 ainda se embebedava no ginásio de Darton Hall College. O bar permanecia aberto, bebidas eram servidas continuamente, o rádio de alguém havia sido sintonizado em uma estação que tocava músicas antigas, e muitos cabelos grisalhos e brindes alegres flutuavam sobre a pista de dança apinhada. As pessoas formavam pares. Os coadjuvantes eram examinados minuciosamente. Na pista de dança, Spook Spinelli dividia seu tempo entre Marv Bertel e Billy McMann. Ela havia tirado o suéter e agora exibia a minissaia metálica, os pés descalços e a blusa que parecia ter sido confeccionada em celofane vermelho. Mesmo assim, estava encontrando dificuldade em prender a atenção de Billy McMann. No momento, Billy usava uma toalha de mesa para cobrir a cabeça, dançando com movimentos sensuais e zombeteiros, mas, em sua mente, ele ensaiava todas as frases de amor e ódio que logo diria a Dorothy Stier. E, definitivamente, incluiria a palavra "covarde". Ainda não havia se decidido entre vários adjetivos poderosos. No momento, porém, Dorothy encontrava-se junto a uma porta aberta nos fundos do ginásio, cuidando de Paulette Haslo, que, pouco antes, cruzara a linha de chegada, depois de uma corrida de quatro horas de duração, a caminho da náusea.

— Eu não fiz nada de *errado* — Paulette dizia a Dorothy. — Pergunte a Deus. Fique à vontade. Pergunte. Nada, nada, nada. Tudo o que eu sempre quis, durante toda a minha vida, foi cuidar das pessoas, ser uma boa pastora, tornar todo mundo... Jesus, eu vomitei? Estou fedendo. Não estou fedendo?

— Não está — Dorothy respondeu.

— Estou. Paulette Fedorenta. Estou chorando?

— Mais ou menos — disse Dorothy —, mas não está fedendo. Conte-me o que há de errado.

— Não há nada errado, exceto pelo fato de eu ser uma vigarista declarada e fedorenta. Tudo o que fiz foi tentar ser legal. Não foi? Foi. Tentei e tentei, continuei tentando, e agora sou uma criminosa que vomita e cheira mal. Eles me prenderam.

— Não seja ridícula — Dorothy retrucou. — Você está bêbada, querida, mas não é uma vigarista.

— Eu sou! — Paulette choramingou.

A poucos metros dali, em um canto, Marla Dempsey dançava sozinha. Seus olhos estavam fechados. Desejou jamais ter se casado com David Todd, porque, no final, ela o magoara muito, mas também desejou que David pudesse encontrar um meio de fazer com que ela o amasse com perfeição. O problema, porém, era que ela nunca havia amado ninguém, e menos ainda com perfeição. Havia se esforçado, dedicado-se durante anos. Ocorreu a Marla que, talvez, ela não fosse humana, que lhe faltasse alguma enzima especial, ou gene do amor. Sempre fora vazia por dentro. Sempre tão cinza, morna e desconectada. E, ainda, havia o problema da capacidade de David ler seus pensamentos, de saber coisas que jamais deveria saber, como se alguém sussurrasse secretamente o futuro ao ouvido dele, em cada detalhe sórdido. E, às vezes, ele sussurrava em resposta. Era quase como uma conversa, ou discussão, de três décadas atrás. E, durante nove anos terríveis, Marla costumava deitar-se no quarto escuro, aterrorizada, curiosa, ouvindo-o balbuciar enquanto dormia. Às vezes, dizia obscenidades, outras vezes, implorava para que seus pés parassem de doer. Como alguém pode viver com isso? Como manter um casamento? Impossível. A saída é escolher uma manhã de Natal, fria e cinzenta, por que é quando você já não agüenta mais, dizer as palavras e sair rapidamente, para desaparecer na garupa da Harley de outro homem. E, então, desprezar a si mesma pelo resto da vida. Desprezar o fato de não saber como amar a ninguém, nem a si mesma, e o fato de, naquele exato momento, estar dançando sozinha.

Amy Robinson e Jan Huebner haviam liberado uma garrafa cheia de vodca. A conversa entre as duas seguia um curso tortuoso, que ia de divórcio a jogos de azar, passando por infecção por levedura e voltando ao divórcio. Trinta e um anos antes, Amy fora magra, com ares de garota e bonita com suas muitas sardas; Jan Huebner fora uma palhaça, muito feia e rápida em suas piadas.

— Diga a verdade, menina! Você o amava, honestamente? — Jan perguntava.

— O que é amor? — Amy replicou.

Jan assentiu, refletiu por um momento e então sorriu.

— Castração. É amor?

— Acho que sim — disse Amy. — Mas vou lhe contar o que ainda é uma interrogação para mim. Tempos atrás, parece um trilhão de anos atrás, não havia uma dúvida sequer. Amor era amor. E nós tínhamos muito. — Amy desviou o olhar para a multidão que se reduzia gradualmente. Ainda era magra, mas já não era bonita. E, no momento, suas palavras sofriam forte pressão da vodca. — Bem — continuou —, o mundo descreve círculos. Mais uma dose e chega. Então, enfrentaremos o time de futebol.

O vice-governador de Minnesota e sua ex-noiva abraçavam-se de forma intensa sob as estrelas de papelão. Pareciam paralisados. Ela era missionária luterana, ele era atraente, estava embriagado e recém-casado.

Um físico proeminente e uma ex-estrela do basquete, agora mãe de três filhos, ensaboavam-se no vestiário feminino.

Ellie Abbot estava deitada, acordada, em um hotel do centro.

Na pista de dança, um químico alto, de cabelos prateados, que já fora um estudioso tímido, reforçava a bebida de uma bibliotecária aposentada, que já fora rainha do baile de formatura. Nenhum dos dois mencionou o fato, mas os anos haviam alterado suas diferenças. Ele havia se tornado candidato ao prêmio Nobel, ela se tornara beneficiária de uma pensão alimentícia insuficiente. A retribuição estava em progresso.

Spook Spinelli havia desistido de Billy McMann, ao menos por enquanto. Spook estava, agora, sentada no colo espaçoso de Marv Bertel, cuja estrela encontrava-se em ascensão, cujos trinta e um anos de paciência pareciam, finalmente, estar lhe rendendo dividendos.

Dorothy Stier limpava a sujeira deixada por Paulette Haslo.

— Você vai ficar bem, dê tempo ao tempo — Dorothy disse.

— Criminosa! — Paulette gritou.

Billy McMann foi se juntar a Spook e Marv.

Marla Dempsey dançava.

David Todd estava deitado, sonhando com a eternidade, à margem de um rio chamado Song Tra Ky. Viajava sob o efeito dos narcóticos, meio louco, ferido a bala nos dois pés.

— Pode me chamar de Cassandra — Johnny Ever dizia. — Péssimo salário, nada de hora extra, mas levo muito a sério. Afinal, Davy, o que você acha que é *déjà vu*? Para que você acha que servem os horóscopos? E os pés de coelho? Indigestão? Mau hálito? "Red sky in the morning, sailor take warning."[1] Fui eu quem escreveu esse maldito *jingle*. Ironia? Eu o inventei. O mesmo vale para intuição: meu próprio *brainstorm*, meu debate pessoal. Profecias, também. Premonições, *frisson*, clarividência, presságios, arautos, todos os truques básicos da propaganda. O que estou dizendo é... acorde! Acha que coincidências são apenas coincidências? Francamente, Davy, esse é meu trabalho, todos os dias. Pode-se dizer que sou pau-para-toda-obra. *Disc jockey*. Tira. Coronel aposentado da Marinha americana. Sem mencionar artista, farmacêutico e grande pianista. Até já fiz sucesso nas mesas de jogos, em outros tempos. — Na escuridão que envolvia o Song Tra Ky, ouvia-se um ruído sibilante. — Acredite, meu amigo, eu poderia continuar. Sempre. Meu nome é "Ever".[2]

— A parte louca da história é que eu esperei mais de cinqüenta anos para me casar — Amy Robinson disse a Jan Huebner. — Durou duas semanas. Mal sobreviveu à lua-de-mel. Lembro-me de que paramos em um posto de gasolina, e eu saí do carro e entrei no banheiro feminino. Simplesmente, fiquei sentada no vaso sanitário... Quem sabe por quanto tempo? Meia hora, provavelmente mais. E sabe o que

---

1 "Se de manhã o céu está vermelho, fique esperto, marinheiro."
2 Literalmente, "para sempre".

eu queria que acontecesse? Eu queria que ele fosse embora, que me esquecesse. Queria que ele se esquecesse de que estava em lua-de-mel.

— Mas ele não foi — disse Jan.

— Não.

— E então?

Amy levantou-se e esperou que o estômago se aquietasse.

— Então, nada — respondeu. Oscilou para os lados, até encontrar o equilíbrio. — Vamos, meu amor. Hora da caça.

— E quanto às nossas bebidas?

— Primeiro, vamos jogar — Amy explicou. — Billy McMann está jogando totalmente aberto, e eu vou tentar um passe.

Jan revirou os olhos e disse:

— Ave-Maria!

4
RÁPIDO COMO UM RAIO

Ganharam 2.500 dólares antes do almoço.

— Deveríamos parar — disse Amy.

Bobby respondeu:

— Creio que deveríamos.

No entanto, quando chegou a hora do jantar, haviam ganhado mais 2.000.

Era fim de verão, um fim de semana. Estavam casados havia nove dias e meio, e tinham parado no pequeno cassino à beira do lago, em uma decisão impulsiva.

— Vamos nos hospedar em um quarto — disse Bobby. — Por que fugir da boa sorte?

— Por que esperar pelo azar? — Amy retrucou.

À meia-noite, haviam ganho mais 1.500 dólares, revezando-se, um time de vinte-e-um. Amy organizava as fichas em pilhas impecáveis, pretas e púrpuras.

— Aposte tudo — disse Bobby. — Seis mil, e iremos dormir.

Apostaram tudo e ganharam com um par de valetes, e não foram dormir. Apostaram metade do que ganharam. A bonita jovem que dava as cartas tirou um doze. Até então, as cartas haviam sido boas, mas agora haviam se tornado espetaculares.

— Sete seguidas — Bobby festejou. — Aposte 6.000.

— Se perdermos? — Amy inquiriu.
— Iremos dormir.
— Certeza?

Bobby jogou aquela mão: um ás preto coberto por uma rainha vermelha. Um brilho suave, parecido a um sonho, envolvia a mesa. As pessoas paravam para assistir. A jovem bonita sorriu para eles.

— Sua vez — Bobby disse a Amy. — Seis mil outra vez.
— É demais — Amy protestou.
— Vá em frente. Se não me engano, isso se chama apostar.

Ela empurrou sessenta fichas pretas. Recebeu um nove e um quatro, contra o valete da jovem.

— Continue — Bobby instruiu.
— Não posso.
— Feche os olhos.

Ela retirou um sete. A jovem virou um oito. Juntos, haviam ganhado 33.000 dólares.

— Por favor, por favor, por favor — Bobby disse.

Estava eufórico. Pôs uma das mãos nos quadris de Amy, para ter sorte, e ganharam de novo, mais 6.000.

— Muito bem — disse a jovem, que tinha 22 ou 23 anos, quadris estreitos, cabelos pretos e ondulados, olhos escuros e pele marrom. Embaralhou as cartas. — Recém-casados, muito legal. Vou me casar também em outubro, primeiro de outubro, mas, com minha sorte, vou acabar passando a lua-de-mel no Winnebago de meu noivo. — Fez uma careta. — Como se eu já não conhecesse cada centímetro.

O anel de noivado da jovem parecia vagabundo e barato, em contraste com o feltro verde. Amy deu-lhe uma gorjeta de 25 dólares.

— E vocês? — a moça perguntou. — Tiveram um grande casamento?

— Sim, foi um espetáculo — Amy respondeu.

— Aposto que foi uma festa imensa. Sortudos como vocês são, aposto que foi um daqueles casamentos que se vêem em revistas. — Preparou as cartas para o corte. — Usou vestido branco, quero dizer, o branco das noivas virgens?

— Azul — Amy esclareceu.

— Qual foi a sua música?

— Música?

— No casamento.

— Ah, sim. Receio não me lembrar de nada com muita clareza — Amy confessou, cortando as cartas.

— Vocês deveriam deixar a mesa — a jovem sugeriu —, enquanto têm a garantia de sair com os bolsos cheios.

— Sem chance — Bobby retrucou. — Seis mil, outra vez.

— Ela pode estar certa — Amy argumentou.

— Talvez.

Receberam um seis e um dez. Amy continuou à mesa. A jovem bonita abriu um quinze.

— Isso é que é azar — resmungou.

Amy deu a ela uma gorjeta de cinqüenta dólares. Uma multidão havia se reunido em torno da mesa, a maioria em silêncio, ou quase em silêncio. Um homem vestindo terno xadrez riu baixinho quando Bobby empurrou doze mil dólares em fichas cor de laranja.

— Não posso fazer isso — disse a jovem, com os olhos fixos em um ponto acima do ombro de Amy. — Seis mil é o limite da mesa.

— Duas mãos — disse Bobby. — Seis mil cada.

— Esse é o preço de um carro usado muito decente — disse a moça. Ela esperou. — O que eu faria agora, se estivesse em seu lugar, seria subir para o quarto, entrar debaixo das cobertas e aproveitar minha lua-de-mel.

— Dê as cartas — Bobby replicou.

— Estou nervosa — Amy murmurou.

— É assim que se ganha — Bobby retrucou com uma pontada de irritação. Bateu de leve na mesa com a palma da mão. — Assumindo riscos, indo aonde a sorte nos leva.

— Mas... e se... — Amy fitou-o. — Podemos perder tudo, sabia? As pessoas perdem o tempo todo.

— Não pense assim.

Ele beijou a face de Amy, apenas um meio beijo, antes de erguer os olhos para a bela jovem.

— Vamos jogar vinte-e-um.

A moça distribuiu as cartas mais uma vez. E perdeu. O casal havia ganho 57 000 dólares, desde as dez horas daquela manhã.

— Ah, meu Deus, se eu tivesse sua sorte! — exclamou a jovem. Guardou no bolso a gorjeta de cem dólares que Amy lhe deu, fechou os olhos e sacudiu a cabeça. — Só uma vez em minha vida!

Perdeu a mão seguinte, também.

— Merda! — resmungou.

— Quatro mãos, desta vez — disse Bobby. — Seis mil cada.

Amy jogou. Fez um vinte-e-um, um vinte, um dezessete, outro vinte. A carteadora perdeu com um treze.

A multidão aplaudiu e assobiou.

— Sem brincadeira — disse a moça —, devo ser a pessoa mais azarada do mundo.

— Você deveria estar torcendo por nós — Amy protestou.

— Ei, estou torcendo muito, boneca. Um doce casal. Casamento espetacular.

Amy tinha 52 anos, era advogada, e não gostava de ser chamada de boneca. Ninguém precisou incentivá-la a empurrar outros 24 000 dólares, em quatro pilhas de fichas cor de laranja.

— Ganhando ou perdendo — disse —, esta é a última rodada.

Bobby não disse nada. Apoiou o queixo nas mãos e inclinou-se sobre a mesa. Aquele era um cassino pequeno e lúgubre, consistindo em um único salão, com um balcão de fórmica em um canto, funcionando como bar, quatro mesas de vinte-e-um e cinqüenta ou sessenta caça-níqueis. Os fregueses eram, na maioria, residentes da região.

— O problema com esses dias de sorte — disse a moça —, é que você pode esgotar toda a sua cota de sorte na vida. Tudo... como eu. E, então, terá de viver o resto da vida sem ela.

— O que quer dizer com isso? — Amy inquiriu.

— Não dê ouvidos a ela — Bobby aconselhou.

A jovem embaralhou as cartas.

— Se gastar toda a sua sorte aqui, o que restará para sua lua-de-mel? O que restará para aquele dia chuvoso, no subúrbio?

— Dê as cartas — Bobby ordenou.

A moça suspirou e obedeceu. Bobby ganhou duas mãos, perdeu duas.

— Sem prejuízo — ele disse.

— Por favor, vamos parar um pouco — Amy pediu. — Ao menos por alguns minutos.

— Só mais uma vez.

— Sim, mas já ganhamos uma fortuna. Não viajamos para apostar, viajamos?

— Você deveria estar feliz.

— Eu estou feliz.

— Não está — Bobby retrucou. Lançou-lhe um olhar de reprovação, como se ela fosse uma aluna na aula de álgebra. — As pessoas não têm tanta sorte assim todos os dias. Vamos aproveitar, está bem?

— Está bem — Amy concordou.

A moça mudou de posição, parecendo incomodada, olhou para um supervisor à sua esquerda. O homem deu de ombros.

— Ouçam — ela disse —, essas pilhas de ficha são suficientes para pagar metade de uma casa.

— Agora, vamos mobiliá-la — disse Bobby.

Ele jogou mais quatro mãos, a 6 000 dólares cada. A jovem lhe deu dois vinte, um dezenove, um dezessete.

E perdeu outra vez.

— Droga! — queixou-se em voz alta. — O que há de errado comigo, afinal? — O supervisor murmurou algo. A moça assentiu e disse. — Desculpem.

— Vamos parar um pouco — Amy declarou.

Começou a estender a mão para dar uma gorjeta, mas mudou de idéia.

— Uma rodada por conta da casa — anunciou o supervisor em tom solene, com a inflexão de um relógio.

No bar, pouco depois de três horas da madrugada, eles contavam os lucros.

— Por quanto tempo acha que isso pode durar? — Amy perguntou.

— Não para sempre — Bobby respondeu. — Mais cedo ou mais tarde, eu acho, o azar bate à porta. — Fez uma pausa. — Por outro lado, nunca se sabe.

— É o professor de matemática quem está falando?

— Sim.

— Então, por que não paramos?

— Porque sou um péssimo professor de matemática. Porque tenho 56 anos, porque esperei a vida inteira por isso.

— E quanto a mim? Esperou por mim, também?

— O que está querendo dizer?

— Bobby, não somos dois idiotas, não estamos perseguindo sonhos juvenis. Buscamos... não sei. Aproveitamos as chances que surgem em nosso caminho.

Fitaram-se por um momento.

Após um segundo, Bobby levantou-se. Foi até o caixa, trocou as fichas, voltou ao bar e despejou 120 000 dólares sobre o balcão de fórmica. As notas estavam amarradas em maços e cheiravam a tinta.

— Quarenta e cinco vão para Tio Sam — ele disse. Ergueu as sobrancelhas rapidamente, várias vezes, em um gesto que a irritava profundamente. — A coisa mais divertida a fazer agora seria apostar tudo. Cada centavo. Ignorar os números.

— Tudo de uma vez?
— É apenas lucro. O dinheiro é todo deles.
— Vamos perder.
— Mas seria divertido.

O cassino estava quase deserto, agora. Atrás deles, um único caça-níqueis zunia no escuro, um som metálico e triste. Dois cavalheiros já idosos sonhavam, sentados ao final do balcão.

Amy observou a jovem carteadora.

— Aquela moça é muito bonita — disse —, mas queria que nós perdêssemos.

Bobby deu de ombros.

— Duvido.
— Por que acha que ela estava se comportando daquela maneira, então?
— Ela não queria que perdêssemos. Simplesmente, queria ganhar.
— Talvez — Amy murmurou —, mas carteadores não deveriam pensar assim. É um trabalho, nada mais. Um trabalho mecânico e estúpido.
— Não para ela. Não esta noite.

Amy tentou desviar o olhar, tentou apreciar a pilha de notas de dólares à sua frente, mas outra vez, contra sua vontade, seus olhos voltaram a se fixar na jovem. A moça estava parada, sozinha, junto à mesa, de braços cruzados, os quadris inclinados para um lado.

— Ela é mesmo bonita — Amy disse.

— Espere dez anos — disse Bobby. — Bebês e Winnebagos.

— Que coisa horrível de dizer! Não acredito que esteja falando sério.

— Não?

— Não parou de olhar para ela, a noite toda!

Bobby riu.

— Eu estava olhando para a Dama da Sorte.

— Nem sempre.

— Quando?

— Quando ela embaralhava as cartas — Amy afirmou. — Vou subir para o quarto. Você não pára de olhar para ela.

— Eu te amo.

— Você ama ganhar no jogo.

— Bem, sim, isso é verdade — Bobby admitiu. Estendeu a ela um maço de notas de cem dólares; piscou e repetiu o gesto irritante com as sobrancelhas. — Você deveria estar comemorando.

— Então, por que não estamos na cama?

— Por que estamos com sorte.

— É esse o motivo?

— Não estrague tudo — ele advertiu.

Amy fechou os olhos. Não fazia idéia de por que a imagem se formara em sua mente, nem de onde viera, mas o que via era a organista em seu casamento, uma velhinha de aparência frágil, usando um vestido de crepe e um casaco branco de crochê. Bobby havia escolhido as músicas, uma coletânea de clássicos populares, e alguma coisa na harmonia das notas e na velha organista provocava arrepios em

Amy, agora. Talvez fosse apenas um sentimento falso. Ou, então, o casamento em si, que também fora idéia de Bobby, e com o qual ela havia concordado por puro sentimento de culpa. Estavam juntos havia quatro anos. Ele fora decente para com ela, sempre decente, impecavelmente decente, e não havia nenhuma dúvida com relação à paciência e ao senso de humor de Bobby, além de sua devoção, gentileza, e ao fato de ser um grisalho muito atraente. Amy gostava dele de verdade. E, no final, encurralada pelos anos que tinham passado juntos, ela havia esgotado todas as suas desculpas.

Não era uma questão de amor. Amy tinha 52 anos de idade, quase 53. Já não esperava um romance de contos de fadas.

— Ei — Bobby chamou-lhe a atenção. — O que há de errado? Diga-me.

— Não sei.

— É o dinheiro? Ou a garota?

— Não sei.

Fizeram uma caminhada à margem do lago próximo ao cassino, na escuridão, o que parecia bastante perigoso, com todo aquele dinheiro nos bolsos. Mais tarde, de volta ao cassino, Amy disse que ia dormir. Bobby poderia fazer o que quisesse.

Um músculo moveu-se junto à mandíbula dele.

— Nesse caso — disse —, quero aproveitar minha sorte. Isso não significa que temos de nos separar.

— Não?

— Não.

— Então, o que significa?

— Fique comigo — ele pediu. — Divirta-se.

— Bobby, isso não é divertido. Acho que o problema é comigo, mas até mesmo ganhar me faz sentir suja.

Estavam parados junto aos elevadores, diante de uma fileira de caça-níqueis. Amy estudou o cassino. Sabia que, muitos anos depois, aquelas lembranças continuariam claras em sua mente.

— Vou dormir — anunciou. — Faça o que quiser.
— Está zangada.
— Não se trata de zanga, Bobby.
— O que é, então?
— Matemática.

Amy tomou banho, ligou o rádio, desligou-o, fez as malas, sentou-se na cama, escovou os cabelos, chorou e, então, foi até a sacada com vista para o lago. O amanhecer já se anunciava em tons prateados. O lago estava escuro, e nem parecia um lago, ainda, mas ela podia ouvir o movimento fluido da água. Ao norte, acima da floresta, a lua parecia encolhida e distante.

Amy deitou-se na sacada.

Cinqüenta e dois anos de idade, pensou. Cento e vinte mil dólares.

Então, pensou no dia de seu casamento, que fora bom, exceto pelo fato de que se casar com Bobby, ou com qualquer outra pessoa, nunca estivera no topo de sua lista de prioridades. Um ano antes, quando aceitara o pedido dele, a idéia lhe parecera apenas um pouco inconveniente. Agora, em um momento de estupidez, ela se descobria tentando apagar o casamento de sua memória, subtraindo detalhes: as flores e a velha organista, o padre e a música, o vestido azul e, por fim, Bobby.

Todas aquelas vitórias na mesa de jogo. Que sorte incrível, sem coração.

Amy não estava apaixonada.

De olhos abertos, Amy imaginou seu marido grisalho no salão. Talvez ele se apaixonasse pela bela e jovem carteadora... e salvasse a moça dos Winnebagos. E salvasse a si mesmo do que quer que fosse tudo aquilo.

Ela dormiu por uma hora, então vestiu-se e desceu para o cassino.

Bobby estava curvado sobre uma pilha de fichas laranja. Sua camisa estava para fora da calça. Ele exalava um odor desagradável, químico, que a fez recuar um passo. Ela o observou virar um par de reis.

A moça tirou um dezesseis.

Bobby assobiou como um colegial e deu tapas na mesa.

— Seu maridinho — disse a jovem — é, oficialmente, dono deste cassino. O homem, simplesmente, não perde.

— Não? — Amy indagou.

Partiram com pouco menos de 230 000 dólares em dinheiro. Durante três horas, seguindo para o sul, em direção a Minneapolis, Bobby não parou de falar sobre sua boa sorte, como, pela primeira vez em sua vida, conseguira ganhar de verdade, como parecia destinado a vencer, como o casal havia acabado de ganhar uma aposentadoria precoce, um Mercedes, tempo para fazer o que quisesse e, talvez, um belo apartamento junto a um campo de golfe, no Arizona.

A certa altura, apertou o joelho de Amy.

Então, riu e disse:

— É incrível! Nós os escalpelamos! Nenhum sobrevivente.

— Certo — Amy concordou.

Ao meio-dia, pararam em um posto de gasolina, pouco antes de Twin Cities. Amy entrou, comprou uma Coca-Cola e chamou um táxi por telefone.

Não tinha nenhum plano.

Durante algum tempo, ficou parada na porta, bebendo sua Coca-Cola, observando Bobby contar ao frentista sobre sua sorte no cassino. Os dois riam. Ocorreu a ela que aquela seria uma história que Bobby repetiria pelo resto de sua vida, o que lhe pareceu um tempo longo demais.

 Amy foi ao banheiro feminino, trancou a porta, limpou o assento do vaso sanitário e sentou-se para esperar.

 Imaginou um casaco de crochê branco. Um apartamento no Arizona. Talvez, quando o táxi chegasse, ela explicasse a Bobby que o casamento fora um erro, um grande engano, e que a sorte dele havia se esgotado. Ela não tinha certeza de que faria isso. Procurou por um sinal, estudou os rabiscos na porta. Haviam sido escritos por garotas de dezesseis anos.

 Dentro de alguns segundos, Amy disse a si mesma, ela provavelmente mudaria de idéia. Provavelmente, sairia do banheiro, entraria no carro de Bobby e levaria a lua-de-mel até o fim. E rezaria para que o melhor acontecesse.

5

GENTE PEQUENA

Depois de se formar em Darton Hall College, em junho de 1969, Jan Huebner atuou em um grupo de teatro de rua, na região de Twin Cities, alertando os cidadãos distraídos para os horrores do genocídio em andamento no Vietnã, ou para o que Jan via como genocídio: uma guerra de hegemonia, dissimulação, zonas de livre combate, racismo e geopolítica presunçosa. Palhaça nata, engraçada até de se olhar, Jan Huebner interpretava Lady Bird como se tivesse nascido no Texas. Era boa em sotaques. Era boa nas fanfarronices abobalhadas do vice-presidente, Spiro Agnew, nas taxas de matanças de Westmoreland, nas apologias estéreis dos anticomunistas liberais irmãos Bundy. Fazia uma interpretação perfeita de Nixon, e um empertigado e cerimonioso Robert McNamara. A comédia era o dom especial de Jan Huebner.

— Essa minha garota — sua mãe costumava vangloriar-se — é feia como a Dakota do Norte, mas, juro por Deus, é capaz de arrancar gargalhadas de batistas.

Comédia ou convento? Não foi difícil escolher. Jan havia sido uma palhaça desde a infância, o que mantinha sua sanidade, e, em julho de 1969, ela conseguiu arrancar sorrisos relutantes das multidões mais indiferentes, que duvidavam da real existência de uma guerra lá fora.

Parecia um trabalho importante para ela. Jan gostava das ruas, do entusiasmo, da camaradagem e do drama cotidiano. A única desvantagem, ela concluiu, era o fato de que o dinheiro para comida e aluguel não seria encontrado nas canecas de lata do teatro de guerrilha. Jan estava falida, as drogas custavam caro.

Sentiu-se afortunada, portanto, ao ser abordada em uma noite por um jovem diminuto, de cabeça grande, com uma oferta de cinqüenta dólares fáceis. Anoitecia em Hennepin Avenue. Jan fumava em um canto, sozinha, observando o grupo de atores colocar chapéus de papel para o *finale* da peça sobre o prefeito Daley, de Chicago.

— Cinqüenta dólares, para quê? — Jan indagou, embora fizesse idéia da resposta.

O jovem, que parecia absolutamente inofensivo, com menos de um metro de altura, menos de 45 quilos, sem contar a cabeça, desviou o olhar e corou, ao dizer:

— O que está tentando fazer? Embaraçar-me?

— Cinqüenta dólares, para quê? — ela repetiu.

— Está bem. Obrigue-me a dizer. Meia hora. Nua. — Ergueu os olhos azuis, grandes e saltados, para fitá-la. Sua cabeça enorme e corpo minúsculo tornava difícil adivinhar-lhe a idade: talvez 20, talvez 25. — Uma sessão de fotos pessoal. Satisfeita? Sinto-me muito pequeno.

— O que significa "pessoal"?

Ele lhe lançou um olhar irritado e, então, forçou um suspiro.

— Escute, docinho, aposto que você sabe o significado de "nua". Pelada. Nos trajes em que veio ao mundo. Empine a bundinha, dê um belo sorriso e vá gastar os meus cinqüenta dólares. É virgem, por assim dizer.

Durante alguns segundos, Jan observou o grupo de atores encenar um ataque policial sobre meia dúzia de pedestres. Ela não era virgem.

— Cinqüenta adiantados — disse.

— Esqueça. Só pago depois.

— Onde?
— Virando a esquina — ele disse. — Em meu estúdio.
— Por que eu? Por que sou linda como uma flor?
O jovem desviou o olhar.
— Não exatamente. Mas você é Branca de Neve, não é?

A verdade era que o lugar não era um estúdio, mas sim a sala de um apartamento minúsculo, próximo a Hennepin Avenue. As poses eram as de costume. Costas arqueadas. Êxtase. O homenzinho esquisito mantinha as mãos ocupadas, cantarolando baixinho, prestando mais atenção às lentes da câmara do que a Jan. De certa forma, embora sentisse profundo desgosto, Jan não pôde evitar o sentimento de orgulho. Às vezes, ela imaginava que a palavra "feia" havia entrado para o dicionário no dia sombrio de novembro em que nascera. Seus cabelos eram ralos, de um castanho sem brilho, seu queixo era pequeno demais, as pernas finas surgiam subitamente de quadris largos demais. Ela tivera de aprender a ser engraçada muito cedo.

Com exceção de algumas instruções breves, o jovem não disse nada por cinco ou dez minutos. Cantarolou, mexeu nas lentes, tirou fotografias, mudou o filme e, então, gesticulou para que ela se sentasse sobre uma lata de lixo.

Jan agachou e fez uma careta para a câmara.

— Ora — disse —, não é engraçado? Peça com jeitinho e fingirei estar apaixonada por esta lata de lixo.

Envesgou os olhos.

— Pare com as palhaçadas — disse o homem. — Estou pagando, querida. Isto não é um circo.

— Uau! Um psicopata sensível.

— Boca fechada — ele disse. — Pernas abertas.

Foi um verão perverso: música frenética, sexo frenético, substâncias químicas no açúcar, criminosos na Casa Branca, predadores em locais públicos, aviões B-52 lançando a morte sobre todo o sudeste da Ásia. Jan Huebner esperava o pior, e foi o que o ano de 1969 trouxe consigo. Jan tinha quase certeza de que, a certo ponto, o jovem deixaria a câmara de lado e exigiria dela o que os tempos atuais exigiam, o que era um risco extraordinário, e foi uma grande surpresa quando ele colocou cinqüenta dólares no colo dela e disse:

— Muito bom.

— Só isso? — ela indagou.

— O que mais você queria?

— Nada. Não sei.

Ele riu.

— Sou um anão. Conheço bem meus limites.

Jan vestiu a calcinha e o sutiã, sem saber ao certo aonde aquela conversa os levaria.

— Eu não diria "anão".

— Não?

— Não. Baixinho, eu diria.

— Ora, meu Deus! Sinto-me humano, agora. — O jovem exibiu um sorriso cínico, retirou o filme da máquina e guardou-o no bolso. — Você é Branca de Neve, eu sou Dunga. Qual é o plano? Manchar minha testa com cinza? Fazer com que eu veja estrelas?

— Isso é ridículo.

— Garotas como você, amor livre... grande piada.

Era estranho estar sentada em uma lata de lixo, sem defesa, sem ser engraçada, fitando aqueles brilhantes olhos azuis. Jan vestiu a calça jeans, a camisa e calçou as sandálias de couro.

— Sua atitude — disse — é lamentável.

— Peço desculpas. Talvez eu seja o Zangado.

— Sim, pode ser — Jan confirmou e se dirigiu à porta. — A verdade, cara, é que você não é anão. É um idiota.

* * *

Jan Huebner havia se formado em Língua Inglesa, em Darton Hall. Fora uma aluna de notas "B", conselheira de alojamento, confidente de garotas bonitas, jogadora de *bridge* nas noites de sábado, fumante inveterada, palhaça. Até o último ano da faculdade, não havia dormido com homem nenhum. Fazia os homens rir, transformava-os em seus camaradas. Fazia piadas da própria desgraça. Com grande habilidade, escondendo os verdadeiros sentimentos até de si mesma, Jan criava gracejos sobre quantos dólares havia economizado em tratamentos de beleza, e o fato de ninguém nunca ter lhe dado um fora, e como havia se tornado a melhor amante de si mesma, além de a mais atenciosa. Vestia macacões de aspecto infantil e camisetas muito largas. Escondia edições da *Cosmo* debaixo do colchão. Nas noites de sábado, depois do *bridge,* comprava uma pizza, trancava-se em seu quarto e se dedicava a ler artigos sobre como aumentar os seios ou sobre dez maneiras infalíveis de conquistar aquele homem especial.

O que a salvou foi a guerra.

Pareceu um milagre.

Na primavera de seu último ano na faculdade, Jan Huebner ocupou o departamento de alistamento de Darton Hall e partilhou sacos de dormir com um grande número de jovens muito fervorosos e apaixonados. De repente, ela possuía amigos: Paulette Haslo, Amy Robinson, Billy McMann, pessoas que gostavam dela e de quem ela também gostava, genuinamente. Foi tomada por uma nova confiança. Tinha um dom natural para as encenações pacifistas; pertencia a um grupo. Em seis semanas, Jan perdeu sete quilos, em sua maioria dos quadris, e, às vezes, por impossível que pudesse parecer, sentia-se perto de bonita, perto de desejável. É verdade que continuou rápida com suas piadas, mas agora também era rápida nas lágrimas, e nessas ocasiões havia pessoas ternas e amigas para abraçá-la e confortá-la. Muitos eram homens, dos quais alguns bonitos. Talvez fosse a música, talvez as drogas, mas pela primeira vez em sua vida Jan Huebner sentiu-se querida e apreciada, até mesmo amada, por algo mais que uma gargalhada.

Jan deu-se conta de que era uma ironia mórbida, mas a matança lhe dera uma vida. Napalm a fizera feliz. Ela rezou para que a guerra nunca terminasse.

Aparentemente, a notícia se espalhou. Naquele quente e abafado mês de julho de 1969, Jan ganhou seu pão posando para o que era chamado nas ruas de "sessões de fotos pessoais". Os homens eram sujeitos derrotados, todos eles: donos de câmaras baratas, dinheiro sujo e pouco mais que isso. A maioria era de velhos, gordos, todos igualmente pervertidos. Mesmo assim, parecia bastante seguro. E limpo: tire a roupa, sorria, pegue o dinheiro. Havia um protocolo de distância, uma ética das ruas, que prometia honra entre os pervertidos. Exceto por um ou dois atrevidos que tentaram tocá-la, Jan não encontrou nenhum perigo que justificasse preocupação. Os poucos casos problemáticos, ela enfrentava com humor e presteza.

Quanto à questão moral, Jan alimentava apenas pequenas dúvidas sobre sua nova profissão. Evidentemente, tratava-se de algo que ela não mencionaria tão cedo à mãe, nem aos amigos de faculdade que fizera naquele verão. Porém, se comparadas aos grandes males que assolaram o ano de 1969, um punhado de fotografias parecia insignificante. Afinal, seu corpo não era nenhum templo. Ruínas, no máximo, construídas por um cego. Então, por que não transformá-lo em um banco? Além do mais, apesar de tudo, havia o inegável fator do orgulho. Homens pagavam por aquilo. E, na verdade, nem pagavam por "aquilo"; pagavam apenas por umas poucas fotografias mal focalizadas de uma mulher magra, de aparência triste, que ela mal reconhecia. Às vezes, Jan pensava em seu trabalho como sendo de modelo artístico. Outras vezes, via a si mesma como um tipo de assistente social, uma voluntária do Exército de Salvação, sem uniforme, servindo peru de Ação de Graças aos sem-teto e sexualmente desprivilegiados.

Na terceira semana de julho, com mais de 1 200 dólares em sua conta de poupança, Jan mudou-se do apartamento que dividia com seis outros membros do grupo de teatro e foi morar em outro, pequeno e barato, em Lake Street. Comprou algumas perucas extravagantes, novas roupas de baixo e um conjunto de luzes de fotógrafos, de segunda mão. Também comprou um apito de policial.

Seus negócios floresceram. Nas ruas, adotou o nome de Verônica, pois achava que esse era um nome de garotas bonitas.

Em diversos aspectos, Jan viveu uma vida tripla, naquele verão. Continuou como membro ativo do grupo de teatro e dos movimentos antiguerra em geral. Além disso, até onde sua mãe sabia, trabalhava das nove às cinco como vendedora de uma livraria, em Dinkytown, aproveitando bem o tempo, até que as aulas recomeçassem em setembro.

No entanto, mais e mais, ela era Verônica.

Para clientes constantes, e, para aqueles com quem ela podia contar para lhe oferecer modesta gratidão, Jan começou a dar o número de seu telefone. Sabia que era arriscado e, geralmente, uma chateação. O que ocorreu na vigésima oitava noite de julho, bem depois de meia-noite, quando ela foi despertada por um bêbado rude e beligerante, que disse:

— Essa é Branca de Neve.

Ela demorou alguns segundos para relacionar a história à voz aguda e enrolada.

Ele estava em uma cabine telefônica, na rua, a poucos metros dali. Naquele momento um tanto inebriante, segundo o jovem, ele se orgulhava de ser o novo proprietário de uma ereção de cinco centímetros, que para ele era enorme. Também tinha 38 dólares no bolso. Estaria ela interessada? Seria ela dona de um coração branco como a neve, para ajudá-lo a encontrar os doze dólares que faltavam?

— Já fechamos, por hoje — Jan disse. — Talvez amanhã, se você adquirir boas maneiras.

— Sim, claro. Rejeite um anão.

— Você não é anão, e isso não é rejeição.

— Não? E quanto ao meu recorde de cinco centímetros?

— Esfregue-o com carinho, acerte-o com um martelo — Jan sugeriu. — Talvez cresça mais um pouco.

Ele emitiu um som parecido ao de uma risada.

— Muito bem, você me pegou. Eu exagerei. Cinco centímetros... bem, acho que "estiquei" um pouco a verdade. Só queria impressioná-la. Como mamãe costumava dizer... Ela é uma cadela de tamanho normal, sabia? E eu sou este anão. Então, ela me olha, de cima para baixo, estreitando os olhos e diz: "Ora, ora, nenhuma grande coisa". Entendeu? Não sou uma grande coisa. Essa era a idéia que minha mãe tinha de como humilhar alguém. — Ele hesitou. — Trinta e oito dólares. Sem câmaras. Não vai demorar. Só quero conversar.

— Conversar sobre o quê?

— É sobre isso que precisamos conversar.

Cinco minutos depois, quando Jan abriu a porta, o homem estava parado, vestindo uma camisa pólo vermelha, calção largo e cinza, que chegava até os tornozelos, e um boné azul. Por mais tempo do que teria sido confortável, ele a fitou, como se esperasse por algum tipo de convite, ou talvez o contrário, e então emitiu um suspiro, entrou e sentou-se no sofá. Jan notou que seus tênis brancos não alcançavam o carpete.

— Está voltando de um jogo de minigolfe? — ela perguntou.

— Mini, hilário! Importa-se?

Ele retirou uma garrafa de uísque de dentro do calção, bebeu um gole e ofereceu a garrafa a ela. Jan recusou.

— A verdade é a seguinte — ele disse. — Anões não se apaixonam, é arriscado demais, pois podemos acabar pisados. Digamos apenas que criei uma séria afeição. Enviei-lhe alguns clientes, não? Espalhei a notícia?

— Sim, você fez isso. O bilhete de agradecimento está no correio.

O jovem pareceu não ouvir o comentário. Seus enormes olhos azuis estudavam o apartamento, finalmente pousando nas luzes de fotógrafo e no lençol grande e surrado que ela pendurara como fundo.

— Ficamos profissionais, não? — ele murmurou.

— Tenho de ganhar a vida. O que você quer?

Os olhos dele brilharam.

— Bem, há mais de uma resposta para essa pergunta. O que eu queria, o que eu quero. — Pareceu avaliá-la para alguma coisa, um quadro, um futuro. — Todos aqueles anúncios no jornal. Luzes, apitos... Minha nossa! Estou impressionado. Adquiriu prática nas ruas, não? — Os olhos voltaram a brilhar. — Talvez eu devesse chamá-la de Verônica.

— Claro.

— Claro — ele repetiu, zombeteiro. — Dê um gole. Não vai matar uma garota das ruas.

— Como sabe do apito?

— Como sei de tudo? Usa o apito pendurado no pescoço, não é? Eu vejo as fotos. Faça-me um favor, apenas um golinho. Em nome dos velhos tempos.

Ela apanhou a garrafa, fingiu beber. Lá fora, começou a chover. Jan sentiu-se um pouco assustada.

— Mais uma vez — disse. — O que, exatamente, você quer?

— Ora, como eu já disse, há o que eu queria e o que eu quero. O que eu queria era testar a inteligência dessa formanda em Língua Inglesa, essa máquina nua de fazer dinheiro, que pensa ser Mona Lisa. Arranjou um belo emprego de verão, enquanto as outras garotas da sua idade estão empacotando compras, debulhando milho. Você, não. Você é Verônica. — Ele tirou os tênis, empurrou o boné para trás e cruzou as pernas sob o próprio corpo, no sofá. — Portanto, o que eu queria... Eu ia pedir... Não sei... Quanto você tem no banco, querida?

— No banco?

— Sim, no banco. Estou falando de dinheiro. Você não é tão inteligente? Com a excelente educação que recebeu, imagino que tenha uma resposta ótima para quando eu disser "Dê-me o seu dinheiro." — Ergueu as sobrancelhas. — Aposto que você diria "Suma daqui, baixinho", e eu diria "Claro, mas se sumir, também vou mandar algumas fotos interessantes para a mamãe". Sua mãe, não minha. E é então que você dá sua incrível resposta de garota durona. É quando você prova que é muito profissional.

Jan fitou-o por um momento e, então, baixou os olhos para o chão.

— Minha mãe — disse — não daria a mínima.

— É essa a sua resposta estarrecedora?

— Pode-se dizer que sim.

Ele deu de ombros.

— Bem, pois tenho uma má notícia para você. Quando se trata de "nua", todas as mães se importam.

— Não a minha.

— Não? — Ele estava brincando com ela. — Vou lhe dizer o que vamos fazer. Nós dois, você e eu, entramos em um táxi, agora, mostramos as fotos à sua mãe e tiramos a dúvida. A senhora em questão mora... — Retirou do bolso um pedaço de papel. — Ela mora em St. Anthony Park, certo?

— Certo — Jan confirmou.

— O que acha de irmos agora mesmo? Não precisa se vestir, é claro.

— Quanto?

— O que disse?

— Para deixar a brincadeira de lado. Quanto?

O homem sacudiu a cabeça, como se estivesse lidando com um aluno problemático, com dificuldades para aprender.

— Zero. Eu já não disse isso? Estamos falando do que eu "queria". Sujeitos como eu existem. E você sabe por quê? Para transarem com Branca de Neve. Para magoarem garotas suburbanas bonitinhas, que pensam ser metade Mulher Maravilha, metade mau caráter. Pensam que vão acabar com a guerra, alimentar os famintos, ficar nuas diante de câmaras e ganhar alguns dólares fáceis.

— Você planejou isso?

— Sim. O que você esperava? Sair de uma escolinha de luxo, descobrir que pode viver no submundo por alguns meses, confraternizar com a escória e, então, voltar a Main Street, com uma porção de histórias assustadoras para contar? Acha que é assim que funciona? Cai na vida e, depois, sai limpa?

— Eu não pensei nada — Jan disse.

— Ah, está brincando! — A voz dele assumiu um tom falsamente aveludado, que parecia se misturar ao ruído da chuva lá fora. — De qualquer maneira, você teve muita sorte por eu ter virado uma nova página. Descobri que sinto uma profunda afeição por você. Mudei de idéia.

Ela o estudou com ceticismo.
— E o que significa tudo isso, então? Humilhação?
— Para começar, por que não? Humilhação não é tão ruim. Olhe para mim, eu sobrevivi.
— Chantagem. Golpe baixo.
O jovem riu.
— É um meio de vida. Anões também precisam comer.
— Você não é anão.
— Então, ajude-me. O que sou? Extrabaixo?
— Absolutamente.
Os dois ficaram sentados em silêncio, ouvindo a chuva. À luz do abajur, o rosto do jovem já não parecia tão jovem: bolsas escuras sob os olhos, manchas provocadas por raios ultravioleta nas faces e na testa. Trinta e poucos, no mínimo. Talvez mais. Jan deu-se conta de que fora apenas a estatura dele que lhe dera a impressão de juventude, e ela não pôde deixar de sentir uma pontada de culpa.

Obrigou-se a se livrar do sentimento.
— Até vinte minutos atrás — disse —, eu estava me saindo muito bem, sem nenhum problema.
— Estava mesmo?
— Sim.
— Virou prostituta de verdade, eu suponho. — É apenas um emprego. Ganho dinheiro em troca de algumas fotos sujas. Não estou "fazendo" nada.
— Não está fazendo nada — ele repetiu. — Ora, será que mamãe veria a situação desse mesmo ponto de vista? — Mais uma vez, os enormes olhos azuis brilharam, e ele sacudiu a cabeça, fitando-a com expressão parecida a piedade. — Escute, estou tentando ser educado. Um bom cidadão, entende? E estou lhe dizendo, bonequinha, do fundo do meu podre coração: você está redondamente enganada. Se eu fosse outra pessoa, um homem alto, digamos, você estaria em uma situação muito mais delicada, agora. Api-

tos de policial não resolveriam nada. Afinal, quem você pensa que é? A *Playmate* do mês? Miss Independência?

Jan fitou-o boquiaberta. Vinte anos de ridículo voltaram a atacá-la com força total.

— Vá para o inferno — sibilou. — Morra!

O homem riu. Imitou Groucho Marx com as sobrancelhas.

— Vejo que é muito sensível — murmurou.

— Você é cruel — Jan retrucou.

— Ah, sim, eu sou, mas a crueldade ainda vai aumentar. Detesto ter de lhe dar essa notícia, mas Brigitte Bardot você não é. Olhe-se no espelho. Você não é nada além de uma pessoa normal, não é um ser mutante, e aí está uma história muito triste. Verônica... faz-me rir! Sujeitos como nós não pagam por beleza, pagam pelo que estiver disponível. Acredite, é melhor você acordar depressa. Se continuar tirando a roupa para a escória das ruas, mais cedo ou mais tarde algum Jack, o Estripador, vai pensar "Ora, a idiota está de joelhos, implorando para ser machucada". Isso "vai" acontecer. É garantido. Se acha que a chantagem é cruel, imagine uma agulha em seu pescoço. Conheço esses sujeitos. São todos farinha do mesmo saco. Para eles, você é mais uma perdida, que vai acabar com um lindo buraco de bala nesse peito branco e magricela.

— Mutante? — Jan indagou.

— Ei, eu não disse isso. Disse que você está quase na média. Um ou dois pontos abaixo de medíocre. Conte suas bênçãos.

Jan assentiu e fez uma careta.

De um jeito ou de outro, sabia que era tudo verdade.

— Basicamente, você veio até aqui para me insultar — concluiu.

— É claro que não — ele afirmou. — Considere a fonte dos insultos. Quem sou eu para criticar alguém? Seria o roto falando do rasgado. — Bebeu mais um gole da garrafa de uísque, limpou a boca nas costas da mão e ofereceu um sorriso encorajador. — Na verdade, você acertou, na primeira vez. O que realmente vim fazer... Vim cobrá-la, extorquir o quanto pudesse de você, talvez até amedrontá-la ao estilo antigo. Isso era o que eu queria. Agora, quero outra coisa.

Jan emitiu um som de desprezo.

— Já sei! E prefiro ser chantageada.

— Ei! Também tenho sentimentos.

— Saia daqui — Jan ordenou. — Eu já lhe disse que não faço isso.

— Eu não quis dizer...

— Mesmo que você crescesse vinte e cinco centímetros. Mesmo que você chegasse à altura de meu umbigo.

Por alguns momentos, ele se limitou a fitá-la, furioso.

— Por acaso, você acredita que um anão não consiga transar com mulheres? Existe o fator curiosidade, acredite. E o fator piedade, também. Piedade é o que rende mais. — O tom de voz dele continuava calmo, mas sua expressão e sua postura haviam se tornado sombrias. — Tudo o que eu queria era convidá-la para uma agradável e alegre festa de aniversário. Com bolo e sorvete. Agora, já não sei.

— Festa de aniversário. Posso imaginar.

— Não, não pode. Não banque a espertinha. Ainda tenho suas fotos.

— Aniversário de quem?

— Deste anão, aqui. Afinal, não fui chocado, sabia? Meus pais não quebraram uma rocha e me encontraram dentro dela, como um fóssil. — Desviou o olhar, torcendo as mãos sobre as coxas. — Essa festa poderia ajudar a abrir seus olhos para a realidade. Você conheceria meus amigos, meu irmão.

Jan soltou uma risada.

— É assim que você convida uma garota para sair? Ameaçando-a?

— Se for necessário.

— Muito bem, estou curiosa — ela disse. — Por quê?

— Por que, o quê?

— Você sabe.

— Bem — ele murmurou, e a expressão sombria se dissipou. Seu olhar tornou-se astuto. — Vingança.

— Não estou entendendo.

— Não há o que entender. Você recebe cinqüenta dólares, e eu tenho a oportunidade de exibir minha namorada normal, quase na média. Depois que a festa terminar, esqueceremos a pornografia. — Ergueu as sobrancelhas e esperou um instante. — Acho que terá de saber meu nome, certo?

Ele se chamava Andrew Henry Wilton. Seu irmão, nove anos mais novo, o chamava de Hanco, ou às vezes Andy, ou ainda Little Guy, "pequenino".

Andrew tinha 32 anos.

Sua estatura era de 1,40 metro.

Ele havia nascido em Edina, um subúrbio elegante.

Pais grã-finos, ambos mortos. Irmão grã-fino, vivo, com 1,87 metro, pele lisa, bronzeado de esquiador, lindos dentes.

Bem, de volta a Andrew. Estudou na Blake School e na University of Chicago. Abandonou os estudos em 67. Tentou se alistar, mas era baixo demais. Tentou novamente, era mais baixo ainda. Era estranho, mas desde pequeno, "E estou me referindo a *pequeno*", Andrew disse, ele sempre sonhara em ser guerreiro. Não soldado. Guerreiro. Como Zulu. Quem poderia saber por quê? Complexo de baixinho. Filmes sobre Audie Murphy, o herói da Segunda Guerra Mundial.

— Então, há uma guerra incrível em andamento, certo? Estou louco para matar gente, louco para ser morto e... adivinhe? Aqueles idiotas do recrutamento, todos grandes e malvados, olham para mim e quase morrem de rir. Então, mandam-me embora. Eu fui. Desapareci.

Andrew vendeu cachorros-quentes na University Avenue, a 1,50 dólar cada, aumentando-os com chucrute, cuspindo na mostarda. Tinha tempo de sobra para ler. Devorou *Guerra e Paz*. Fez ponderações sobre Marcuse, sobre a srta. Fonda, *yin* e *yang* de patetas. Ora, vamos! O fato de um sujeito levar desvantagem em sua estatura não significa que ele seja um liberal abobalhado, não o transforma em Joan Baez, não indica que ele não quer ir para a guerra e cortar testículos e engraxar inimigos.

Aposto que não conhece a John Birch Society, composta por uma grande maioria de anões.

Vendia cachorros-quentes, sim.

Leu sobre Toulouse-Lautrec. O irmão insignificante. Extraordinário garanhão. Artista de primeira. O que teria a perder? Compre uma câmara.

Pergunta: Sabe para que é usada a maior parte da prata produzida no mundo? Resposta: Fotografia.

Pergunta: Sabe o que deixa as amantes do cabeça-de-vento, RFK, maluquinhas? Resposta: Guerra e Piedade. Deveria ter sido esse o título. Tolstói era um sujeito grande e forte. Por isso, não teve essa idéia brilhante.

Vendia cachorros-quentes, tirava fotografias, transava tanto quanto Mick Jagger.

Finja que você sou eu. O irmão é convocado. Odeia a guerra, mas vai assim mesmo, ganha medalhas, volta com aquele belo bronzeado, dá-lhe um forte abraço e diz "Ei, Pequenino".

Mas você tem mais de dois metros de altura. É Golias. Zulu, certo? Passa o dia todo na rua, vende as salsichas fabricadas por Oscar Mayer, exibe o símbolo da paz, compra uma japona, observa as Brancas de Neve passarem. Sonha com o impossível. O rancor de um pigmeu é grande.

Sim, e continue virando as páginas.

Mergulhei na obra de Orwell, *Homenagem à Catalunha*, sobre a Guerra Civil Espanhola, pensei em liderar uma brigada de anões no Vietnã. Como a Brigada de Lincoln, sabe, exceto pelo fato de sermos todos nanicos, revoltados, prontos a espancar camponeses comunistas, menores do que nós. Uma idéia pouco prática, claro. Desisti. Desisti dos cachorros-quentes, também. Vendi maconha, fui preso, continuei vendendo, fui preso de novo, voltei para a faculdade. Física, pois não sou nenhum burro. Não consegui agüentar. Abandonei o curso. Havia pacifistas por todos os lados, de cabelos compridos, idiotas tocando campainhas, à procura de Leon Trótski. Ei, para onde está indo este mundo? Voltei para as ruas, o que não foi grande coisa. Uma coisa leva à outra. Aprendi todo tipo de golpes. Fotos pornográficas. Extorsão. Como, por exemplo, tomar todo o dinheiro de Brancas de Neve condescendentes. Como enganar bobonas politicamente engajadas, que fazem essas peças ridículas, que chamam de teatro de guerrilha. Ora, meu Deus, "guerrilha"? Saem por aí, fazendo alarde, assustando pedestres. Pensa que você é Che Guevara?

Uma vida desperdiçada.

Tenho me sentido triste, ultimamente. Pequeno demais.

— Agora, você já sabe de tudo o que há para saber — disse Andrew Henry Wilton. — Noite chuvosa, ereção de cinco centímetros. Está com pena de mim?

— Não — Jan respondeu.

Ele riu baixinho, calçou os tênis e curvou-se para ela.

— Sem problemas. Você vai adorar meu irmão.

* * *

De fato, Jan adorou o irmão de Andrew.

O bastante para se casar com ele oito meses depois, e o bastante para bancar a palhaça trapalhona durante vinte e nove anos de infidelidade, e o bastante para ver sua vida ruir, quando ele passeou tão casualmente para fora de casa, no aparentemente tão distante ano de 1999. Mas aquele era o aniversário de Andrew, 30 de julho de 1969, e, com exceção das maneiras educadas e excessivamente corteses — um toque ligeiramente escorregadio, que poderia até mesmo ser chamado de seboso, em linguagem vulgar —, o irmão mais novo de Andrew não se parecia em nada com o impressionante astro de cinema que ela fora advertida para esperar. Os dentes e o bronzeado do sujeito não tinham nada de excepcional. Era alto, conforme fora anunciado, mas sua aparência geral, apesar de ele ser limpo, agradável, barbeado e cabelos impecáveis, não lhe renderia nenhum teste cinematográfico.

Um sorriso cativante, é verdade.

Postura ereta.

Galanteador desde o primeiro instante.

Ele a fitou diretamente nos olhos, quando Andrew disse:

— Gatinha, este é Richard. Não o chame de Dick, a menos que queira ofendê-lo, como eu faço.

Richard, com quem ela passaria a melhor parte de um pesadelo, riu. Tomou a mão dela entre as suas. Jan deveria ter sabido de imediato, mas não soube, porque ele tinha os brilhantes olhos azuis de Andrew, além de suas próprias maneiras impecáveis e todos aqueles centímetros a mais.

— E esta — Andrew dizia, talvez em voz baixa demais, talvez com despeito, talvez com previsão — é minha garota, Verônica.

— Bonito nome — disse Richard.
— Obrigada — Jan respondeu. — Não é meu.
— Interessante — Richard comentou.

A festa não era, exatamente, uma festa, e, perto do final, quando somente quatro ou cinco convidados ainda estavam presentes na sala pateticamente decorada de Andrew, o clima tornou-se melancólico. Havia um bolo de aniversário não cortado. Havia dois ou três balões, muitas garrafas vazias. Jan fizera o que tinha de fazer: segurado a mão de Andrew algumas vezes e coisas assim, mas ninguém realmente acreditara no namoro, especialmente Richard. Depois da primeira hora, o "casal" havia desistido da farsa. Era pouco mais de meia-noite, agora. As luzes estavam fracas, Andrew havia desaparecido, Richard sentara-se ao lado de Jan, à mesa da cozinha, de pernas cruzadas, incrivelmente educado, incrivelmente franco, apenas um tornozelo em contato ocasional com o quadril esquerdo dela, enquanto ele a interrogava sobre a vida de uma "modelo". Mostrou-se imperturbável, sobriamente fascinado, quando Jan respondeu:
— Ganho dinheiro para ficar nua.
— Hummm — foi o que Richard disse.
— É um trabalho temporário, mais como um *hobby*.
— E Andrew?
— Bem — Jan murmurou, e nada mais, o que ela reconheceu ser uma traição, um sofrimento que ela mesma havia trazido ao mundo e que a despertaria de maneira rude, três décadas depois, em 1999. Aquela palavra "bem", com sua indefinição, seu convite e, também, é claro, o tornozelo de Richard Wilton tocando inadvertidamente seu quadril... Por um breve momento, como se houvesse sido transportada para dentro de uma história repleta de gnomos e príncipes encantados, Jan esquecera-se de que era uma palhaça, feia como a

Dakota do Norte. Nos anos que se seguiram, aquele homem charmoso de olhos azuis teria o imenso cuidado de lembrá-la das verdades repulsivas, implacavelmente, sem piedade. Agora, porém, nas primeiras horas da madrugada de 31 de julho de 1969, Jan Huebner sentiu-se libertada.

— Estou encantado — disse o irmão alto, o réptil, o futuro marido, Richard.

Então, com a mesma voz educada, profundamente musical que, mais tarde, passaria a aterrorizá-la, ele falou sobre suas dificuldades com Andrew. Quanto o amava. Como o pobre rapaz jamais conseguira lidar com o problema da baixa estatura, sempre cheio de ódio, cheio de inveja, disposto a se vingar do mundo, uma vergonha... E como ele, Richard, destruidor de corações, especialista no desfrute do prazer, na ruína de vidas alheias, destruidor de tudo, adoraria levá-la para jantar.

A guerra prosseguia. As pessoas comiam Raisin Bran. Havia novos órfãos, viúvas e mães de soldados mortos na guerra da American Gold Star Mothers. Três mil e vinte soldados americanos morreram naquele verão e mais de 7 000 vietnamitas. As pessoas tomavam aspirina para dor de cabeça, pediam que embalassem para viagem as sobras de suas refeições em restaurantes de luxo. A Dow Chemical fez uma matança. De costa a costa, ao longo de estradas rurais, nas grandes cidades adormecidas, existiam ciúmes imaturos, listas de compras, fantasias eróticas e estômagos enjoados. A terra continuava girando. Na segunda semana de agosto, Jan Huebner soube que um de seus colegas de classe, em Darton Hall, havia sido gravemente ferido às margens de um rio chamado Song Tra Ky. Outro colega vivia agora em Winnipeg, sozinho e com medo, guardando rancores que se transformariam em ódio, ao longo das décadas que viriam. Em outro lugar, fosse imaginação ou fato, a juventude da nação começava a se reunir em dezesseis hectares de campos, perto de Woodstock, Nova York. Sharon Tate fora assassinada menos de uma semana antes. Em Manhattan, lixeiros varriam os papéis e as serpentinas atirados durante o desfile de Neil Armstrong. Mas, para Jan Huebner, assim como para a maioria dos outros, o verão de 1969 evocaria na mente não as manchetes de jornais, não a política global, nem mesmo a guerra, mas lembranças pequenas e modestas, de coisas pequenas e modestas: camas desfeitas, telefones tocando, bolos de aniversário, fotografias pornográficas, canções sobre as pessoas do dia-a-dia. Ocorreu um acidente fatal com uma roda-gigante, em Oregon. Ocorreram liquidações do "Dia Maluco" em milhares de ruas principais banhadas pelo sol. Jan Huebner conheceu seu marido.

O verão terminou, o outono chegou. Temporada de futebol. Darton Hall perdeu o primeiro jogo do campeonato.

E enquanto pessoas morriam do outro lado do planeta, outras tinham seus dentes obturados, pediam divórcio e faziam amor em carros estacionados.

Calouros de faculdade eram orientados.

Os Mets eram um grande sucesso.

Coisas simples e pequenas, sim, mas como em uma imensa sala escura nacional, os instantâneos dos humanos mais comuns seriam fixados na memória pelo líquido ácido da guerra: a música, os jargões, os noticiários na televisão.

Em meados de setembro, Jan Huebner abandonou o movimento pacifista. Mudou o número de seu telefone, desapareceu do cenário das ruas, matriculou-se na faculdade. Parou de tirar fotografias pessoais, exceto no caso especial de seu noivo, que parecia encantado pela Verônica que havia nela, ou pela abstração de Verônica. Ele não voltaria a olhar, realmente, para ela, pelos oito meses seguintes, uma semana depois do início da lua-de-mel, quando de repente ele franziu o cenho e sacudiu a cabeça, como se houvesse comprado cigarros da marca errada. Estavam no Havaí. Estavam em uma praia apinhada. A lua-de-mel estava quase no fim. Jan usava um novo biquíni, e posava para ele, os olhos semicerrados, em uma de suas clássicas poses "venha-me-pegar", e, pelo que pareceu um longo, longo tempo, Richard espiou o visor de sua câmara, como se o foco houvesse se tornado um problema, como se algum defeito técnico tivesse criado o queixo pequeno demais, os cabelos sem brilho e as pernas finas. Jan era sensível àquele tipo de coisa. Envesgou os olhos, fez uma careta engraçada. Uma semana depois de sua festa de aniversário, Andrew fora visitá-la com cinqüenta dólares. Seu humor era ótimo, alegre. — Atriz, você não é — ele disse —, mas quem pode reclamar? Você apareceu. E conheceu aquele meu irmão incrível.

Jan sacudiu a cabeça e tentou recusar o dinheiro. Algumas noites antes, ela havia dormido com Richard, na primeira vez do que viria a ser uma longa seqüência de humilhações. Voltaria a dormir com ele dentro de quatro horas e, depois de oito meses, ela se casaria com ele, ingênua, sem desconfiar de nada. Então, Jan passaria o restante do século XX como prisioneira do ridículo e de fotos pornográficas. Moraria em uma casa de três quartos, em Eden Praire. Dirigiria um Chrysler. Veria o marido flertar com outras mulheres, em coquetéis. Suportaria piadas sobre cirurgia plástica e até mesmo inventaria algumas, e agiria como palhaça, sempre tentando alcançar um final feliz. — Aceite — Andrew disse, pressionando as notas contra a palma da mão dela. Então, piscou. — Aposto que adorou meu irmão. — Sim, adorei... adoro — Jan confessou. — Ele é muito meigo.

— É o que você acha?

Ela assentiu.

— Tudo é relativo. Ele me trata como uma pessoa.

— Sim, bem... — Andrew murmurou. — Dê tempo ao tempo.

Exibiu um sorriso estranho, com um toque de malícia, como se houvesse acabado de aplicar um dos golpes que aprendera nas ruas, vingando-se de um crime que não fora cometido.

— O que está tentando dizer? — Jan indagou.

— Quem sabe? Espere e verá.

Mais uma vez, Andrew dirigiu-lhe aquele sorriso estranho, mecânico e malicioso, e, durante os trinta anos seguintes, vez por outra, Jan se perguntaria se tudo aquilo fora uma armação, desde o início.

— Preciso correr — Andrew declarou. — Você deveria fazer o mesmo, mas não vai. E isso é muito engraçado. — Fitou-a com um leve traço de desejo contido. — Não posso dizer que nunca cobrei meus lucros de Branca de Neve.

6

TURMA DE 69

Eram 2h15 da madrugada, quando deixaram a pista de dança e foram para o bar.

— Vodca com gelo — Spook Spinelli disse ao *barman*. — Dupla. Copo longo. Esprema um limão inteiro e, então, complete até a boca do copo com tônica.

— Sempre glutona — disse Marv Bertel.

— Sempre com sede — Spook corrigiu.

Ela pousou a mão sobre uma das nádegas de Marv. Em seu dedo anular, quase se enroscando, havia duas grandes e caras alianças. Apesar de já ter mais de meio século de vida, Spook estava linda em sua saia metálica, cabelos fixados em um penteado que não se desfazia, e alianças caras.

— Sua mão parece ter encontrado meu traseiro — Marv declarou em tom grave.

— É verdade.

— Você é uma mulher casada.

— Mais do que a maioria — ela concordou. — Apresse-se. Faça seu pedido.

O peito de Marv doía, e ele estava praticamente sem fôlego, mas tentou não demonstrar nenhuma das duas coisas.

— *Bourbon* — disse ao *barman*. — Dose dupla, copo longo, sem a baboseira do limão.

— Está se sentindo bem? — Spook perguntou.

— Estou gordo, não morto.

Spook estudou-o por um momento.

— Mesmo assim, vamos descansar um pouco. E chega de dançar músicas rápidas.

Haviam sido grandes amigos, na faculdade. Um romance unilateral da parte de Marv. Agora, três décadas mais tarde, havia sinais de que, talvez, ela pudesse finalmente retribuir seu amor. Uma chama se acendera entre eles durante o coquetel da tarde, crescera no jantar, amadurecera na pista de dança.

Quando as bebidas foram servidas, os dois brindaram, um ao outro.

— Onde está sua esposa? — Spook perguntou.

— Em Denver — ele respondeu.

— Acha que vale a pena?

— Está se referindo ao amor?

— Não — Spook negou. — Refiro-me à outra parte, a parte em que minha mão está em seu traseiro.

Marv riu e disse:

— Um sonho se realizando. Sim, vale a pena.

— Tem certeza?

— Absoluta.

Levaram os copos até uma mesa, perto da pista de dança. A animação se dissipara havia horas e, agora, apenas um rádio solitário fornecia a música. Somente pouco mais de vinte membros exaustos da turma de 69 ainda dançavam em meio às lembranças, no ginásio de Darton Hall.

Por debaixo da mesa, Spook deslizou a mão pela coxa de Marv.

— Bem — murmurou — , acho que eu deveria me comportar, não?

— Isso não é essencial — Marv replicou.

— Não se importa?

— Não.

— Obrigada, senhor, mas por favor, avise-me se, acidentalmente, eu avançar o sinal.

— Avisarei.

— É essa a expressão correta? "Avançar o sinal"?

— Pode-se dizer que sim.

— E você vai mesmo me avisar? — Spook insistiu. — Não permitirá que eu me comporte como uma devassa sem salvação?

— Prometo levantar a bandeira vermelha — Marv garantiu.

Spook riu e virou-se para observar os dançarinos. Trinta e poucos anos antes Marv não chegara a lugar nenhum. Os dois haviam sido os melhores amigos, mas às vezes parecia que ele era o único homem do *campus* a ser excluído da órbita romântica de Spook. Por outro lado, ela sempre fora cheia de surpresas, como se possuísse uma infinidade de mini-Spooks dentro de si. Agora, ela dirigia um sorriso sedutor a ele. Seus dentes pareciam restaurados, ou falsos.

— O que eu não entendo — ela disse —, é por que isso não aconteceu há muito tempo. Antes de todas as complicações.

— Porque você estava apaixonada por Billy McMann — Marv explicou. — E porque Billy adorava... Qual é mesmo o nome dela?

— Dorothy.

— Isso mesmo. Dorothy. Ele amava Dorothy.

— E Dorothy amava...

— O espelho — Marv declarou.

Spook riu outra vez.

— É verdade. Mesmo naquela época, tudo já era muito complicado.

— Sempre é.

— Sim, sempre. Como agora, por exemplo. Minha mão está feliz em sua coxa.

— Minha coxa está feliz com sua mão sobre ela. Eu estou feliz.

— Com Billy nos vendo. E Dorothy, também.

— Estão com inveja — Marv afirmou. — Três décadas... Quem imaginaria?

— Sim, mas a pergunta é: devemos ir para seu quarto?

— Por que não para o seu?

— James pode telefonar. Ou Lincoln.

— Os maridos?

— Sim — Spook confirmou. — Sou uma mulher muito bem casada.

Marv reclinou-se em sua cadeira, e usou um guardanapo de papel para secar o suor da testa. Podia sentir os tambores batendo em seu peito.

— Nesse caso — disse —, acho que seria sensato esquecermos tudo isso. Como você disse, é muito complicado.

— Sua esposa, mais uma mosca na sopa.

— Excelente exemplo.

— E seu coração doente, também.

— Meu coração está bem — Marv garantiu, embora soubesse estar mentindo.

Seis meses antes, ele estivera à beira da morte. Vira o famoso túnel de perto, muito impressionante, o que, em parte, o levara àquela reunião. Além de Spook. Durante mais de trinta anos, ele especulara sobre as possibilidades. Fantasias, claro, mas em toda a sua vida, Marv jamais encontrara alguém como ela, uma mulher tão consciente de seu próprio campo de força, tão inconsciente do que queria do mundo. Mesmo quando era estudante, Spook assumira enormes riscos emocionais, sem saber por que, apostando em seus instintos, um homem atrás do outro, apostando alto, quase sempre ganhando, sempre confiando no destino e na pureza dos motivos humanos. Em 1969, pouco antes da formatura, ela fora suspensa da escola, por ter aparecido com os seios nus na capa do livro do ano de Darton Hall. Uma semana mais tarde, depois de considerável controvérsia, o reitor concordara em anular a suspensão, com base em um artigo da lei sobre liberdade de imprensa, além da ameaça mais do que persuasiva de Spook em exibir o restante de seus atributos em uma edição especial do jornal do *campus*. Marv era editor naquele ano. Havia supervisionado a sessão de fotos, entregue pessoalmente o pacote de fotografias em branco-e-preto, na sala do reitor.

Ao longo de dois casamentos problemáticos, altos e baixos, Marv amara Spook Spinelli.

— Bem, então, o que faremos — Spook dizia — será apenas fingir. Nada conjugal.

— Isso não vai me matar.

— Não?

— Não. De qualquer maneira, estou mesmo precisando desse tipo de magia. — Marv fitou-a nos olhos. — Vou lhe contar uma história. Promete não rir?

— Não vou rir.

— Prometa.

Spook ergueu o copo e fez um juramento solene.

— Muito bem — Marv começou. — É uma história ridícula, eu acho, mas nos tempos de faculdade, mais especificamente no último ano, fiquei viciado naquele jogo estúpido de paciência. Não conseguia parar. Era uma verdadeira obsessão. Eu dizia a mim mesmo: "Marv, se você ganhar este jogo, conquistará Spook, ela virá correndo". Fiz isso um milhão de vezes. Talvez dez milhões.

— E ganhou, alguma vez?

— É claro que ganhei, mas não tive minha recompensa. Era gordo demais.

Spook sacudiu a cabeça.

— Você era meu amigo.

— Amigo, obrigado. Isso é sempre um conforto.

— Sinto muito — ela murmurou. — É muito complicado, não?

Marv ocupou-se de sua bebida por um instante.

— Vou lhe dizer uma coisa. Aqueles seus dois maridos merecem altas notas pela tolerância, determinação e tudo mais. Não quero bisbilhotar, mas se você precisar conversar... O gordinho ainda é seu amigo.

— Não esta noite.

— Só se você quiser.

Spook levou um polegar à boca, mordiscando-o, olhos fixos em Billy McMann, do outro lado da pista. Ela parecia estar calculando algo, tempo ou distância. Grossas camadas de rímel tornavam seus cílios duros e espessos.

— O que eu teria a dizer? — disse, afinal. — Eu me apaixonei, me casei. Apaixonei-me pelo número dois, esqueci de me desapaixonar do número um. — Riu consigo mesma, fechou os olhos, suspirou e fez um leve movimento de descaso com a cabeça. — Mas mereço algum crédito, afinal de contas sou fiel. E também não vou deixar de amar você.

— Não?

— Nunca. Mas você teria de perder peso, limpar suas artérias, parar de beber...

— Posso terminar esta dose?

— Só mais essa. Então, decidiremos como vamos dormir.

— Pensei que estivesse decidido.

— E está?

— Não.

— Mais uma dose — Spook repetiu. — Então, decidiremos.

Ficaram sentados em silêncio, relembrando coisas, imaginando coisas, até Marv dizer:

— Lincoln e James. Parece marca de geléia inglesa.

— Parece mesmo! — Spook retirou a mão da coxa dele e massageou as próprias têmporas. — Meu Deus, estou bêbada.

— Vamos desaparecer.

— Ah, vamos — ela concordou. — Mas não agora. Prometi dançar uma música com Billy.

— Naturalmente.

— Pare com isso. Ele tem de lidar com Dorothy.

— Você tem seus maridos.

— Marv, não seja infantil!

Ele baixou os olhos para a mesa e disse:

— Sinto muito.

Mas não sentia. Muitos anos antes, fora um universitário gordinho. Agora, era um fabricante de artigos de limpeza, rico e infeliz, e muito mais gordo. Era como um gato tipicamente americano, com um coração doente. Não conseguia evitar o que sentia com relação aos dois maridos de Spook, a Billy McMann e todos os outros aproveitadores na vida dela.

— Tenho uma pergunta — ele disse. — Conte-me como você administra sua vida. Tem duas casas? Dois cachorros?

— Você não precisa ouvir isso.

— Acho que preciso.

Spook fitou-o nos olhos.

— Não sou uma torta de maçã, Marv. Tenho duas casas, sim. Duas camas. Dois diafragmas... ao menos tinha, até alguns anos atrás. Já não são necessários.

— Os dois sabem?

— É claro que sabem. — Ela hesitou. — Escute, estou encrencada, agora sei disso. Miseravelmente encrencada. Às vezes, esta é a verdade, tenho vontade de desaparecer. Fugir. Para qualquer lugar. — Olhou para o outro lado do ginásio. — Aí está. Já ouviu tudo. Agora, vou dançar com Billy e depois iremos embora.

— Está bem — Marv concordou.

— Só uma música. Duas, no máximo.

— Certo.

Spook apertou-lhe a mão, beijou-a, sorriu e, então, levantou-se e atravessou a pista de dança, na direção de Billy McMann. Marv esforçou-se ao máximo para não observá-la. Sabia que ela acabaria voltando, ainda que não por um tempo, provavelmente não por um longo tempo. E tinha certeza de que os dois maridos concordariam com ele.

Foi até o bar, pediu uma garrafa de *bourbon*, dançou algumas vezes com Amy Robinson, contou piadas sobre vassouras, riu, fez outras pessoas rirem. Sentia-se brincalhão. A certa altura, tirou a camisa para proporcionar a velhos amigos o prazer de fazer comentários zombeteiros sobre sua enorme barriga branca, que era a mesma barriga que o precedera durante toda a sua vida e que, sem a menor sombra de dúvida, o precederia em seu túmulo.

Às três horas da madrugada, ele telefonou para a esposa, em Denver.

Um pesadelo, disse a ela. Nunca mais iria a reuniões.

— Nada — ele disse. — Não há nada errado.

Mais tarde, descobriu-se no banheiro dos homens, tonto, examinando um ladrilho riscado no chão. Concluiu que o que aquele lugar realmente precisava era de um bom e caro esfregão.

Eram quase quatro horas da madrugada quando Spook aproximou-se de Marv, vindo de trás. Ele estava sentado, sozinho, uma mesa perto do palco.

— Marv, Marv — ela chamou.

— Não teremos um fim de noite romântico?

— Da próxima vez, com certeza. O problema é que preciso agradar o mundo inteiro. Todos, sem exceção. Homens, mulheres, crianças, bestas.

— Billy McMann. Precisa agradar Billy, também?
— É a minha natureza.
— O que aconteceu a Dorothy?
— Marido, filhos. Sou a substituta.
— Meus parabéns.
— Marv, não me odeie.
— Amigos para sempre — ele murmurou.

Marv tentou se levantar, mas não conseguiu. Deixou-se cair de volta na cadeira, ergueu os olhos para ela e fez uma careta patética, destinada a transmitir a mágoa típica dos sujeitos gordos.

— Pode guardar um segredo? — ele perguntou.
— Por você, é claro que posso.
— Lembra-se das fotos que entreguei ao reitor? Spook totalmente nua. Tão nua. Tão jovem. Ainda tenho os negativos no sótão.

Spook beijou-lhe a testa.
— Divirta-se — disse.

7

BEM CASADA

Spook Spinelli vivia em uma cara casa de tijolos aparentes, no número 1 202 de Pine Hills Drive, em White Bear Lake, Minnesota, um subúrbio de Twin Cities. Também vivia em uma casa mais modesta, no número 540 de Spring Street, no mesmo subúrbio. Spook era casada com Lincoln Harwood, advogado; ela era casada com James Winship, professor catedrático de filosofia. Os dois maridos estavam cientes da situação e mais ou menos a aceitavam. Spook havia se casado com Lincoln em 1985 e com James um ano depois.

— Amo muito vocês dois — dissera a eles —, e não vejo por que não podemos inventar nossas próprias regras. Serei fiel aos dois.

Eram filhos inteligentes e de mente aberta dos anos 60. Quase não havia disputa. Inicialmente, claro, Lincoln havia demonstrado certo desprazer diante do desejo de Spook por um segundo marido, mas ele a adorava, e deu-se conta de que a alternativa seria perder uma esposa que ele amava profundamente. Igualmente importante, e para seu crédito, Lincoln compreendeu que os relacionamentos precisavam de sintonia, que Spook não o amava menos, e que ele não estaria perdendo uma esposa, mas sim ganhando um parente. No dia 3 de julho de 1986, em uma reunião combinada em um café em St. Paul, os três redigiram um contrato informal. James, o filósofo, revisou as questões filosóficas. Lincoln, o advogado, discutiu os problemas legais. Ficou decidido que o segundo casamento de Spook, com James, não poderia existir em termos legais; seria um casamento de espírito e de fato doméstico. Spook dividiria seu tempo entre os dois lares. Voltaria a usar o nome de solteira.

Quando a reunião terminou, Lincoln apertou a mão de James e disse:

— Bem-vindo a bordo.

Por convenção, e talvez por necessidade psicológica, nós geralmente interpretamos os fatos bizarros de nosso universo como meras farsas, que não merecem crédito. "Homem Casa com Tigre de Bengala de Estimação." Todos os dias, em todos os jornais, os olhos do leitor deparam com alguma manchete desse tipo, algumas menos peculiares, outras ainda mais, e, na maioria das vezes, o bom cidadão comum ri e se autocongratula por seu realismo feroz, por suas excentricidades bem mais modestas, esquecendo-se de que para um homem que ama seu tigre — e quem poderá dizer que ele não ama? você? seu cônjuge adúltero? — a união entre um homem e um animal não é, em nenhum aspecto, uma farsa, ou um absurdo, ou qualquer coisa menos que profundamente solene.

Se escolhemos dar crédito ao bizarro, levá-lo a sério, é, no final das contas, irrelevante. O mundo se encarrega de fazer o trabalho. O holocausto. Os incríveis Mets.

E assim, desafiando às vezes até mesmo sua própria incredulidade, Spook e seus dois maridos viveram muito bem durante treze anos e meio. Houve momentos de dúvidas e ciúme, até mesmo de rivalidade ostensiva, mas ainda assim os dois maridos estavam dispostos a se adaptar, dispostos a pagar o preço cobrado pela atenção dividida de Spook Spinelli. Eram bons homens. E a amavam. Também tinham um pouco de medo dela, e de medo por ela. Reconheciam a fragilidade da essência da personalidade de Spook, o tênue controle que ela possuía sobre sua saúde mental e, talvez, sobre a própria vida. Teria sido fácil dizer, como os amigos haviam dito, de fato, que aquela situação não poderia durar, que em seu sentido mais fundamental violava a natureza humana. Mas durou. E não era uma farsa, ao menos não para aqueles diretamente envolvidos. A tripla união era real, pés no chão, com o dobro das dificuldades encontradas em qualquer casamento tradicional: tarefas domésticas, refeições, indisposições, férias, brigas, reconciliações, consertos de carros. Para Spook, a vida era exaustiva, quase sempre frenética, mas com o passar do tempo ela aprendeu a fazer bom uso de seus recursos. Por natureza, ela era uma mulher capaz de lidar com aquela situação: autoconfiante, às vezes inventiva, habilidosa desde a adolescência na arte de fazer os homens de sua vida se sentirem desejados e à vontade. Ela assumia riscos. Adorava um desafio.

Bizarra ou não, a situação poderia ter durado para sempre.

Mas, em uma festa, na noite do novo milênio, quando Spook se apaixonou por um jovem advogado chamado Baldy Devlin, sua tendência para o romance colidiu com o bom senso. O que era bom ficou demais.

Formado em direito havia quatro anos, Baldy era um dos novos contratados da firma de Lincoln. Tinha metade da idade de Spook, era corredor de longas distâncias, com aparência de caubói, inteligente, falava bem, longe de ser careca. O apelido, Baldy, que significava careca, fora mera ironia de alguém.

— Temos um problema — Lincoln disse a James, nas primeiras horas da madrugada de 1º de janeiro do ano 2000.

Os dois maridos, agora amigos irritados, estavam parados junto à lareira da sala de Lincoln. A festa atingira o clímax, as libidos também, e Spook e Baldy haviam se instalado em um grande sofá branco, que Lincoln comprara apenas uma semana antes.

— Ela está fumando — disse James — em nosso sofá novo.

Lincoln franziu o cenho.

— Foi a mesma coisa quando ela conheceu você. A primeira coisa que ela faz é acender um cigarro.

— Não em um sofá. Não comigo.

— Certo, na minha Chevy — Lincoln disse, e lançou um olhar para James. — Não é esse o problema. Isso está virando uma multidão, quatro é um pesadelo.

— Bem — James murmurou. — Acho que poderíamos intervir.

— Com Spook Spinelli?

— Certo. Tem razão.

Lincoln soltou uma risada amarga.

— Olhe para aquela cabeça coberta de cabelos. "Baldy" uma ova!

Décadas antes, em 1969, Spook participara com todo vigor das campanhas contra a guerra do Vietnã, fazendo parte das vigílias à luz de velas, ocupando o departamento de alistamento de Darton Hall, na primavera de seu último ano. Embora a política a entediasse, ao menos no plano abstrato, Spook havia adorado a ação engajada, a intimidade, o perigo e a paixão. Dez de seus catorze encontros sexuais ocorridos na época haviam envolvido membros do movimento, uma estatística que não incluía um zelador e um capelão-assistente politicamente confuso. Ela havia posado em *topless* para o livro do ano de Darton Hall; acompanhara seis incrédulos jovens ao baile de formatura. Não que Spook fosse promíscua. Tinha a mente aberta, isso sim, e era fisicamente generosa, a ponto de praticar filantropia, mas sem exceção seu coração permanecia em acordo com suas partes baixas. Spook tinha consciência. Amara todos eles. Por outro lado, também era verdade que, desde o tempo em que era uma garotinha, Spook enfrentara sérios problemas com a palavra "não". Ela não gostava de desapontar as pessoas. Adorava os homens e sentia grande prazer em saber que os homens a adoravam.

À luz da história, portanto, Spook não poderia prever nenhuma dificuldade real com relação a Baldy Devlin. Fizera isso antes, várias vezes, e sabia como manter muitas bolas no ar, ao mesmo tempo.

— O que vamos fazer — ela anunciou na manhã do Dia de Ano-Novo — é tocar de ouvido, ver como as coisas se desenrolam.

Os quatro estavam sentados na sala de Lincoln: Spook e Baldy no sofá novo, James em uma poltrona, Lincoln presidindo a reunião de um banquinho do bar. Nenhum deles havia dormido. A sala estava repleta de má vontade, assim como os escombros de um novo milênio.

— Talvez seja boa idéia — Spook disse —, se todos nós respirarmos fundo. Não há motivo para pressa.

— Você passou a noite com esse homem — James acusou, apontando para Baldy com um aceno de cabeça. — Isso é o que eu chamo de pressa.

— Ora, pelo amor de Deus! — Spook protestou. — Estamos no ano 2000, não estamos? Sejamos adultos.

— James "é" adulto — Lincoln declarou —, e está furioso.

Spook assentiu. Estava reconhecendo o terreno ao mesmo tempo em que avançava sobre ele.

— Talvez esteja — disse —, mas isso só prova de que ele é homem. — Apagou um cigarro pela metade e, imediatamente, acendeu outro. Seus olhos verdes faiscavam. — Não sou especialista em história, mas sei que as mulheres sempre tiveram de tolerar esse tipo de coisa. E quanto a Brigham Young? A Bíblia? Abraão, Jacó, Davi e o velho e assanhado Salomão... a lista não tem fim. — Suspirou. — Pensei que fôssemos mais esclarecidos a esse respeito.

— A questão não é esclarecimento — disse James. — A questão é seu coração.

Spook fez uma careta zombeteira.

— Meu coração, você acha?

— Acho — James confirmou, virando-se para Lincoln em busca de apoio. — Até onde você pode espalhar seu amor, antes que deixe de ser amor?

— E se transforme em mero sexo — Lincoln completou.

Baldy Devlin corou, secou o suor da testa com as costas da mão e concentrou-se em amarrar o sapato. Spook deu-lhe um tapinha no joelho.

— Espero estar errada — disse —, mas, ao que parece, a verdadeira questão aqui é a do orgulho pela posse. Não sou um conversível e não pertenço a ninguém. — Mais uma vez, afagou o joelho de Baldy. Ela estava fora de controle. Sabia disso. Precisava disso. O risco a transformava na Spook que era, algo mais do que a triste e calada Caroline, como fora batizada. O risco a mantinha longe dos venenos domésticos. — Nosso novo parceiro — disse — quer tentar. Estou me referindo a nós quatro. Não é verdade, querido?

— Quatro? — Baldy repetiu.

— Perdido por pouco, perdido por muito — Spook concluiu.

Lincoln emitiu um som de irritação e desprezo. Era um homem tolerante, sossegado a ponto de parecer sonolento, mas agora se descobria lançando mão do sarcasmo.

— O que ela está querendo dizer — explicou — é: quanto mais, melhor.

— Quer a fatia dela do bolo — James acrescentou. — Quer o bolo inteiro.

— Três bolos — Lincoln corrigiu.

Baldy Devlin pôs-se de pé.

— Escutem — murmurou —, não pratico *swing*. Para dizer a verdade, eu nem sabia que ela era casada. O sobrenome é Spinelli, certo? Sem brincadeira, não liguei uma coisa a outra até... bem, até todo aquele álcool fazer efeito, até ser tarde demais. — Olhou para James e, então, para Lincoln. — Vou embora. É melhor deixar que vocês resolvam isso.

— Não seja ridículo — Spook protestou, sorriu e bateu de leve no sofá. — Sente-se aqui.

— Acho melhor...

— Sente-se.

Baldy sentou-se.

— Quero deixar uma coisa muito clara — Spook declarou. Ela ainda sorria, mas seu sorriso agora parecia esculpido em gelo. — Não permitirei que ninguém me pressione a nada. Se é de coração que estamos falando, ou sobre amor, afeição — fez uma pausa e encarou James. — Bem, gosto muito de cada um de vocês. E não deixarei que meus sentimentos sejam ditados a mim por alguma idéia do tempo da vovó sobre bom comportamento. — Voltou a sorrir. — Fui clara?

— Perfeitamente — James respondeu. — O problema é que, mais cedo ou mais tarde, as pessoas fazem escolhas. Ninguém pode ter tudo.

— Quem escreveu essa lei? — Spook inquiriu.

— Trata-se de senso comum.

— Precisamente. Sou incomum. Se algum de vocês tem algum problema em relação a isso, sinta-se livre para partir.

— Nesse caso — Baldy murmurou, já começando a se levantar.

— Você não — Spook ordenou.

No final, Baldy partiu, rápida e permanentemente, e levou consigo o histórico impecável da soberania de Spook sobre o sexo masculino. Durante várias semanas, os telefonemas dela para Baldy não foram atendidos, seus e-mails desapareceram nas profundezas do universo cibernético. Spook tinha dificuldade para dormir. Engordou dois quilos e continuou comendo. Não tinha energia para visitar a academia. Pela primeira vez em cinqüenta e poucos anos, Spook notou certa decadência na mistura de charme e magnetismo, que já fora puro estilo, uma certa erosão em seu apelo feminino, o que até então, parecera ser, ao mesmo tempo, uma bênção e um direito por nascimento. Furinhos pequenos e feios povoaram suas nádegas. Seus seios pareciam estar mais próximos do chão.

Mais de uma vez, Spook explodiu em lágrimas. As refeições eram servidas com atraso nas duas mesas. Ela começou a perder no jogo de canastra. Até mesmo seu impulso sexual, antes insaciável, desapareceu por completo. Os dois casamentos sofreram.

Spook deu-se conta de que sua infelicidade tinha pouca relação com Baldy Devlin, mas tinha tudo a ver com sua própria auto-estima. O homem era atraente, claro, mas não tão atraente, e em outras circunstâncias ela certamente já o teria arquivado na categoria "conquistas" ou "boa diversão". No entanto, ela não conseguia tirar o rosto de Baldy da mente.

Sentiu-se doente no espírito. Também ficou assustada. Não queria mais lítio em sua vida, nem hospitais, nem pessoas mortas sussurrando em seu ouvido.

Os maridos de Spook ofereciam pouca ajuda. Nos dias melancólicos de janeiro, passaram mais tempo na companhia um do outro, bebendo, chorando mágoas, do que com Spook. Em uma tarde, no início de fevereiro, Lincoln deixou a casa em Pine Hills Drive e alugou um pequeno quarto de hóspedes na residência mais humilde de James, situada em Spring Street.

— Até essa situação se resolver — ele disse a Spook —, é óbvio que você precisa ficar algum tempo sozinha. James e eu decidimos lhe dar esse tempo.

Spook assentiu.

— Ele está bem?

— Acho que sim. Não está se sentindo, exatamente, um marido, no momento.

— Estou falando de Baldy — ela esclareceu. — Você trabalha com ele. Ele, alguma vez...

— Ora, já chega! — Lincoln quase gritou. Apanhou sua mala, atravessou a porta e, então, virou-se para fitá-la. — Algo para você refletir — disse. — Quem tudo quer, tudo perde.

Spook deu de ombros.

— Tirou essa frase de seu manual de garanhão?

— Não — ele respondeu com gentileza maior do que ela merecia.

Não era verdade que Spook jamais enfrentara uma decepção. Em determinadas ocasiões, os acontecimentos mais extraordinários de nosso universo podem ser explicados pelo que há de mais convencional, o bizarro, pelo banal, e foi assim com Spook Spinelli.

Spook nascera Caroline, irmã gêmea de Carolyn. Ambas eram loiras e tinham olhos verdes, e eram idênticas, exceto pelos rins. Na idade de 5 anos, Carolyn adoecera, vítima de insuficiência renal. Dezessete meses depois, ela morreu, e, no ano seguinte, Caroline parou de falar: uma palavra aqui, outra ali, pouco mais que isso. Entrava e saía de hospitais, era submetida a todo tipo de testes por psicólogos infantis, mas no final sua mudez parecia proposital, inteiramente volitiva, produto não de uma doença, mas de uma teimosia interna muito poderosa.

Seu pai a apelidou de Spook, "fantasma": uma brincadeira para encorajá-la a falar, para tornar menos sombrio o clima distante e assombrado que parecia envolvê-la naquele ano terrível.

Ela ouvia vozes, às vezes, quase sempre da irmã, Carolyn. Voltou a chupar o dedo. Ria enquanto dormia. Ficou afastada da pré-escola e de boa parte da primeira série.

Então, de maneira abrupta, logo após seu sétimo aniversário, Spook voltou a falar, frases completas, como se nunca tivesse parado, e pelos cinco anos e meio seguintes foi uma garota normal e alegre. As pessoas elogiavam seus lindos olhos verdes, seu sorriso radiante, sua postura descuidada diante do mundo. Os garotos se apaixonavam. Professores riam. Uma conquistadora impossível, dizia seu pai. Uma destruidora de corações nata.

Aos 12 anos, em uma tarde chuvosa de agosto, Spook cavou uma cova rasa em seu quintal. Sua mãe a encontrou ali, deitada de costas, sob a chuva, olhos fechados, mãos cruzadas sobre o ventre, encharcada, linda como uma boneca. Spook não voltou a falar durante oito meses.

Mais uma vez, vieram os hospitais e, dessa vez, as drogas. Mais uma vez, também, a recuperação foi súbita.

— Eu não precisava falar — ela disse aos pais, antes de virar-se e não pronunciar nem mais uma palavra a respeito.

Era meiga. Não queria assustar ninguém.

Com exceção de um ou dois incidentes, os anos de colégio e faculdade de Spook Spinelli passaram sem nada mais sério do que certo exibicionismo cheio de charme. Chupava o dedo em público, exibiu os seios no livro do ano, teve um caso com um capelão-assistente e um zelador marxista, além de um grande número de estudantes muito agradecidos. Era querida. Recebia notas excelentes, fez dois abortos.

Depois de se formar em Darton Hall, em 1969, Spook deixou Minnesota e foi para Los Angeles, onde sua beleza e apetites entusiásticos logo a levaram para a cama de um roteirista de 41 anos de idade, conhecido pelo trabalho irregular no decadente gênero do faroeste. Em questão de semanas, ela o trocou por um ator, que foi sucedido por um garçom, rapidamente substituído por um tecladista de uma banda de rock de sucesso. O futuro de Spook parecia promissor. Seu nome apareceu duas vezes na revista *Variety*. Ela foi fotografada ao lado de Ryan O'Neal, em um evento beneficente, no Hollywood Bowl. No final, porém, Los Angeles tornou-se amarga, em parte por culpa dela mesma. O tecladista não teve paciência para tolerar o flerte de Spook com o baterista de uma banda concorrente, que era ligeiramente mais famoso, mais rico e mais atraente que ele.

— É sobre garotas como você — o tecladista lhe disse, na noite em que a mandou embora — que escrevo as minhas canções mais tristes.

Spook voltou a Twin Cities. Menos de um ano depois, estava noiva de Lincoln Harwood. Catorze anos depois, casou-se com ele. Foi um noivado longo, mas valeu a pena esperar. Lincoln possuía estabilidade financeira, era receptivo às excentricidades dela e orgulhava-se de ser o sucessor de um astro do rock. Acima de tudo, ele a amava. Era um amor absoluto e incondicional, exatamente o que Spook Spinelli exigia.

No final de fevereiro, algumas semanas depois que Lincoln mudou-se para a casa de James, Spook organizou uma sessão de estratégias com suas duas melhores amigas, Jan Huebner e Amy Robinson. Amy se divorciara havia pouco mais de um ano, Jan havia apenas um mês, e a amargura e o realismo combinados das três resultaram em sábios conselhos. Elas se encontraram na residência de Pine Hills Drive. Café foi servido.

— Você sabe onde esse tal de Baldy almoça — disse Amy. — Arranje um emprego como garçonete. Mostre a ele seu cardápio.

— Emprego? — Spook indagou.

— Esqueça — disse Amy.

Jan Huebner chorou. Então, disse:

— Spook, você continua bonita... Só Deus sabe como você consegue! Por que não é direta? Vá à casa dele. Vista roupas provocantes.

— Exatamente — Amy concordou. — A mesma tática que você usava na faculdade. Este café está delicioso.

— É da marca Kona — Spook informou. — Ele não quer me ver.

— Já tentou e-mails? — Jan perguntou.

— Puf! Desapareceram, como se eu nunca os tivesse enviado.

Durante alguns minutos, ficaram ali sentadas, pensando.

— Conte-nos mais — Amy pediu. — Hábitos, do que ele gosta, do que não gosta.

— Fraquezas — Jan acrescentou.

— Dê-nos elementos que possamos usar — Amy explicou.

Spook esforçou-se ao máximo para se lembrar da conversa que tivera com Baldy na noite de Ano-Novo, mas agora tudo não passava de um zumbido obscuro de insinuações e crescentes expectativas.

— Bem — disse —, ele adora futebol e torce para os Vikings.

— Que tal saltos "estrela"? — Amy lembrou. — Uma chefe de torcida como você foi nos velhos tempos, com a diferença de que, agora, você tem... 53 ou 54 anos? Seria uma grande novidade. Ele ficaria de queixo caído.

— Cinqüenta e três — Spook respondeu, irritada. — E nunca fui chefe de torcida.

— Não?

— Não.

Spook levantou-se e temperou o café com doses de *bourbon*.

— Bem, você se vestia como uma chefe de torcida — Jan murmurou. Todos vestiam *jeans* e camiseta, mas você chegava de *shorts* de papel-alumínio.

— Não era papel-alumínio — Spook protestou, indignada.

— Parecia papel-alumínio — Amy confirmou. — E era muito justo. — Metálico — Spook corrigiu, sorrindo com a lembrança. — Eu achava que valorizava meu corpo. Os rapazes adoravam.

— Falando nisso — Amy interrompeu —, você me deve um pedido de desculpas. Billy McMann. Você e seus *shorts* de alumínio o roubaram de mim.

— Aquilo foi amor — Spook declarou. — Este café está mesmo demais! — Jan exclamou.

A voz de Amy se ergueu.

— Ora, vamos! Você não precisava seduzir Billy. Era minha única chance.

— Não vamos brigar — Jan pediu.

— Vamos, sim, a menos que ela peça desculpas — Amy insistiu.

— Peça desculpas — Jan dirigiu-se a Spook.

Spook deu de ombros.

— Está bem. Desculpe-me, mas Billy me amava, e eu o amava.

— Durante sessenta minutos — Amy acrescentou.

— Parem com isso — Jan ordenou —, ou vou chorar. — Beliscou o nariz, entre as sobrancelhas, piscando repetidas vezes, a fim de afastar as lágrimas de um divórcio amargo, um casamento amargo. — Vou dizer o que Spook deve fazer. Deve entrar no escritório desse tal Baldy, sujeito manipulador, prensá-lo contra a parede e arrancar algumas respostas dele. Ele dormiu com você, certo? Na noite de Ano-Novo?

— Mais ou menos.

— Mais ou menos? — Amy indagou, confusa.

Spook fixou os olhos em seu café, como se procurasse por alguma coisa dentro da xícara.

— Bebemos muito — murmurou. — Não estou certa de que ele compreendeu completamente... bem, o que aconteceu.

— E o que aconteceu? — Amy pressionou.

— Deixe para lá. Eu precisava de um pouco de ação. Sou casada, afinal!

— Eu que o diga — Jan concordou.

— Em outras palavras — Amy concluiu —, o sujeito estava na terra dos sonhos?

— Não totalmente.

— Acho que vou vomitar — Jan balbuciou.

Amy Robinson tomou a mão de Spook, segurou-a por um segundo e, então, tocou de leve as duas alianças de casamento.

— O que vou dizer agora vai lhe parecer simplista demais — disse em tom ligeiramente pomposo —, mas aqueles seus dois maridos são pessoas ótimas. Mais que ótimas. São excepcionais. Jan e eu não temos nada. Sabe o que é uma casa vazia? Sabe o que é não ter ninguém? — Sabe o que é a solidão? — Jan Huebner indagou. — Sabe o que é um vibrador? — Amy acrescentou.

Spook agitou as mãos, exasperada. Queria falar, queria se defender, mas uma fadiga súbita e intransponível tomou conta dela. Quase sempre desesperada. Quase sempre com medo. Algo triste e familiar estava acontecendo em sua mente, como uma cortina se fechando.

Baldy Devlin já não era a questão. Spook não tinha certeza de que realmente havia uma questão. Mal conseguia lembrar-se do rosto do sujeito, ou o que a atraíra tanto, ou como ela havia chegado àquele lugar vazio em sua vida. Sentiu a aterrorizante pressão da meia-idade, além do *bourbon*, dos fantasmas, da culpa e da busca interminável.

Não havia nada que Spook pudesse fazer. Ela se deixou deslizar para longe.

A certa altura, ela riu.

Mais adiante, no final da tarde, levou o polegar à boca e disse:

— Ah, olá.

Mas ninguém a ouviu e, depois disso, ela não disse mais nada.

8
TURMA DE 69

— Tenho câncer de mama. Tenho 52 anos. Farei 53 dentro de uma semana.

— Mesmo assim — disse Billy —, continua linda.

Dorothy Stier sacudiu a cabeça e desviou o olhar.

— Não dizemos "eu tive câncer". Dizemos "eu tenho câncer". Como nos referimos à cor dos olhos, ou a uma marca de nascimento. Você o carrega ao supermercado, ao cemitério.

— Com certeza — disse Billy.

Estavam parados, quase de frente um para o outro, junto à pista de dança. Passava de quatro horas da madrugada, e o ginásio estava deserto, exceto por nove ou dez membros "duros de matar", da turma de 69.

Billy tentou magoá-la com o olhar.

— Como vai Ron? — perguntou.

— Bem. Rico. Tem dois Volvos. Ainda vai furar a lataria, de tanto poli-los.

— E seus garotos?

— Não são mais garotos — Dorothy disse e riu. — São maravilhosos. Provavelmente, você os conhecerá amanhã.

— Não.

— Não seria problema.

— Não.

— Billy, isso é absurdo. Ninguém se importa com o que aconteceu há décadas.
— Ninguém, ninguém — ele disse.
— Eu não quis dizer ninguém.
— Acho que quis.
— Billy, seja razoável. Conheça os garotos.
— Obrigado, mas não está em meus planos.
Dorothy franziu o cenho.
— Vamos dançar, então?
— Muito pouco, tarde demais. Talvez uma bebida.
— O que é isso em sua mão? — Dorothy indagou. — Ora, vamos, por favor. Apenas uma dança.
— Câncer?
— Oito nódulos, há três anos. Tenho uma chance. Você adorava dançar.
— Adorava.
— Você me odeia?
— Isso ajuda.
Ela fez um movimento rotatório com a mandíbula, como fazia no passado. Sua maquiagem era espessa e pouco convincente. Ela parecia doente.
— Escute, eu fiz o que tinha de fazer. Meu Deus, Billy, quando isso vai parar?
— O que é "isso"?
— Ódio — ela disse. — A vontade de me magoar.
— Está brincando?
— Billy, vamos dançar.
— Não posso. Dance com Ron.
Billy virou-se e dirigiu-se a uma das mesas no escuro, longe da pista de dança. Por algum tempo, ficou sentado sozinho, observando os rostos cansados balançando acima de seus crachás. Mais tarde, Dorothy foi até lá e perguntou:
— Quer mesmo deixar a situação assim?

— Assim, como?
— Posso me sentar?

Ela se sentou no colo dele.

— Melhor? — indagou.
— Ah, sim, apaga tudo mais — ele respondeu. — Seus dois garotos... Eles têm meus olhos?
— Billy...
— Grandes olhos azuis?
— Seus olhos — ela declarou — não são azuis.
— Certo. Não são azuis.
— Você me odeia.
— Os olhos de Ron — disse Billy. — Que tonalidade de azul têm os olhos de Ron?
— Não vejo aonde você pretende chegar.
— Não, você não vê.
— Talvez eu não devesse me sentar aqui.
— Talvez não.

Dorothy levantou-se em um movimento nada gracioso e baixou os olhos para fitá-lo. Apanhou o copo dele que estava sobre a mesa.

— Também posso ficar bêbada. Posso ser cruel.

Bebeu todo o uísque que restava no copo de Billy. Então, bebeu o resto de três outros copos que haviam sido abandonados na mesa.

— O que vai ganhar por me magoar? — ela perguntou. — Eu era jovem. Queria algumas coisas, como uma vida normal, e você... Você foi embora.
— Embora. Uma palavra estranha.
— Ele queria se casar comigo. Ele me adorava.
— E eu havia partido.
— Sim.
— Não fui para a Sibéria — Billy lembrou. — Existem até shopping centers por lá. Não foi uma partida tão definitiva.

— Bem, foi como me senti, Billy. Como se você estivesse na Sibéria. — Dorothy aproximou-se da mesa ao lado e voltou com a bebida de alguém. — Duvida de mim?

— Vá em frente.

Ela bebeu depressa.

— Sabe o que dizem as estatísticas? Oito nódulos: cinco a sete anos. É como a sentença de um assassino.

— Ron pode pagar por um belo funeral.

— Por favor, dance comigo!

— Por favor, por favor — Billy repetiu.

— Vou dançar sozinha, Billy. Vou tirar a blusa.

— Corajosa.

— Acha que não sou capaz?

— Acho.

Dorothy se afastou e desapareceu. Mais tarde, Billy a viu dançando sozinha. Era um tanto embaraçoso, pois ela estava bêbada, falava e cantava muito alto, tinha 52, quase 53 anos, com um marido e dois filhos crescidos, mas também era verdade que Dorothy era uma mulher sensata, e ela ficou de blusa.

9
WINNIPEG

Billy McMann deixou o país no dia 1.º de julho de 1969, dezoito dias depois de se formar em Darton Hall. Havia esperado o máximo que podia. Às 11h30 daquela manhã, depois de ter adiado sua reserva duas vezes, Billy embarcou no vôo da Air Canada, que aterrissou em Winnipeg no início da tarde. Levava toda a sua vida em três pequenas malas.

No Departamento de Imigração, declarou-se turista, mostrou o passaporte, apanhou a bagagem e livrou-se da alfândega em menos de um minuto. Não houve perguntas. Não houve policiais, nem agentes do FBI à sua espera, de algemas em punho. Billy pegou um táxi e foi para um hotel no centro da cidade, onde se registrou, tomou um banho, vestiu calça *jeans* e camiseta, e encarou o espelho do banheiro. Um rapaz alto e assustado, usando rabo-de-cavalo, encarou-o de volta.

— Meu Deus, por favor — ele murmurou.

Então, telefonou para os pais, que viviam no sudoeste de Minnesota. Billy ensaiara seu discurso várias vezes, à procura de uma maneira eficiente de dizer as coisas, mas mesmo assim descobriu-se diante de grandes dificuldades emocionais, enquanto explicava à mãe o que acabara de fazer.

Ela ficou chocada, de início, mas depois mostrou-se furiosa.

— A vida é sua — disse a mãe —, e suponho que você tenha todo o direito de arruiná-la. — Houve um ruído de estática. — Vou passar o telefone para seu pai.

O pai compreendeu. Enviaria dinheiro. Conversaria com a mãe de Billy.

— É a coisa certa a fazer — Billy afirmou.
— Claro.
— Sinto muito.

O pai tossiu e tentou rir.

— Bem... Ora... — disse. — A coisa certa. Suas próprias palavras. E para onde devo enviar o dinheiro?

Quando desligou, Billy se recompôs e discou o número do telefone de Dorothy Stier, em St. Paul. Ninguém atendeu. Dorothy estava apavorada, sem dúvida, com medo do telefone, com medo das desculpas comoventes e muito sensatas que ela inventaria, para explicar o fato de ter perdido o vôo.

Billy esperou uma hora, tentou novamente e, então, saiu para um passeio na direção do rio. Era difícil acreditar, pensou. O dia ainda era 1.º de julho de 1969. Ele ainda era Billy McMann. Ao seu redor, o mundo parecia incrivelmente comum: pessoas tomavam sorvetes, pessoas conversavam nas esquinas. Era difícil para Billy saber o que deveria sentir. Alívio, sim, mas também culpa e medo. Às vezes, ele parecia sair de dentro de si mesmo, para pairar ao redor, como um espectador de sua própria vida. Outras vezes, sentia-se como um criminoso.

Jantou em um restaurante chinês, em Provencher Boulevard, voltou ao hotel e tentou mais uma vez o número de Dorothy Stier, em St. Paul. Ela só atendeu muito depois de meia-noite.

— Por favor, ouça o que tenho a dizer — ela pediu.

Billy riu.

— Eu estava de malas prontas, Billy. Na verdade, cheguei a entrar em um táxi e seguir até metade do caminho para o aeroporto. Acho que sou mesmo muito covarde.
— Também acho — ele disse.
— Não faça isso.
— Fazer o quê?
— Você sabe o quê — Dorothy respondeu. — Essa história toda está me matando, mal consigo respirar, e gostaria que você, ao menos, me ouvisse. Não consigo parar de chorar. O dia todo, a noite toda. É como... Não sei bem... É como se minha mente estivesse toda embaralhada.
Billy imaginou Dorothy à mesa da cozinha: os inteligentes olhos castanhos, o bronzeado que durava o ano inteiro, o sorriso bem-educado e bem treinado, que podia significar quase qualquer coisa. Provavelmente, estava lendo anotações, a fim de manter a coerência da história.
— Tenho 21 anos, Billy, e não posso, simplesmente, fugir de tudo. É uma idéia sonhadora demais, romântica demais.
— Romântica demais?
— Não foi isso o que eu quis dizer.
— Acho que foi.
Dorothy chorou, ou fingiu chorar. Depois, disse:
— Você não quer compreender, quer? Eu só quis dizer que é uma fantasia absurda, impossível. Usar roupas de camponeses, viver na floresta...
— Winnipeg — Billy esclareceu — não fica na floresta.
— Mas você sabe!
Dorothy já não chorava agora. Estava pensando.
— Bem, quando entrei no táxi, já não conseguia mais acreditar. Somos pessoas diferentes. Sou republicana, Billy. Sou americana. Não posso evitar.
Instantes depois, como se só então se lembrasse, acrescentou:

— Não vá pensar que eu não te amo. — Então, sugeriu:
— Eu poderia visitá-lo, algum dia. Poderíamos conversar.

Billy sabia o que viria a seguir.

— Billy, eu sinto muito — Dorothy declarou com sentimento, mas em um tom de voz que mais parecia uma acusação, do que um pedido de desculpas.

Curiosamente, Billy não imaginou o rosto de Dorothy. O que viu foi uma pulseira de prata que lhe dera, no Dia dos Namorados. Dorothy o abraçara e seus olhos haviam se enchido de lágrimas. No entanto, ele nunca mais voltara a ver a pulseira, nem ela a havia mencionado. O que era muito do feitio dela. Com Dorothy, era preciso prestar atenção às coisas que não eram ditas.

Naquele exato momento, por exemplo, ela não disse "Billy, eu te amo mais do que tudo", porque ela não o amava mais do que tudo. Dorothy amava *cashmere*. Era uma boa pessoa em vários aspectos: divertida, inteligente, apaixonada, generosa e determinada, mas, às vezes, toda aquela bondade era esmagada pelo privilégio e pela política do homem das cavernas.

Billy sentiu vontade de chorar. Ao contrário, agarrou-se à raiva.

— Eu cancelei dois vôos — disse. — Telefonei uma dúzia de vezes, duas dúzias. Você não atendeu.

— Eu estava com medo.

— Sei muito bem que estava com medo.

— Não fale assim comigo! E não seja cruel, ou vou desligar.

— Crueldade foi o que você fez, três noites atrás, debaixo dos lençóis, quando se esqueceu de mencionar que eu viajaria sozinho.

— Eu não tinha certeza naquela noite.

— Não foi o que pareceu, com todas aquelas promessas.

Houve um ruído na linha, como se um ar-condicionado tivesse sido ligado dentro da cabeça de Dorothy.

— Acho que você tem razão — ela disse, embora seu tom de voz sugerisse que ele estava apenas parcialmente certo, pois promessas faziam parte da cena. — Eu não deveria ter falado de maneira tão definida. Admito que errei.

— E quanto à parte em que íamos nos casar?

— Billy, eu gostaria...

— E a casa de tijolos aparentes? E os bebês que você queria?

O tom de Dorothy tornou-se petulante.

— Bem, é óbvio que você me despreza.

— Isso é insano.

— É mesmo? Sempre todo-poderoso, você nunca está errado a respeito de nada.

Winnipeg era uma cidade bonita, mas que brincava com a mente de Billy. Ele tinha pesadelos de exílio: Nixon em desesperada perseguição, muitas sirenes, lanternas de busca e cães rosnando. Mesmo à luz do dia, quando caminhava ao longo do rio, ou se sentava sozinho em um parque, Billy tinha a sensação de estar sendo observado por uma desconhecida autoridade nas questões de certo e errado: algum membro da Real Polícia Montada do Canadá, talvez, ou sua mãe, ou ainda um Buda sorridente. Uma manhã, em um restaurante, enquanto comia ovos cozidos, ele começou a chorar. Em outras ocasiões, uma espécie de paralisia tomava conta dele, um total fechamento espiritual, e ele fechava as cortinas de seu quarto de hotel e se deitava na cama, olhando fixamente para a televisão. Não tinha nenhum amigo na cidade. Não tinha emprego. Não tinha ambição alguma que fosse além do próximo amanhecer.

Durante meses, em seu último ano em Darton Hall, Billy fantasiara aquela situação, coordenando detalhes com Dorothy, mas no final tudo se reduzira a um impulso. O comunicado de convocação havia chegado oito dias após a formatura. Billy retirara todo o dinheiro que possuía na poupança, comprara duas passagens só de ida, fizera as malas e esperara no aeroporto até não poder mais.

Billy telefonou para Dorothy outra vez, duas semanas depois. Tentou manter acesa a chama da esperança, mas a conversa logo se tornou vazia. Ouviram o desespero um do outro. Dorothy falou, afinal:

— Tentarei visitá-lo. Talvez dentro de um mês, ou dois.

— Onde está a pulseira? — Billy perguntou à queima-roupa.

— Pulseira?

Ele assentiu, olhando para uma janela aberta, com vista para olmos e fios da companhia telefônica.

— Esqueça. Está namorando alguém?

— Eu não chamaria isso de namoro.

— Não?

— Não.

Dorothy começou a acrescentar algum comentário, mas em sua mente Billy já sabia todos os nomes que ela daria ao relacionamento.

— Ron? — ele indagou.

— Não estou saindo só com Ron.

— Certo, mas sai com ele mais do que com os outros?

— Sim, acho que sim.

— Quanto mais?

— Mais, simplesmente. Pare com isso.

Billy fixou os olhos nos fios telefônicos.

— Claro, venha me visitar — disse. — E não se esqueça de trazer Ron.

* * *

O primeiro mês mais pareceu um sonho. Cores impossíveis, formas e sons vulgares, um novo e aterrorizante peso sobre o mundo.

Billy cortou o rabo-de-cavalo.

Parou de escovar os dentes.

Às vezes, ria sozinho. Às vezes, era tomado por uma raiva inútil: raiva de Dorothy, de seu país e de pessoas espertas que inventavam listas de motivos para matar outras pessoas espertas. Sempre havia um motivo. Átila, o rei dos hunos, tinha motivos. Uma vez, quando tentara expressar essa idéia para Dorothy, ela havia lhe perguntado o que ele faria se alguém tentasse estuprá-la, se ele não lutaria para impedir, se não mataria o tarado. E Billy respondera que sim, desde que um estuprador vietnamita aparecesse em Darton Hall, vindo de avião, diretamente de Hanói. Nesse caso, sim, ele acabaria com o pequeno pervertido. A tentativa não o levara a lugar nenhum. Dorothy era patriota a toda prova, abstêmia de pensamentos. A ironia não fazia parte do repertório dela.

— Isso é absurdo — ela dissera.

E Billy sorrira e replicara:

— Não, esse é um daqueles excelentes motivos para matar pessoas, o velho motivo grego.

Billy preocupou-se com a possibilidade de estar enlouquecendo.

Mover-se era um problema. Seu corpo parecia ter se transformado em pedra. Em muitas manhãs, ele encontrava dificuldade para sair da cama. Assistia à televisão. Falava sozinho sobre Dorothy. Tinha discussões longas e complicadas com Deus, nas quais se defendia, explicava seus motivos.

— Ei, você — ele dizia. — Ora, vamos, sou pouco mais que uma criança.

No início de agosto, com seus últimos cem dólares no bolso, Billy forçou-se a fazer alguma coisa. Depois de dois dias, encontrou um emprego decente, em uma filial do sistema de bibliotecas públicas de Winnipeg: parte atendente, parte zelador.

Foi informado de que, para continuar no Canadá, seria necessário obter uma coisa chamada "condição de imigrante estabelecido", que significava atravessar a fronteira com os Estados Unidos e, então, cruzar de volta para o Canadá, com provas de um emprego garantido. A perspectiva o aterrorizava. Durante uma semana, Billy encontrou todo tipo de desculpas para adiar a aventura, mas no dia 17 de agosto alugou um carro e seguiu para o sul, pela Highway 7. Três horas depois, recebeu permissão para atravessar a fronteira, próximo a uma cidadezinha de Minnesota. Almoçou lá, pensou em telefonar para Dorothy, decidiu não ligar e registrou-se em um motel, para passar sua última noite como americano.

Dormiu uma hora, no máximo.

Na manhã de 18 de agosto de 1969, às dez horas, Billy McMann sentou-se no pequeno escritório que cheirava a pinho, na fronteira canadense. Apresentou os papéis de seu emprego e a certidão de nascimento. Um dos funcionários ofereceu-lhe um refrigerante gelado.

Somando tudo, o processo demorou pouco mais de duas horas.

No meio do trabalho burocrático, quando Billy chorou um pouco, o funcionário disse:

— É difícil... Só pode ser... Portanto, se não estiver certo...

— O que é certo? — Billy indagou.

O homem balançou a cabeça e respondeu:
— Não sei.

Uma semana depois, Billy alugou um apartamento barato em St. Boniface, distrito de Winnipeg. Era o lugar que ele e Dorothy costumavam imaginar: assoalho de carvalho, teto alto, uma grande janela envidraçada, com vista para um bulevar protegido pela sombra de olmos gigantes.

Billy comprou uma máquina fotográfica, tirou fotos do apartamento e enviou pelo correio o filme não revelado para Dorothy Stier.

Quatro anos se passaram. Dorothy nunca telefonou.

A dor de Billy transformou-se em ressentimento e, então, em algo muito próximo ao ódio.

Em 1974, Billy tornou-se cidadão canadense. Em 1975, casou-se com uma bibliotecária de Calgary. Abriu uma loja de ferragens, comprou um carro, teve uma filha. A amargura, porém, continuou com ele. Havia ocasiões em que ele se deitava na cama, ao lado de sua esposa, sentindo-se sombrio e inquieto, cheio de culpa, cheio de raiva, perguntando-se como teriam sido as coisas se ele tivesse ido para a guerra e morrido educadamente.

Não que Billy duvidasse da própria capacidade de julgamento. Fizera a coisa certa, ou o que acreditava ser certo, mas sem Dorothy a coisa certa sempre lhe parecia errada.

Billy tinha o cuidado de não mencionar nada disso à esposa. Mantinha-se em silêncio, o que parecia necessário, mas aumentava sua culpa. Queria ser um homem de família, entregar-se por completo, mas tudo o que podia fazer era fingir. Expandiu a loja de ferragens, comprou uma modesta casa de três quartos, fingia satisfação à mesa do jantar. Bem ou mal, levou adiante sua vida. Vez por outra, porém, sua esposa interrompia o que quer que estivesse fazendo e apenas olhava para ele. O canto de seus lábios se movia.

— O que foi? — ele perguntava.

Em 1985, a esposa de Billy foi morta por um motorista que a atropelou e fugiu.

Três meses depois, Dorothy telefonou.

— Foi publicado no boletim dos ex-alunos — disse. — Sinto muito.

— Como vai Ron? — Billy perguntou e desligou.

Dorothy ligou novamente, vinte minutos depois.

— Desligar na minha cara ajudou em alguma coisa? — inquiriu.

— Foi uma boa tentativa.

— Não posso desfazer o que foi feito, Billy. Não posso voltar no tempo e embarcar naquele avião.

— Ainda não disse como vai Ron.

— Ron vai bem. Ele também sente muito sobre sua esposa, o acidente... — Dorothy parecia nervosa, mas não muito. — Conseguiram apanhar o motorista?

— Não. Como vai Ron?

— Pare com isso.

— Um ser humano estelar. Ele já é casado?

— Você sabe muito bem que é.

— Certo, acho que ouvi falar de um casamento espetacular. E quem é a moça de sorte?

— Billy, o que quer que eu diga? Quer que diga que foi tudo por minha culpa?

— Sim.

— Foi por minha culpa.

— Você se esqueceu de uma palavra.

— Tudo.

Billy desligou outra vez e esperou pelo resto da noite e, então, esperou por mais dezoito meses. Quando ela voltou a telefonar, Billy disse:

— Aposto que ele é rico, não é? Aposto que você mora em uma casa com piscina, gramado imenso, grandes colunas na frente, estátuas de mármore.

Vinha ensaiando aquelas frases havia muito tempo, não apenas as palavras, mas o tom alegre de sua voz.

— Você não acreditaria quanto este lugar progrediu — acrescentou. — Temos água encanada, comida enlatada.

— Terminou?

— Salões de bronzeamento.

Dorothy esperou.

Quando ele exauriu seu repertório, ela disse:

— Eu o magoei. O que posso fazer?

— Fazer?

— Achei que, talvez, você quisesse conversar. — Ela emitiu um som suave, como um suspiro profundo, que Billy reconheceu do passado, e pôde imaginar a postura pomposa. — Você tem uma filha?

— Susie — ele respondeu.

— Susie. Bonito nome.

— Sim.

— E ela tem...

— Dez anos e é muito, muito bonita, como a mãe.

— Sinto muito. É difícil perder alguém que se ama.

— Nenhuma novidade para mim.

Billy olhou para a filha, que o fitava de cenho franzido. Virou-se de costas e falou:

— A verdade é que há sempre essa sombra fria no caminho. Imagine só!

— Não sou fria.

— O que você é, então?

— Sou Dorothy. Nada mais. — Repetiu o som de suspiro. — Não vou mais telefonar, Billy, mas acho que ninguém deveria guardar rancores por tanto tempo.

Billy riu.

— Onde está a pulseira?

— Que pulseira?

— Aí está minha resposta.

A voz de Dorothy tornou-se áspera, quase rude.

— Acho melhor você procurar ajuda profissional — declarou. — Toda essa amargura não pode ser saudável.

— Mande um grande beijo para Ron, na boca.

Quando Billy desligou, sua filha continuava a fitá-lo.

— Ora, agora você deu para beijar homens?

Em 1991, Billy possuía uma rede de quatro lojas de ferragens, além de uma madeireira e uma bem-sucedida empresa especializada na colocação de telhados. Era vice-presidente do Rotary Club de Winnipeg, secretário do Conselho Artístico de Winnipeg. Não voltara a se casar.

Em outubro daquele ano, Billy contratou uma jovem para cuidar de sua contabilidade. Ela apareceu, um dia, mais qualificada do que seria necessário, procurando emprego. Seu nome era Alexandra Wenz. Billy sentiu uma atração instantânea, algo misterioso, que ia além da biologia. Ela era alta, quieta e elegante, muito eficiente, séria, de olhos azuis e cabelos ruivos. Após alguns meses, os dois começaram a sair juntos. Na quarta noite em que saíram, quando ele tentou beijá-la, Alexandra confessou ter atropelado a esposa de Billy.

— Eu tinha dezessete anos — disse. — Desde então, sempre quis... Ah, meu Deus, nem sei o que queria! Acho que queria conversar com você.

As mãos de Billy continuavam firmes nas costas dela.

— Dezessete anos — Alexandra continuou —, e muito assustada.

Estavam na varanda da casa dela. Passava de meia-noite. A lua brilhava no céu, e os grilos cantavam na grama atrás deles.

— Por isso, eu fugi — ela acrescentou. — Mandei consertar o carro em Kenora. Nunca falei sobre o que aconteceu a ninguém. Nunca ninguém soube. — Alexandra afastou os cabelos ruivos do rosto, fitou-o nos olhos e ergueu as sobrancelhas em uma interrogação. — Às vezes, eu telefonava para sua casa. Você atendia, eu tomava fôlego para falar, para explicar o que realmente aconteceu, mas as palavras pareciam enroscar em minha garganta. Então, eu ouvia por um instante e desligava. Devo ter feito isso uma centena de vezes.

Billy assentiu. Retirou as mãos das costas dela.

— Pode me entregar à polícia — ela disse. — Já não me importo.

Destrancou a porta, lançou um olhar rápido para Billy e entrou. Ele a seguiu. Sentaram-se em banquetas altas, na cozinha, de frente um para o outro, com um balcão a separá-los.

Billy ainda ouvia grilos, embora as janelas estivessem fechadas.

— Todo aquele tempo passou — Alexandra recomeçou — e, um dia, decidi que precisava tomar uma atitude. Vi seu anúncio no jornal. Fui até lá e me candidatei ao emprego. Fiz isso porque... quem sabe... porque, finalmente, eu não suportava mais a culpa. Tinha de encarar você, o atropelamento, e o que mais viesse. — Ergueu os olhos. — Por favor, diga alguma coisa.

Billy sacudiu a cabeça.

— Pode me entregar — ela repetiu.

— Não vou entregá-la.
— Mas pode fazer isso. Deveria, eu acho.
Alexandra permaneceu imóvel, observando-o, esperando.
— Quer me matar?
— Não — Billy respondeu.
— Eu não o culparia, se quisesse.
Ela se levantou, encheu dois copos com água e levou-os até o balcão.
— Não vai ser fácil, mas vou dizer tudo. Sua esposa se atirou na frente do carro... de propósito. Em um instante, ela estava na calçada, simplesmente parada ali. Então, ela ergueu uma das mãos, fez uma careta estranha, pareceu sorrir, e, no instante seguinte, estava bem na frente de meu carro. Ela se atirou. Eu tinha dezessete anos, e isso envenenou minha vida.
Billy não se surpreendeu. Fazia sentido.
— Bem — ele disse —, eu envenenei a vida dela.
— Você fez alguma coisa.
— Sim. Ou, talvez, tenha deixado de fazer.
Ficaram em silêncio por longos minutos. Ouviram o som dos grilos. Alexandra bebeu seu copo de água e fitou-o.
— Quer dormir comigo?
— Quero.
— Acha que é errado?
— Não sei. Talvez seja.

Billy telefonou para a *baby-sitter*, e Alexandra pôs uma pizza congelada no forno. Então, tiraram a roupa e fizeram sexo no balcão da cozinha. Mais tarde, comeram a pizza na cama.
Alexandra contou a ele sobre sua infância, sobre um pai ausente e uma mãe que queria que a filha fosse baliza, para marchar diante da fanfarra nos desfiles das festas da cidade.

— Era só sobre isso que minha pobre e louca mãe falava o tempo todo — Alexandra disse. — Tudo era feito em função desse plano, como se ser baliza fosse um objetivo de vida, ou algo assim, uma carreira muito especial. Era uma loucura, sabe? Minha mãe me chamava de Allie, não Alexandra, porque a última coisa que ela queria era uma baliza "complicada".

Billy também falou.

Contou sobre Dorothy Stier, e sobre sua obsessão. Explicou como sua esposa costumava olhar para ele, talvez intuindo, talvez sabendo, e como no final um rancor ridículo havia destruído tanto a vida dele quanto a dela. Era como se a houvesse assassinado, como se a houvesse empurrado na frente do carro.

— Você não fez isso — Alexandra protestou.

— Quase.

— Você deveria telefonar para essa Dorothy e contar a ela o que aconteceu, em que ela está envolvida.

— São três horas da madrugada.

— Qual é o número?

Billy deu o número a Alexandra, e ela discou e passou o telefone para ele. Foi uma surpresa quando Dorothy atendeu. A voz parecia vir diretamente de 1969, jovial, intocada pelo que o tempo podia fazer às vozes.

Billy ouviu por um instante e desligou.

— Secretária eletrônica — disse a Alexandra.

Poucos segundos depois, o telefone tocou.

— Estrela 69 — disse Dorothy. — Estamos em um mundo diferente, Billy. Podemos, finalmente, conversar?

— Agora não.

— Quando então?

— Um dia.

Ela hesitou.

— Billy, não consigo entender por quê... Estamos ficando velhos.
— Você vai sobreviver.
— Velhos, Billy.
— Sim, talvez. Como vai Ron?

Billy e Alexandra saíram juntos durante cinco meses. Partilharam o fardo da culpa, o que era um conforto, e, à medida que o tempo foi passando, Billy começou a apreciar os olhos azuis e tristes de Alexandra, além de sua coragem, seu sorriso hesitante e a maneira como ela abordava o mundo, de dentro para fora. No final, porém, havia obstáculos demais entre eles. Às vezes, era como se a esposa de Billy estivesse sentada no sofá com eles, ou acocorada ao pé da cama. E havia Dorothy também.
— Talvez eu vá para Dallas — Alexandra declarou. — Vou me tornar vaqueira. Não é exatamente o mesmo que baliza, mas chega perto. Minha mãe ficará feliz.
— Você me fez feliz — Billy disse.
— Um pouco, eu espero.
— Muito.
— Bem, isso é bom. — Os olhos dela eram tristes e sábios. — O problema é que nós dois sabemos demais. Às vezes, é bom não saber de nada.
— Poderíamos continuar tentando — Billy sugeriu.
— E Dorothy?
— Esqueça Dorothy.
— Doce ilusão — Alexandra zombou e sacudiu a cabeça. — É como se alguém houvesse morrido e você continuasse abraçado ao cadáver. Ela deve ter sido uma mulher fenomenal.
— Não. Era bastante comum.
— Azar meu. Tentarei ser comum.

Alexandra sorriu. Billy decidiu que ela era muito bonita, e muito, muito meiga, e ocorreu-lhe que, acima de tudo, ele acabara de perder o resto de sua vida.

— A verdade é que amo você — Alexandra sussurrou —, mas preciso de um homem que seja capaz de olhar para mim.

A mãe de Billy morreu no dia 19 de setembro de 1992. Dois dias depois, com a filha sentada ao seu lado, no banco do passageiro, Billy atravessou a fronteira em International Falls.

— Seus olhos parecem esquisitos — Susie disse.

— É mesmo? — Billy replicou.

Após um instante, sua filha ergueu as sobrancelhas e disse:

— Muito, muito esquisitos, como os olhos de um velho.

Compareceram ao funeral na cidade natal de Billy, ficaram alguns dias com o pai dele e, então, pegaram a estrada para o norte, para Twin Cities.

Billy telefonou para Dorothy de seu quarto, no hotel Hilton de St. Paul.

— Vamos beber alguma coisa — sugeriu. — Encontre-me no aeroporto.

— Está buscando simetria?

— Não. Apareça.

Dorothy riu, emitindo um som atrevido, mas sem real significado, como fazia na faculdade.

— Está bem, mas sou elegante demais para balcões apinhados. Qualquer lugar, menos o aeroporto.

Encontraram-se no bar do hotel.

Não foi, de fato, uma grande surpresa, mas Dorothy estava exatamente como ele havia imaginado: roupas caras, bronzeado caro, cabelos curtos e tingidos no tom louro-claro dos tempos de faculdade. Ela tentou beijá-lo, mas Billy não permitiu.

Sentaram-se em uma cabine arredondada, a um canto, o que tornava mais fácil evitar o contato visual excessivo, a emoção excessiva.
— Ron sabe que você está aqui?
Os olhos de Dorothy pousaram na mesa.
— Bem, ainda não — ela disse.
— Faça-me um favor — Billy pediu. — Não conte.
Ela movimentou a mandíbula, como fazia no passado, desdobrou o guardanapo e passou alguns momentos ajeitando-o no colo. Seus olhos estavam muito maquiados e transmitiam inteligência e esperteza.
— Está bem — disse, afinal.
— O quê?
— Não direi nada a ele.
Billy assentiu. Ocorreu-lhe que era um homem de sorte por não ter se casado com aquela mulher.

Pediram vodca com tônica, sua bebida predileta nos tempos de faculdade, e, então, pelo que pareceu um longo período, ele ouviu Dorothy tagarelar sobre os ex-colegas de Darton Hall, sobre seus dois filhos e sobre os triunfos de Ron na Cargill. O tempo todo, porém, Billy encontrou dificuldade em se concentrar. Durante mais de vinte anos, imaginara aquela conversa, todas as maneiras como pretendia magoá-la, mas agora não sabia ao certo o que queria. Não conseguia localizar a amargura. Enquanto Dorothy falava de sua insônia, de como ela se levantava às duas horas da madrugada e ia para a cozinha, para fazer pães, Billy fitava a ponta do nariz liso e brilhante. Era como se estivesse assistindo a uma televisão sem som, um *close-up* de uma atriz conhecida e envelhecida, no comercial de algum creme para o rosto.

A certa altura, depois que ela explorou detalhadamente o assunto sobre residências de férias, Billy estendeu a mão e pressionou o polegar no nariz dela.

— Deixe-me perguntar uma coisa — disse. — Você se importa?

Ela sacudiu a cabeça, e ele afastou a mão.

— Uma pergunta. Se você olhar para sua vida, há alguma coisa, qualquer coisa, de que você se arrependa? Um item? Um erro? Qualquer coisa?

Ela o fitou com expressão amarga e confusa, como se ele a estivesse submetendo a um teste, para o qual ela se esquecera de estudar.

Dorothy suspirou.

— Suponho que esteja falando sobre o leite derramado.

— Suponho que sim — Billy confirmou.

Ela cruzou as pernas e sorriu para ele; já estava recomposta.

— Ron tem sido um sonho de marido, se é isso o que você quer saber.

— Não exatamente.

— O que, então?

— Nada. — Billy retribuiu o sorriso e ergueu seu copo. — À saúde de Ron.

— Quer que eu diga que cometi um erro enorme? Que deveria ter fugido com você? — Dorothy fitou-o com um olhar que Billy não foi capaz de decifrar. — Não quero fazer isso, Billy.

— Meu leal camarada Ron.

— Bem, ele era.

— Era?

Dorothy desviou o olhar.

— Muito bem, você conseguiu. Talvez, agora, você se sinta melhor, assim espero, mas isso não muda nada. — Fez uma breve pausa. — Sou feliz.

— Uma mulher comprometida?

— Claro.

— Sem casos extraconjugais, então?
— Eu?
Ela riu.
Estava mentindo.
Pouco importava, agora.
Billy deixou que ela conduzisse a conversa de volta aos filhos, que eram fantásticos, maravilhosos, impressionantes.
Dez minutos depois, ele disse que precisava ir embora.
Dorothy tomou-lhe o braço, quando atravessavam o saguão, mantendo a postura ereta, sorridente, fitando-o como se esperasse por um convite. Billy deu-se conta de que aquilo não era uma cantada. Era *sexy*, rígido e vazio; a maneira de Dorothy ser educada. Ela perguntou se a filha dele estava no quarto, e Billy disse que não, que Susie fora ao cinema. Então, mais uma vez, fez-se aquele silêncio significativo, durante o qual Dorothy esperou pela oportunidade de ser nostálgica e, ao mesmo tempo, ficar perfeitamente contente com sua vida.
— Billy, se algum dia, você voltar para cá...
— Com certeza, voltarei.
— Vá jantar conosco. Estou falando sério. Ron gosta de você.
— Ron adoraria.
Billy acompanhou-a até a porta, despediu-se, subiu para o quarto, tomou um banho, ligou a televisão, deitou-se e pensou em todos aqueles anos desperdiçados.
Uma hora se passou, antes que sua filha voltasse do cinema.
— E então? Como foi? — Susie perguntou.
Billy disse que fora tudo bem.
— Ela tentou seduzir você, certo?
— Hã-hã.
— O que significa "hã-hã"?

— Significa não. Ela queria um parceiro de tênis.

Por alguns minutos, Billy manteve os olhos fixos na televisão, que exibia algum desenho animado. Então, riu e perguntou à filha se ela gostaria de fazer uma viagem mais longa, talvez conhecer um pouco do país do pai. Talvez o Grand Canyon, ou Texas.

— Você é canadense — Susie lembrou.

— É verdade.

— Por quê, então?

— Nenhuma razão especial — Billy disse. — Porque vivi aqui, um dia.

10
TURMA DE 69

Às oito horas da manhã de sábado, 8 de julho de 2000, apenas dezoito membros da turma de 69 se reuniram para um bufê de café da manhã, na sede do diretório estudantil de Darton Hall. Entre os ausentes estavam Spook Spinelli, Dorothy Stier, Billy McMann, Marv Bertel, Amy Robinson, Jan Huebner, um médico proeminente, uma mãe de três filhos e o escolhido para o discurso do café da manhã, o vice-governador de Minnesota.

Paulette Haslo chegou atrasada, abatida e arrependida. Sentou-se com Ellie Abbott e Marla Dempsey. Somente Marla tinha apetite.

— Quanto a ontem à noite — Paulette disse —, eu sinto muito, muito mesmo. Foi um vexame!

— Sente muito por quê? — Marla inquiriu.

— Meu Deus! — Paulette exclamou. — Nem sei exatamente por quê. É por isso que estou me desculpando.

Elas riram, bebericaram o café aguado da faculdade e conversaram sobre amenidades, indo de um assunto a outro, evitando os mais delicados. Vinte minutos depois, David Todd bateu com a colher em seu copo. Ele se levantou, equilibrou-se e fez um breve e quase cômico discurso, em substituição ao vice-governador. Disse que se arrependia de ter abandonado Darton Hall depois de seu primeiro ano, mas que havia uma guerra a vencer e ele se sentira obrigado a desafiar a morte nos campos vietnamitas, com sua incrível perna direita. Perna letal, disse ele. Westmoreland havia oferecido um bom dinheiro pela patente. De qualquer maneira, ele finalmente se formara com a turma de 1992, cujas reuniões ele também freqüentava, mas cujas mulheres eram, definitivamente, inferiores às de 69. Um pouco mais jovens, disse ele. Um pouco mais leves sobre as balanças. Muito mais acrobáticas. Mas, afinal, ele disse, a turma de 92 não fora abençoada com uma mulher sequer que pudesse ser comparada a, digamos, por exemplo, Marla Dempsey.

— Como vocês sabem — disse David —, eu me formei em Marla, aqui em Darton Hall, e depois continuei os estudos por mais quase dez anos. Receio ter recebido quase somente notas "C", e terminei com um grande "F", mas vou amá-la para sempre.

As pessoas aplaudiram. Quando ele se sentou, Marla pediu licença às amigas e foi até a mesa de David.

— O que é preciso para ser feliz, hoje em dia? — Paulette perguntou.

— Feliz? — Ellie repetiu.

As duas trocaram um olhar. Nenhuma delas havia dormido muito.

— Escute — Ellie disse —, você é pastora, não é?

— Por assim dizer... desempregada no momento.

Ellie assentiu, tomou fôlego e disse:

— Quer dar uma volta?

Pouco depois de nove horas da manhã, Spook Spinelli acordou em um dormitório minúsculo, de paredes de concreto, no último andar de Flarety Hall. Billy McMann roncava ao seu lado. Por alguns minutos, Spook observou-o dormir. Sentiu uma pontada de remorso, um leve embaraço e uma estranha tristeza que fizeram os olhos arderem. Era uma pena, pensou. Nem mesmo o querido Billy, abençoado seu coração, abençoada sua boa vontade, nem mesmo aquele homem meigo e maravilhoso podia aliviar a pressão em seu coração, a necessidade de embriagar-se em um extintor de incêndio, de se tornar uma irmã morta. Durante anos, as fantasias iam e vinham. Agora, eram constantes.

Ela beijou a testa de Billy. Vestiu-se e entrou no elevador para descer até o térreo. Então, atravessou o *campus* até seu próprio dormitório. Cinqüenta anos vazios, pensou. As opções estavam se esgotando. À luz pálida da manhã, sentiu-se feia, até mesmo ridícula. Usava a roupa da noite anterior: minissaia metálica, saltos altos e finos, blusa vermelha transparente. Seu coração doía. Perguntou-se se seus maridos haviam telefonado, e se naquela noite ela encontraria alguém novo com quem pudesse dormir, e se havia alguma coisa que ela podia fazer para impedir que se destruísse de vez.

Era uma manhã quente, no meio do verão, muito sem movimento, e o *campus* parecia imerso em um clima silencioso, adormecido, suspenso na história, como se os relógios houvessem parado.

Paulette e Ellie caminharam para além do ginásio, passaram pelo novo edifício de ciências e, então, seguiram pela alameda de cascalhos que levava até o pequeno parque escondido entre as árvores. Anos antes, naquele mesmo bosque urbano, haviam acendido fogueiras, planejado manifestos pela paz e cantado músicas folclóricas ao som de violões. O tempo anulara tudo aquilo. Seus sonhos eram, agora, sonhos da meia-idade, sua política, pessoal. Nenhuma das duas falou muito. Deixaram a alameda de cascalhos e embrenharam-se por entre as árvores, e então pararam em uma pequena clareira, onde Ellie e Harmon Osterberg haviam, um dia, vivido um conflito com as questões da inocência e do desejo. De repente, Paulette falou:

— Você fala, eu escuto.

— Não, acho que não — Ellie murmurou.

Paulette tomou-lhe a mão.

— Há uma coisa que já percebi. Os homens de hoje querem sexo oral primeiro, apresentações depois.

— Nem sempre — disse Ellie.

— Não?

— Harmon.

— Certo. Chegou a hora de falar.

— Não posso.

— Pode. Uma palavra, depois outra.

— Dê-me um minuto. Vou tentar.

Mas, então, Ellie chorou.

David Todd e Marla Dempsey demoraram-se com suas xícaras de café na sede do diretório estudantil. Estavam divorciados desde 1980, mas sua história dizia que ainda amavam um ao outro. O amor de David era intenso e excessivo. O de Marla, desapaixonado, era o assunto em questão quando ela disse:

— Eu me perguntava se era *gay*, ou algo assim. Afinal, eu não conseguia... Como vou dizer? Eu não conseguia "ligar", entende? — Olhou para ele. — Você pensou isso?

— Algumas vezes — David confessou.

— Não sou.

— Não é o quê?

— O que acabei de dizer. Garotas não me atraem.

— Excelente — ele festejou. — É muito importante saber isso. — David reclinou-se na cadeira e sorriu para ela. — Falando nisso...

— Sim?

— É pessoal.
— Muito pessoal?
— Mais ou menos.
— Muito bem, vá em frente. É por isso que estamos sentados aqui. Para sermos pessoais.
David assentiu.
— Sim, é por isso.
— Pergunte.
— É apenas uma hipótese — ele disse. — Se eu implorasse a você... se dissesse que me enforcaria, ou talvez saltaria de uma ponte... quero dizer, se fosse uma questão de vida ou morte... preciso saber se você se casaria comigo outra vez.
— É uma questão de vida ou morte?
— Não.
Marla sorriu.
— Então, claro, a resposta é sim, eu me casaria com você outra vez. Mas só se fosse questão de vida ou morte, o que me parece não ser o caso.
— Mas você se casaria comigo para fazer "tudo" o que um casal faz?
— É claro! Marla, a esposa ardente.
— Posso fazer mais uma pergunta?
— Depende.
— Bem, vou lhe explicar o plano — David disse. — Esta noite, pretendo instalar uma plataforma de lançamento entre suas pernas, lançar foguetes, voar até Júpiter e jogar boliche com seus ovários.
— Isso — Marla replicou — não é uma pergunta.

— Está tudo bem, agora — disse Paulette.
— Nada está bem — Ellie Abbott retrucou. Sua respiração era rápida e irregular. — Meu Deus, não posso suportar isso, nem por mais um segundo. Nunca acaba. O dia todo, a noite toda.

— O quê?
— Tenho medo de me deitar, medo de acordar. Isso nunca, nunca pára.
— O quê?

Eram 10h30 da manhã, quando Marv Bertel acabou de se barbear. Flarety Hall não tinha ar-condicionado e, àquela hora, a manhã já era quente demais. Marv estudou-se no espelho, pensando em Spook, perguntando-se se deveria tomar outro banho, mas decidiu em contrário e aplicou desodorante nas axilas, tomou três comprimidos para o coração e voltou ao quarto. O rosto de Spook esperava por ele, lá... no armário, debaixo do travesseiro. Seria naquela noite, pensou. Que seu coração fosse para o inferno. Que o jogo de paciência fosse para o inferno.

— Escute, sou solteira — Paulette Haslo declarou. — Nunca fui casada, nem sequer cheguei perto disso, mas se quiser se arriscar comigo, fale tudo o que vier à sua cabeça, e tenho certeza de que conseguirei identificar o problema. Tenho toneladas de tempo, querida.
Ellie sacudiu a cabeça.
— O problema não é meu marido. Sou eu.
— Muito bem.
— Simplesmente, não posso... não me atrevo. E é justamente isso o que torna a situação tão terrível. — Ellie sacudiu a cabeça de novo. — Alguma vez, você já teve de guardar um segredo? Realmente, "teve de" guardar um segredo?
— Provavelmente — Paulette admitiu —, mas não tenho certeza.
— Pois eu tenho vivido assim o tempo todo. Toda vez que o telefone toca, que um carro passa. Isso nunca me deixa em paz.

— Trata-se de um homem? — Paulette perguntou.
— Pior.
Paulette ergueu os olhos para o céu de julho. Um de seus próprios segredos acabara de voltar à sua mente.
— Bem, isso é ruim — disse. — Pior que homens. Honestamente, não pensei que podia ser tão sério.
— Mas é.
— Muito bem, estou ouvindo. Convença-me.
— Realmente, não posso — Ellie repetiu. — É esse o significado de um segredo.

Dorothy Stier vivia com o marido e os dois filhos em uma parte elegante de St. Paul, a menos de um quilômetro do *campus* de Darton Hall. Dorothy chegara em casa pouco antes do amanhecer. Dormira profundamente, por duas horas no máximo, mas estava de pé às oito horas, preparando o café da manhã para a família, mentindo alegremente para o marido sobre o reencontro, como fora tedioso, os mesmos velhos rostos, as mesmas piadas e fanfarronices. Não mencionou Billy McMann, nem sua própria ameaça, na madrugada, de tirar a blusa. Na prática, Dorothy não tinha a menor dúvida de que havia tomado a decisão correta, muitos anos antes. Ron era atencioso e gentil, um provedor fantástico, bom com os filhos, e Dorothy sabia com toda a certeza que havia escolhido a única vida que poderia satisfazê-la. Ela precisava de conforto. E daí? Não se desculparia por mandar os filhos a boas escolas. Billy podia dizer o que quisesse, até mesmo xingá-la e fazer comentários lamentáveis, mas não havia nenhuma maldade ou depravação em uma casa decente, uma renda decente, viagens de verão a Londres, Veneza ou Nassau. Trufas não eram imorais. Além disso, Dorothy teria apodrecido em Winnipeg. Amava seu país. Amava sua bandeira. Enchera seu bairro de faixas em favor de Bob Dole.

— O que realmente me intriga — ela disse a Ron, enquanto comiam torradas e bebiam leite desnatado — é o fato de elas continuarem com aquela mesma conversa de "como era bonito", "como tudo era tão puro e perfeito", sobre os malditos anos 60. Todas elas: Spook, Amy, Paulette, Jan, parecem ter voltado no tempo. Todas se deram bem, têm dinheiro. Aliás, Deus sabe que Amy Robinson tem muito, nossa pequena Ho Chi Minh, mas parece que se sentem culpadas por isso, que se recusam a ser felizes, a crescer. Francamente, o que há de tão terrível no "agora"? Somos todos adultos. E temos direito ao conforto.

Ron fitou-a pensativo.

— Billy estava lá?

Spook Spinelli despiu sua minissaia metálica, embrulhou-se em uma grande toalha azul, mudou de idéia, tirou a toalha, calçou sapatos de salto alto e caminhou pelo corredor úmido até o banheiro feminino, no segundo andar de Collins Hall. Em circunstâncias normais, Spook teria sentido certa decepção diante do banheiro deserto, sem o ruído infernal do vozerio feminino, sem olhares invejosos, sem elogios duvidosos ao seu traseiro bem conservado. O que sentiu, porém, foi desgosto e medo. O desgosto poderia ser lavado no chuveiro, como sempre, mas o medo ia muito além de água e sabão. Havia se entranhado nela desde que era uma garotinha: medo de estar sozinha, medo de não estar sozinha.

Enquanto se esfregava para livrar-se de Billy McMann, Spook cantarolava uma canção que, no passado, rendera caminhões de dinheiro a seu ex-tecladista, em Los Angeles. Pensou em telefonar para ele, o que a fez rir. Então, pensou em beber o conteúdo do extintor de incêndio no final do corredor. Enfiar a mangueira garganta abaixo. Apertar o gatilho prateado.

* * *

Já era quase meio-dia, quando o calor de julho finalmente acordou Amy Robinson e Jan Huebner. Jan havia perdido a consciência na cama de Amy e, agora, as duas jaziam lado a lado, colegas de quarto outra vez, revezando-se nas queixas sobre a vodca de má qualidade e a meia-idade. Jan confessou que havia entrado na menopausa, meses antes.

— Seca como Pecos — ela disse. — E aquele louco do Richard, o patife, olha para mim e parte em busca de terrenos mais férteis. Acena da porta. Sorri. Passeia até a rua.

— Pare, pare, pare — Amy protestou.

— Estou fazendo papel ridículo. — Jan gemeu e sentou-se. O batom cor de ameixa borrado combinava perfeitamente com a bolsa sob os olhos. — Uma pergunta importante: Pecos é seco?

— Agora você me pegou, querida.

— Que tal o Saara?

— Melhor. Não creio que seja um rio.

— Não é um rio?

— Acho que não.

— Ainda bem. — Jan sacudiu a cabeça. — Bem, de qualquer maneira, pinguei minha última gota. Estamos na seca de verdade. Desértica.

— Escute, querida — Amy falou com voz arrastada —, preciso de um grande favor. Minha cabeça está me matando, além do fato de eu nem ter chegado perto de fazer sexo com alguém, ontem à noite, e mais, o que é pior que tudo, é cedo demais para falarmos de divórcio. Prometa que não vai chorar.

— Combinado — Jan concordou. — Nada de choro. Mas vou precisar de uma dose.

— Você acabou de acordar.

— E?

Amy assentiu.

Levantou-se da cama, foi até a cômoda, apanhou uma garrafa de vodca e voltou com ela para a cama.

— Encharque os olhos — disse.

— Encharque tudo o que quiser — Jan replicou. — Acha que bebemos demais?

— Sem dúvida. Vamos parar neste instante.

— Neste exato instante?

— Vamos jogar a vodca na privada.

— Bem — Jan murmurou, girando a cabeça. — Vou lhe dizer o que eu penso. Não precisamos, necessariamente, enlouquecer por completo. Ainda há toda a questão do choro.

— Verdade — Amy concordou.

— Não queremos isso, eu acho.

— Com toda certeza, não queremos — Amy voltou a concordar.

— Tem certeza?

— Tenho. Beba.

Jan apanhou a garrafa, bebeu um gole e colocou-a sobre a cama. Examinou o teto por algum tempo.

— Sabe de uma coisa?

— Ah, meu Deus!

— Estou velha. Acho que estou me sentindo solitária.

— Pare.

— Não, quero dizer "realmente" solitária.

— Por favor, por favor não chore — Amy implorou.

No mesmo alojamento, três andares abaixo, um médico proeminente escovava os cabelos grisalhos de uma mãe de três filhos, ex-estrela de basquete. Haviam acabado de encomendar uma garrafa de champanhe de uma loja de entregas, em Snelling Avenue. Estavam nus. Naquele memorável momento de julho, a mãe de três filhos ria de um comentário que ela mesma acabara de fazer sobre o desempenho do médico na cama.

O médico assentiu.

— É bom ouvir isso — disse. — Isso vai custar trezentos dólares.

Nenhum dos dois havia pensado no futuro, ou na felicidade miraculosa que sentiam.

— Diga a verdade — disse a mãe de três filhos. — Vou precisar de uma cirurgia adicional?

— É bem provável — respondeu o médico.

A duas portas dali, o recém-casado vice-governador explicava a realidade política para sua nova esposa, que ainda não dominava os fatos mais simples.

A menos de um quilômetro do *campus*, Dorothy Stier disse:

— Tenho quase certeza de que ele estava.

Quando Spook voltou ao quarto, encontrou Marv Bertel à sua espera, na cama. Ele usava terno azul, gravata vinho, sapatos pretos brilhantes.

— Você parece nua — ele disse.

— Obrigada, querido — Spook murmurou. Cobriu-se com a toalha e girou em torno de si mesma, como fazem as modelos. — O que acha dos sapatos de salto?

— Os sapatos — ele declarou em tom grave — acrescentam dimensão.

— E a toalha?

Marv deu de ombros.

— Serei direto com você. Não gosto da toalha.

— Estou exausta, Marv.

— Sem problema. Sou gordo.

Spook livrou-se da toalha, vestiu calça *jeans* e camiseta branca, e sentou-se ao lado dele na cama.

— Você tinha razão. Billy McMann... foi um erro gigantesco, um dos maiores que já cometi. Sinto muito.

— Ora, vejam, gordo, porém inteligente — Marv concluiu.
— E paciente como um *iceberg*.

— Você é paciente — ela disse. — É maravilhoso. E fabrica vassouras.

— É verdade. Vassouras quase perfeitas.

Spook apoiou a cabeça no ombro dele.

— Somos amigos espetaculares, não somos?

— Sim, somos.

— Então, se eu precisar que você fique por aqui, enquanto tiro um cochilo...?

— Não sairei daqui — ele prometeu.

Ao meio-dia e meia, Marla Dempsey e David Todd saíram da sede do diretório estudantil e caminharam até uma floricultura, em Snelling Avenue. Compraram duas rosas brancas de hastes longas, uma para Karen Burns, outra para Harmon Osterberg. Uma missa em memória de ambos estava marcada para aquela tarde. Durante a caminhada de volta ao *campus*, David pôs a mão no quadril de Marla e disse:

— Sou um aleijado, vá mais devagar.

Marla afastou-lhe a mão com um leve tapa e replicou:

— É você quem tem de ir mais devagar.

No bosque na extremidade do *campus*, Paulette Haslo e Ellie Abbott haviam chegado a um acordo quanto a como proceder. Um segredo, decidiram, continuaria sendo um segredo, se todos os envolvidos jurassem jamais revelá-lo a ninguém.

— Você primeiro — disse Ellie.

11

SURDEZ

Pouco depois de onze horas da noite, em um subúrbio na parte oeste de Minneapolis, a sra. Janice Ketch desligou o show de Leno, retirou o aparelho para surdez, atirou o travesseiro de Rudy para fora da cama, puxou as cobertas, apagou o abajur e ficou ali deitada, resmungando consigo mesma, na escuridão do verão. Janice estava furiosa. Tão furiosa que sentia o estômago arder. Um trilhão de vezes, provavelmente dez trilhões, dissera a Rudy que acabasse com os churrascos e o uísque, que parasse de vagabundear todo fim de semana com seus tediosos e barulhentos amigos da Legião Americana.

Agora, ele estava morto, e Janice estava sozinha. Encalhada, pensou. Encrencada. Sessenta e três anos de idade, quase completamente surda, sem marido, sem ninguém para fazer os pequenos consertos, sem ninguém para preparar seu chá da noite, ou aparar a grama, ou arrumar aquele trinco quebrado da porta dos fundos.

Idiota, Janice pensou.

Então, repetiu a palavra em voz alta, amarga, olhando diretamente para o rosto irresponsável, rijo, morto, de Rudy. Já fazia quase uma semana que ele estava em seu túmulo, mas mesmo assim, na mente de Janice, dia e noite, ela continuava refém daquele sorriso abobalhado, da maneira como ele ria de alguma idéia tola, exibia os dentes falsos e, então, fitava as regiões empoeiradas, desabitadas de sua própria mente.

— Idiota! — ela gritou.

Janice fechou os olhos, repreendendo-o, finalmente deixando-se levar por uma névoa de desgosto.

Talvez ela tenha dormido por algum tempo, talvez não. Porém, logo depois do que pareceram apenas uns poucos minutos, estava encolhida na cama, paralisada pelo terror. Assustara-se com um barulho nos fundos da casa... metal contra metal. Ficou ali deitada, tentando ouvir, virando o ouvido melhor na direção da porta, mas tudo o que conseguiu distinguir foi o som de sua própria surdez, um sibilar fluido no centro de sua cabeça. Vários pensamentos lhe ocorreram de uma só vez. Estava no subúrbio. As pessoas não eram assassinadas enquanto dormiam. Ela acabara de comprar uma nova televisão de 36 polegadas.

Janice saiu da cama, tateou no escuro à procura do robe e dos chinelos, alisou os cabelos e foi até a porta do quarto. Mais uma vez, forçou os ouvidos, mas tudo o que ouviu foi aquele som parecido ao da correnteza de um rio.

Absurdo, disse a si mesma. Vivia naquela casa havia trinta e oito anos, e jamais tivera o menor problema, exceto, claro, os gêmeos Kepler na casa ao lado, dois psicopatas que pareciam não compreender a função de uma calçada. Como Rudy podia ter tolerado aqueles pestinhas, ela jamais saberia.

Janice resmungou baixinho. Tommy e Eddie Kepler: aqueles dois delinqüentes sardentos estavam, definitivamente, por detrás daquilo.

Com um suspiro exasperado, enchendo-se de coragem, Janice abriu a porta e foi até a sala. Era uma mulher gordinha, de cintura e coxas grossas, e o esforço físico àquela hora fez chiar sua respiração.

Bem, ela pensou, perfeitamente normal.

Mas, no instante seguinte, mesmo sem os óculos, Janice registrou a silhueta de uma figura alta e esguia, parada junto à luz de uma lanterna, diante da escrivaninha de nogueira de Rudy. Quase imediatamente, reconheceu o intruso como sua própria pastora, Paulette Haslo. A mulher vestia bermuda de ciclista preta, tênis brancos e um minúsculo *top* branco. Janice sentiu o coração apertar. Fora Paulette Haslo quem havia estragado, ou melhor, mutilado os ritos à beira do túmulo de Rudy; fora Paulette quem se revelara incapaz de conduzir um simples enterro, sem uma torrente de lágrimas e emoções ostensivas; e fora Paulette Haslo, a mulher do clero zelosa demais, bem paga demais, que nem sequer mencionara o Senhor Jesus Cristo, ou pelo menos um ou dois santos, durante o funeral excessivamente caro de Rudy. Ultraliberal era uma coisa, ímpia era outra. Agora, porém, o que acontecia era um roubo. O terror de Janice dissolveu-se rapidamente, transformando-se em indignação.

— Ora, ora — falou com voz áspera. — Trabalhando no turno da noite?

Paulette Haslo abaixou a cabeça, e em seu rosto surgiram faixas amarelas e vermelhas, lançadas pela luz da lanterna. Alguns segundos se passaram, antes que a pastora dissesse:

— Ah, Janice...

— Eu mesma. Afinal, moro aqui. E tenho absoluta certeza de que não é o seu caso.

— Não.

— Pode começar a falar — Janice ordenou. — Isto não é um de seus sermões dominicais.

— Certo — Paulette murmurou. — Eu não moro aqui.

— Ótimo. Assim está melhor. — Janice assentiu e atravessou a sala. Uma intensa onda de poder disparou por suas veias. Não sentia tamanho domínio sobre o mundo desde o dia em que Rudy morrera. — Se não se importar, sugiro acendermos as luzes, nos acomodarmos confortavelmente e chamarmos a polícia. — Fez uma pausa, lançando um olhar faiscante para a outra. — Deveria envergonhar-se!

— Ah, mas eu estou envergonhada — Paulette confessou.

— Fale mais alto. Tente articular bem as palavras.

— Eu estou envergonhada. Muito.

A voz da pastora soava abafada, as consoantes engroladas e pouco claras. Janice cheirou o ar. *Bourbon,* concluiu, o mesmo veneno que havia despachado Rudy para o túmulo antes da hora.

— Bem — Janice disse.

Acendeu as luzes. Durante alguns segundos, as duas permaneceram de pé, fitando uma à outra, calculando, ajustando-se à situação. Ao longo dos dois anos que haviam se passado, desde que Paulette assumira St. Mark, as duas haviam se confrontado diversas vezes, por diferenças de dogma e temperamento, que às vezes terminavam em hostilidade ostensiva. Não que Janice aceitasse sequer a menor parte da culpa. Considerava-se uma das pessoas de mente mais aberta das redondezas, e era tolerante até demais, mas não via nada de mau em exigir que sua pastora acreditasse em Deus, ou que a homilia do domingo fosse algo mais que mera propaganda democrática do pensamento livre, ou que a caridade cristã não se estendesse automaticamente aos indolentes, aos pervertidos e aos simplesmente desagradáveis. Janice tinha profunda convicção de que a primeira qualidade de um pastor deveria ser a firmeza de espírito, princípios morais inabaláveis. E decoro, também. Além de um pouco de autocontrole. Não a mente exageradamente flexível, nem o radicalismo que aceitava o que surgisse de Paulette Haslo.

Agora, enquanto Janice avaliava suas novas oportunidades, a idéia de vingança começava a tomar forma. Assim como as palavras "alvo fácil". Ela já imaginava como reportaria o incidente aos diáconos, o traje que vestiria, as novas luvas brancas que compraria especialmente para a ocasião. Tal perspectiva animou-a ainda mais. Por um instante, Janice sentiu uma onda de alegria invadir-lhe o peito. Bem, era verdade que aquele tipo de luvas era difícil de encontrar nos dias de hoje, mas, com um pouco de perseverança, era quase certo que conseguiria. Talvez na esnobe loja de antiguidades situada na Seventh Street.

De repente, franziu o cenho. Quase se esquecera da pastora.

— Imagino que esteja disposta a se explicar — disse. — A menos, é claro, que esteja planejando me amarrar e amordaçar, ou cortar minha garganta, me esquartejar. É essa a idéia?

— Não, eu não havia considerado tais possibilidades — a pastora respondeu, parecendo calma... demais... e fitando Janice com olhar firme e direto. — Creio que devemos conversar.

— Conversar? Eu mal consigo ouvir o que você diz!

— Eu disse...

— Sei exatamente o que disse. Não sou totalmente surda. E não sou uma ignorante idiota. — Janice estalou a língua de maneira brusca. O novo poder era excitante. — Se há algo para conversarmos, conversaremos diante da polícia. Francamente, olhe para você! Invadindo a casa das pessoas, na calada da noite, com uma lanterna! E nesses trajes! Uma suposta mulher de Deus. — Janice pontuou o momento com uma pausa. — Seja honesta. Você andou bebendo?

A pastora deu de ombros.

— Um pouco, sim. Para criar coragem.

— Coragem?

— Eu estava desesperada, Janice.

— Ah, tenho certeza disso.

Janice deu-se conta de que seu tom de voz era um tanto malicioso, mas, mesmo assim, era muito bom saber que tinha a retidão a seu lado. Finalmente, lá estava uma questão puramente moral, sem a menor chance de dúbias conversas teológicas. Por educação, e para manter o ar de superioridade, Janice ofereceu um leve sorriso.

— Voltarei dentro de um instante — disse. — Se ainda se lembra das palavras, talvez este seja um excelente momento para você rezar o Pai-Nosso.

Com isso, virou-se e atravessou a sala, na direção do telefone.

— Janice, não, por favor.

— Tarde demais para implorar. Devia ter pensado antes...

— Largue esse telefone. Agora. Estou falando sério.

A voz da pastora tornou-se, subitamente, mais que nítida. Janice retirou a mão do telefone.

— O que quero que faça — Paulette declarou — é ir buscar seu aparelho de surdez. Não discuta. Faça o que estou dizendo. Em seguida, quero que se sente e me ouça. De ouvidos abertos e boca fechada. Entendeu?

— Ora, mas posso ouvir Satanás em pessoa falando... — Janice piscou e franziu o cenho; havia perdido a linha de seu pensamento.

— Onde está o aparelho de surdez? — Paulette inquiriu.

— No quarto, em minha mesa de cabeceira.

— Seja rápida.

Janice fitou-a, furiosa.

— Escute aqui, srta. Seminua, não pode entrar aqui e me dar ordens, como... Meu Deus, você está mesmo planejando me matar, não está?

— Veremos — Paulette respondeu.

— O quê?

— Você é presbiteriana, Janice. Bom comportamento, boas ações. Tudo depende disso. — A pastora exibiu um sorriso ameaçador. — Vá buscar o aparelho de surdez.

Janice afastou-se, cautelosa. Agora, de fato, temia por sua vida. No quarto, para ganhar tempo, demorou mais que o necessário para colocar o aparelho. Ocorreu-lhe que não menos que cinco membros da congregação haviam falecido nos últimos dois anos. Todos eram idosos, todos com problemas de saúde, mas, mesmo assim, a morte deles havia surgido do nada. E, agora, Rudy. Instantaneamente, uma combinação de pensamentos medonhos surgiu. No último mês, enquanto seu marido se deteriorava, por duas vezes Janice encontrara a pastora sentada sozinha ao lado da cama dele, no hospital. Não havia enfermeiras, nem médicos por perto, apenas o zumbido frágil de um respirador artificial. Nas duas ocasiões, a mulher parecera sobressaltada, levantando-se de um pulo, partindo em seguida. E fora a própria Paulette quem telefonara com a notícia da morte de Rudy.

Os fatos pareciam inquestionáveis. Janice estava nas mãos de uma assassina serial, uma pastora cruel, vestindo bermuda de ciclista.

A constatação fez Janice erguer os olhos para a janela sobre sua cama. Rapidamente, fez os cálculos. Um tombo de 1,50 metro de altura até o gramado. Sessenta e dois anos de idade. Oitenta e dois quilos. Uma equação nada agradável, mas melhor que o esquartejamento.

Janice subiu na cama, destrancou a janela, abriu-a, apertou o cinto do robe e preparou-se para o mergulho.

Foi um choque quando Paulette Haslo deu-lhe um leve tapinha nas nádegas.

— Janice, Janice — a pastora murmurou.
— Não me mate!
— Dê-me sua mão.
— Meu Deus, eu não mereço isso, sou uma cristã devotada, não deixei de...
— Janice, pare com isso.

Paulette ajudou-a a descer da cama, segurou-a pelo braço com firmeza e acompanhou-a de volta à sala.

Sentaram-se frente a frente, Janice no sofá, Paulette na poltrona de couro de Rudy. Janice sentiu-se fraca. Em parte, estava exausta pelos esforços com a janela; em parte muito maior, sentia-se como se uma torneira tivesse sido aberta em seu coração, deixando escapar o sangue até a última gota de sua antes famosa coragem. Ao que parecia, não havia esperança para ela. Observou a pastora reclinar-se na poltrona, ajeitar a alça do *top* e cruzar as pernas longas, mal depiladas e quase inteiramente nuas. Houvera um tempo, menos de vinte minutos antes, em que Janice teria sido rápida em pronunciar um comentário ácido sobre a questão das vestimentas clericais: o que era aceitável e o que não era. Agora, porém, estava muda. Até mesmo sua língua recusava-se a funcionar.

Paulette suspirou.

— Sinto muito, Janice. Eu não havia planejado fazer as coisas assim.

— Planejado?

— Estou me referindo ao que aconteceu esta noite. Pensei que fosse apenas entrar e sair.

— Entrar e sair. É muita consideração de sua parte. — Janice cruzou as mãos sobre as coxas, já se sentindo melhor. — E realmente pensou que sairia impune disso tudo?

— Quem sabe? — Paulette respondeu. — As luzes estavam apagadas. Você tem problemas de audição. Como já disse, eu estava desesperada.

— E como conseguiu... Qual é o termo? Como conseguiu invadir a casa? Acho que é assim que dizem, naquele seriado *Lei & Ordem*.

Paulette deu de ombros.

— Não foi difícil. Rudy mencionou um trinco quebrado.

— Rudy?

— Nós conversamos algumas vezes.

— Linguarudo — Janice resmungou. — E, agora, graças a ele, vou morrer.

A pastora estudou-a.

— Bem...

— Bem, o quê?

— Nada. Fique quieta, Janice. Não abuse de minha paciência.

Paulette levantou-se, atravessou a sala até a escrivaninha de Rudy e começou a abrir e fechar gavetas. Agora, ela parecia ansiosa, quase em pânico, como se houvesse perdido um jogo de chaves muito importante. O que Paulette procurava, Janice não saberia dizer, mas ficou satisfeita por saber que sua prataria estava segura, escondida nos fundos de uma despensa, e que suas melhores jóias estavam no pote de farinha, no balcão da cozinha.

Janice sorriu diante da própria esperteza.

— Um conselho — disse. — Se espera ficar rica, é melhor torcer por um daqueles milagres citados na Bíblia, nos quais você não acredita. Como, por exemplo, a ressurreição. Apenas uma figura de linguagem, foi o que você disse, se não estou enganada. — Janice revirou os olhos. — Acredite, não vai encontrar um centavo sequer. Ao menos, não nessa escrivaninha. Deus sabe que tentei fazer Rudy arrumá-la, não pense que não toquei no assunto mais de uma vez, mas ele se limitava a exibir aqueles dentes imundos e... Espere um instante! O que pensa que está fazendo?

Janice deslizou para a beirada do sofá. Sem os óculos, era difícil ter certeza, mas Paulette parecia estar escondendo um maço de documentos dentro da bermuda de ciclista.

— Escute! — Janice insistiu. — Devolva esses papéis, imediatamente!

A pastora fechou uma gaveta, abriu um pequeno arquivo, enfiou mais alguma coisa na bermuda.

— Ora, eu sabia! — Janice declarou. — No dia em que a contrataram... uma pastora... uma mulher... Francamente! Naquele mesmo dia, eu disse a eles que algo não cheirava bem. Foi o que eu disse. Textualmente. "Algo não cheirava bem" foram as palavras exatas.

Paulette Haslo não ergueu os olhos. Estava lendo alguma coisa, uma das mãos no quadril, a outra segurando uma folha amarela retirada de um bloco de anotações.

— Ei, estou falando com você! — Janice gritou. — Você é surda?

A pastora virou-se e encarou-a.

— Seria ótimo, se fosse — disse. — Tornaria meu trabalho muito mais fácil.

— Fácil? — Janice repetiu. — Você trabalha um dia por semana, duas horas no máximo, que não justificam o salário absurdo que recebe. Digamos que seja mais que suficiente para comprar muitas bermudas e *tops*, mas isso é outra história. Anda por aí como se fosse Mata Hari. Afinal, você não é nenhuma jovenzinha, Paulette. Aposto que já tem uns 45 anos.

— Tenho mais de 50.

— Ah! Está vendo?

Aos olhos de Janice, a pastora era uma mulher feiosa e assimétrica, e parecia ridículo o fato de alguns homens da congregação serem incapazes de desviar os olhos dela. Até mesmo o velho Rudy, para quem a palavra "descrente" fora inventada, conseguira permanecer sentado, imóvel, durante os sermões dela, aos domingos.

Revoltante, Janice pensou.

Durante alguns segundos, fitou a pastora.

— Bem — começou, para então limpar a garganta com exagero teatral —, seja qual for sua idade, Reverenda Ladra, sugiro que devolva esses documentos. Seria bom que fizesse isso agora.

— Sinto muito — disse Paulette —, mas são meus.

— Definitivamente, não são seus. A escrivaninha pertence a Rudy, e cada um dos itens...

— Relaxe, Janice. Estou fazendo isso por bem.

— Não vejo como...

— Para o bem de todos. Inclusive de Rudy. — A pastora fez um gesto lento e cansado com a folha amarela. — Sente-se. Sairei em um instante.

— É o que eu espero — disse Janice. — Também espero que... Ah, meu Deus! Estou me sentindo fraca. Um copo de água... Quero estar consciente, quando você me matar.

A pastora hesitou, deixou a folha amarela sobre a escrivaninha e foi até a cozinha.

Imediatamente, Janice levantou-se. Ficou imóvel por um momento, indecisa, mais apreensiva do que amedrontada, e então estalou a língua e marchou até a escrivaninha de Rudy. O som de uma torneira aberta veio da cozinha. Janice inclinou-se, estreitando os olhos fixos no papel. Sem os óculos de leitura, só conseguia distinguir algumas palavras. A palavra "bonitão" chamou-lhe a atenção. Assim como as palavras "garanhão feliz".

Quem quer que fosse o autor daquela pornografia, Janice disse a si mesma, nunca estudara caligrafia, pois a maioria das letras eram borradas, quase ilegíveis. Ainda assim, parecia improvável que Rudy pudesse ser o destinatário daquele lixo. Afinal, ele mal sabia ler. E não havia nada de bonito nele, nem de longe. Mesmo no dia de seu casamento, quando ele apresentara sua melhor figura, Rudy a fizera lembrar-se de uma grande foca de circo, avançando na direção do altar, brincalhona e desobediente, com longos fios pontilhando seu queixo. Naquele exato momento, décadas depois, ela ainda podia ver a ridícula cartola cinza que ele usara na cerimônia. E lembrava da maneira como havia atirado a cabeça para trás e respondido "aceito", e como os olhos dele haviam brilhado, e como, naquela noite, ele fora para a cama dela como um garotinho tímido, cheirando a colônia, os cabelos ralos impecavelmente penteados para trás, como se ele fosse enfrentar o primeiro dia na escola. Era incrível, Janice pensou, o que o tempo era capaz de fazer. Naquela época, Rudy parecia tão inteligente e divertido, até mesmo charmoso. Porém, ao longo dos anos, especialmente depois que ela perdeu o segundo bebê, Rudy havia se tornado mais um fantasma do que um marido, raramente proferindo uma frase completa durante dias, às vezes. Sempre enfiado na garagem. Sempre esculpindo aqueles patos tolos. Na verdade, em várias ocasiões, o silêncio dele parecia fazer parte de um engenhoso plano de trinta e nove anos para levá-la à loucura.

Mais uma vez, Janice passou os olhos pela folha amarela. Tentava adivinhar a quem se referia a palavra "bonitão", quando Paulette aproximou-se por trás dela.

— Sua água — disse a pastora. Depositou o copo sobre a escrivaninha e passou um dedo pelo papel. — Eu preferia que você não tivesse visto isso.

— Garanhão feliz — Janice murmurou. — Posso perguntar quem é o garanhão?

Paulette deu de ombros.

— Trata-se apenas de uma expressão.

— Então, devo concluir que você é a responsável por esse lixo?

A pastora abaixou a cabeça. Parecia à beira das lágrimas.

— Bem, imagino que haja uma explicação — disse Janice. — Algo totalmente inesperado. — Fez uma pausa. Os ombros de Paulette tremiam. — Honestamente, sinto-me envergonhada por você. Ele era um velho doente, afinal, para não mencionar meio retardado.

— Não — a pastora murmurou. — Ele era inteligente.

— Inteligente? — Janice repetiu. — Estamos falando de Rudy, certo?

Paulette não disse nada. Engoliu seco e levou uma das mãos aos olhos.

— Deixe-me lembrá-la — Janice prosseguiu — de que vivi com aquele imbecil por trinta e nove anos, quase quarenta, e devo dizer que a palavra "inteligente" não serve para descrevê-lo. Tente idiota. Tente tolo. E mais uma coisa: gostaria que você se controlasse; afinal, eu sou a vítima dessa história. — Arqueou as sobrancelhas da maneira como havia aperfeiçoado nos incontáveis sermões de domingo. — Agora, diga, que bobagem é essa de troca de correspondência?

Paulette Haslo emitiu um som baixo e desanimado, como se um de seus pulmões não estivesse funcionando bem. Fitou Janice nos olhos durante dez ou quinze segundos.

— Está bem, mas tente ouvir o que tenho a dizer. Não era um caso.

— O que disse?

— Rudy e eu costumávamos conversar ao telefone, escrever cartas, de vez em quando. Gostávamos um do outro. Nada mais.

Janice piscou os olhos várias vezes.

— Um caso — repetiu. — Ora, é claro que vocês não tinham um caso. Rudy tinha 700 anos!

— Ele tinha 64.

— Sei perfeitamente que idade ele tinha, obrigada.

— Janice, por uma vez nessa sua vida infeliz, ligue esse aparelho de surdez. Ele era um bom homem, nós tínhamos coisas em comum. Às vezes, nas noites de sábado, nós nos encontrávamos para tomar alguns drinques, conversar, rir. Ele gostava de flertar. Sei que foi estupidez de minha parte, mas pensei que se entrasse aqui e encontrasse as cartas... achei que você nunca descobriria, nunca teria de se preocupar com isso. — Paulette sacudiu a cabeça. — E devo admitir que queria me proteger, também. Meu trabalho, minha vida. Conheço você, Janice, e sei quanto você é vingativa, como tira conclusões precipitadas. Eu estava encurralada, e simplesmente vim até aqui. Foi uma grande estupidez.

— Você é uma lunática — Janice acusou. — Em primeiro lugar, Rudy era incapaz de flertar. Em segundo, sábado era a noite em que ele encontrava os amigos da Legião.

— Certo — disse Paulette.

A pastora desviou o olhar. Sua voz carregava um tom tão estranho que Janice ergueu os olhos.

— Está querendo dizer que estou errada?

Paulette apressou-se em explicar:

— Não é o que você está pensando. Ele passava uma hora ou duas com os amigos e, então, nós nos encontrávamos em algum lugar. Geralmente, no Holiday Inn. Às vezes...

— Você se encontrava com Rudy no Holiday Inn?

— No bar, Janice.

— Entendo. E, com toda certeza, havia álcool na história.

— Ora, vamos!

Janice fez um gesto rápido e irritado com a mão, como se golpeasse o ar.

— Vou lhe dizer uma coisa agora mesmo — sibilou. — Seus dias em St. Mark estão contados. Bum, você está fora daqui. Exonerada, chutada, seja como for que chamam isso. E duvido que jamais volte a trabalhar. Ao menos, não em uma igreja.

— Sei disso — Paulette falou em voz baixa.

— E é o que você merece — Janice continuou. — Acredite, eu sabia que algo acabaria acontecendo. Em sua primeira entrevista, a maneira como estava vestida: botas, calça *jeans*, lantejoulas na blusa. Era como se estivéssemos contratando uma ajudante de vaqueiro muito *sexy*. — Janice emitiu um som semelhante a um latido, provocado pelo próprio sarcasmo. — Seja como for, o que está dizendo não passa de um amontoado de bobagens. Holiday Inn, uma ova! Rudy teria me contado.

— Tenho certeza de que ele tentou — Paulette declarou.

— Ouvir nunca foi seu ponto forte.

Janice resmungou baixinho, como se não desse importância ao comentário. No entanto, sua mente já repassava os últimos vários meses, buscando pistas em meio às ruínas de uma memória envelhecida. Apenas algumas imagens lhe ocorriam, nada coerentes. Rudy pintando bolinhas em seus patos falsos que serviam de isca. Rudy coando suco de laranja em uma toalha de papel. "Polpa é para perdedores", ele costumava dizer. Rudy em um piquenique da igreja, usando chapéu de palha e bermuda, dançando com o pastor alemão de alguém. Rudy pulando amarelinha com os gêmeos Kepler. Rudy apertando o peito. Rudy em uma cama de hospital, a barba por fazer, magro, calvo, o pomo-de-adão movendo-se enquanto ele virava as páginas de um catálogo de lingerie. Rudy em um respirador artificial. Rudy no caixão.

Uma criatura estranha, no mínimo. Mas, para Janice, a imagem mais peculiar de todas era a de Rudy matando tempo no Holiday Inn, na companhia de Paulette Haslo. Durante toda a sua vida, com toda a certeza, desde que ela o conhecera, Rudy zombara de tudo o que fosse associado à igreja, especialmente dos pastores.

— Bem — Janice murmurou —, não sei o que você pretende, mas não acredito em uma palavra do que está dizendo. Holiday Inn. Cartas de amor.

— Não eram cartas de amor — Paulette corrigiu.

— O que eram, então?

— Apenas... não sei... um pouco afetuosas. Ele precisava de alguém que o ouvisse.

Janice apertou o cinto do robe. Inexplicavelmente, foi tomada por um instinto protetor com relação a Rudy, um senso de propriedade.

— Em outras palavras — disse —, você não é apenas uma ladra, mas também é uma destruidora de lares. Uma ladra de maridos.

— Não — Paulette negou. — Não sou nada disso. — Cruzou os braços, como se tivesse de se controlar. Seus olhos expressavam raiva. — Eu já lhe disse que não houve nada físico, nem perto disso. Mas vou lhe dizer outra coisa. Lamento que não tenha havido. Lamento não ter fugido com ele, para fazê-lo feliz. Lamento não ter passado uma noite em um daqueles quartos que ele vivia mencionando.

— Rudy sugeriu...

— Sexo, Janice. Pele. Ele estava ficando velho, é verdade, mas não estava morto. — A voz da pastora baixou para o tom de uma prece à beira de um túmulo. — Você tem razão. Estou praticamente demitida. Então, por que não lhe contar toda a verdade? Aquele homem era um ser humano. Sabe o que é ardor? Paixão? Ouvi toda a história, Janice. Os berços vazios, as decepções. Mas não foi culpa de Rudy. Nem sua. Não foi culpa de ninguém.

Janice levantou-se do sofá.

Com rapidez muito maior do que ela imaginara possível, deu três passos na direção da escrivaninha de Rudy, parou, girou nos calcanhares, e atirou seu copo de água na pastora. Sua mira a surpreendeu. O copo pareceu flutuar no ar por um instante, ereto e brilhante, para então atingir Paulette Haslo logo abaixo da orelha direita.

Janice virou-se e correu. Um momento depois, saía pela porta dos fundos. Atravessou o quintal, passou por debaixo de uma cerca viva formada por zimbros, junto à garagem, abaixou-se e escondeu-se na escuridão. No mesmo instante, os mosquitos a atacaram. Janice fechou mais o robe e tentou não se movimentar para afastá-los. À sua volta, a noite parecia incrivelmente banal: sapos, estrelas, a luz minguante sobre a garagem. Ridículo, Janice pensou. Deveria haver fogos de artifício, deveria estar chovendo coelhos. Por alguns segundos, pensou em rezar, mas o mundo havia virado de cabeça para baixo, e até mesmo a noção de Deus pareceu-lhe excêntrica e desconhecida.

Após alguns minutos, Paulette saiu pela porta dos fundos. Parou no centro do quintal, examinando o gramado.

Se ela falou, Janice não ouviu.

Vários minutos se passaram, antes que Paulette se virasse e voltasse para dentro, mas mesmo então Janice recusou-se a deixar a segurança da cerca viva. Ajeitou o robe, lutou contra a forte vontade de chorar. Não saberia dizer por quê. Medo, claro. O choque de tudo o que ouvira. As estrelas. O quintal... árvores, canteiros, a cerca de madeira, era uma paisagem desconhecida, totalmente nova para ela. Inclusive aquela cerca viva. Passara por ali mil vezes, ou dez mil, nunca prestando a menor atenção, e lá estava ela, escondida entre a folhagem, respirando a poeira e a clorofila das folhas. Sim, e Rudy, também. O homem que ela, erroneamente, chamara de marido. Quem era ele? Ou o quê? Todos aqueles anos, minuto após minuto, e, agora, o rosto dele havia se dissolvido, tornando-se pouco mais que um borrão. Era como se ela tivesse feito uma viagem de trem de quatro décadas, partilhando o vagão com ele, observando os quilômetros passarem, nunca falando. No final, ambos haviam apanhado sua bagagem, se despedido com um aceno de cabeça e seguido cada um o seu caminho. Janice deu-se conta de que ela e Rudy eram desconhecidos, um para o outro. Até mesmo a identidade dele seria para sempre um jogo de adivinhação em sua mente: uma criança, um falsário, um pulador de amarelinha, um eterno produtor de falsos patos.

Janice sentiu algo se partir no peito. Tentou não chorar, mas já estava chorando, hesitante, em pequenos soluços, como se chorasse pela primeira vez.

Um pouco depois, Paulette Haslo saiu pela porta dos fundos e atravessou o quintal, até o gramado.

— Janice, vou embora — anunciou para a escuridão. Sua voz soou tão rouca e arrastada que Janice se perguntou se ela havia descoberto a chave do armário de bebidas de Rudy. — Escrevi uma carta de demissão, está sobre a escrivaninha. Imagino que você gostará de ser a portadora. Não importa. Nada mais importa. Pode dizer o que quiser aos diáconos. — Paulette ergueu os olhos para o céu. Por um longo momento, ficou em silêncio. — Sabe, é estranho, Janice, mas desde quando eu era uma garotinha de 5, 6 anos de idade, tudo o que eu sempre quis foi ser pastora. Eu vestia o roupão de banho de meu pai e fingia estar pregando. Isso foi muito antes de existirem pastoras. Se existiam, eram poucas. Mesmo assim, para mim, era a coisa mais natural do mundo, o sonho perfeito de Paulette. As outras garotas queriam ser enfermeiras, bailarinas e coisas assim. Eu não. Toda a minha vida, nunca pensei em fazer qualquer outra coisa, nem uma vez, e agora está tudo acabado. Só Deus sabe o que farei comigo mesma. Talvez, apenas... Escute, eu sinto muito, Janice. Você tem razão, eu estraguei tudo. Pensei que estava agindo como uma pastora.

Durante alguns segundos, Paulette ficou parada, imóvel, no quintal escuro.

— Janice, ele sentia sua falta — disse. — Queria saber para onde você havia se retirado.

Com isso, virou-se, atravessou o quintal e desapareceu nas sombras além da garagem. Em seguida, ouviu-se o som de um motor de carro.

Janice esperou dez minutos, antes de se arrastar para fora da cerca viva. Levantou-se, tirou a poeira do robe e ergueu os olhos para a triste luz amarelada que atravessava a janela de seu quarto.

Não sentiu pressa de entrar. Pela manhã, claro, faria alguns telefonemas, mas naquele momento estava enfrentando sérias dificuldades com a realidade. Seu aparelho de surdez produzia um chiado agudo no ouvido. Ela sacudiu a cabeça e tentou ignorá-lo, mas a voz fraca de Rudy encheu sua cabeça com conversas de anos antes, só bobagens.

— Ei, Blades — ele dizia, usando o apelido que ela tanto detestava e que, por fim, conseguira suprimir do vocabulário dele. — Ei, Blades, você está muito feminina esta noite, eu diria superfeminina.

Estresse demais, Janice pensou.

Foi até o pátio do quintal, sentou-se em uma espreguiçadeira e tirou o aparelho de surdez. No entanto, continuou a ouvir o chiado nos ouvidos, um zumbido elétrico, que parecia vir de um transmissor instalado nas entranhas da Via Láctea.

— Blades! — Rudy gritou.

Por um breve instante, e por razões que ela desconhecia, Janice descobriu-se voltando à ocasião de seu segundo aborto. Fora em agosto de 1964, e ela estava dizendo a Rudy que não queria repetir a experiência, nada mais de brincadeiras no quarto, que ele teria de encontrar algo novo para preencher seu tempo. Na escuridão da noite de verão, ela observou-o refletir sobre o que acabara de ouvir, viu os olhos dele tornarem-se duros por um instante e, então, se suavizarem para sempre. Após algum tempo, ele riu e disse:

— Patos resolverão o problema.

Tornou-se um bufão, um aficionado de coisas do tipo "faça-você-mesmo", que dançava com pastores alemães.

— Blades! — ele continuava a gritar.

Não desistia. Nem naquela época, nem agora. Janice levantou-se. Ridículo, pensou, e começou a se dirigir para a casa, mas o zumbido nos ouvidos a fez parar, e ela foi levada de volta a outra noite quente de verão, quarenta anos antes. Um parque de diversões, Dia da Independência, e ela observava Rudy colocar-se de joelhos diante de uma montanha-russa, com um largo e estúpido sorriso nos lábios.

— Superfeminina, se você me aceitar, serei seu marido para sempre!

Então, ele colocou o anel em seu dedo, rindo de alegria, como um garoto de 10 anos de idade.

— Blades! — ele continuava a gritar, porque ela usara um vestido preto de decote generoso, naquela noite, porque ele havia admirado a curva suave e graciosa de seus ombros.

Janice entrou em casa. Tomou um banho, vestiu uma camisola limpa, deitou-se na cama e apagou a luz. O chiado distante ainda estava lá, e, na escuridão da memória, Rudy cantava uma canção folclórica e depois gritava:

— Blades!

Janice recusou-se a ouvi-lo.

Fechou os olhos, fechou os ouvidos e começou a planejar suas atividades da manhã, as luvas brancas, a vingança que saborearia. Quando Janice adormecia, ocorreu-lhe que deveria fazer uma prece, mas ela havia deixado de rezar muitos anos antes. Acreditava, sim, em Deus, mas também o odiava. Marido idiota, dois bebês perdidos.

12

TURMA DE 69

— Bem, é triste — disse Ellie Abbott —, mas não entendo. Tudo o que você fez foi tomar uns drinques com o pobre velho. Deu um pouco de atenção a ele, flertou um pouco. — Ellie hesitou. — Para ser honesta, não estou bem certa do motivo pelo qual você invadiu a casa naquela noite. Por quê?

Paulette Haslo passou a mão pelos olhos.

— Parecia não haver escolha. Pensei que perderia meu emprego. Toda a minha vida.

— Mas você realmente perdeu o emprego.

— Ah, sim.

Estavam sentadas em um banco de concreto, no pequeno bosque nos limites do *campus*. A manhã estava quente e tranqüila.

— Muito bem, escute — Ellie disse. — O que estou tentando entender são seus sentimentos. Por favor, não entenda como crítica, Paulette, mas não ouvi muita coisa a seu respeito. Você falou muito sobre a mulher, Janice, mas nenhuma palavra sobre Paulette Haslo. E é com ela que me importo. Por que fez isso? Tudo o que aconteceu depois... Deve ter sido horrível.

— Sim, foi horrível.

— E?

Paulette levantou-se, ergueu os olhos para o céu de julho. Era uma mulher alta, esbelta, quase musculosa, nadadora e ciclista. Havia apenas uns poucos fios grisalhos em seus cabelos, nenhum sinal de gordura nos quadris ou estômago. Mais do que todas elas, Paulette mantivera a juventude.

Após algum tempo, ela riu, começou a dizer algo, parou e passou a língua pelos dentes, como se tentasse tirar dali alguma palavra insistente.

— Eu o amava, sabia?

— Amava?

— Rudy. Não houve sexo, não tivemos um caso, mas ele era... Era um bom homem. Sem nenhuma pretensão. Sem planos obscuros, sem subterfúgios. Eu o amava muito.

— Pensei que ele fosse...

— Velho?

— Sim, acho que sim — Ellie admitiu. — Velho.

Paulette sorriu.

— Sessenta e quatro anos. E, em outros tempos, aposto que isso teria significado senil. Agora, não. — Voltou a sorrir. Parecia envergonhada. — Fui solteira minha vida inteira, Ellie. Vivi sozinha. Em trinta anos, tive dois namorados. Seis meses cada um. Acredite, uma pastora assusta os homens.

— Posso imaginar.

— Pode?

— Acho que sim.

— Imagino que seja esse o preço que se tem de pagar — Paulette disse. — Os homens pensam que você é uma não-entidade pudica, virgem, um ninguém, nem mesmo uma mulher. Rudy era diferente. Um sujeito peculiar, sem dúvida, mas punha Paulette em primeiro lugar, a pastora em segundo. Ele me fazia rir. Ele me fazia sentir como uma menina. Quase bonita, às vezes.

— É como você deveria se sentir sempre — Ellie protestou. — Tem o rosto bonito, o corpo bonito. Ora, veja esses peitos! Morro de inveja! As mulheres pagam fortunas para terem seios como os seus.

Paulette revirou os olhos.

— Não são o que foram um dia, mas Rudy gostava deles.

— Você disse que...

— Sim, eu sei. E é verdade. Não fizemos sexo. — Paulette deixou os olhos vagarem pelo *campus* e, então, riu e voltou a encarar Ellie com um sorriso feliz. — Se estiver interessada, há uma história.

— É claro que estou interessada.

— Serei rápida — Paulette prometeu. — Há dois anos, Rudy e eu fomos para um retiro juntos, um lugar ao norte, um velho acampamento de turistas, no meio do nada. A idéia foi minha. Achei que faria bem a ele. Não sei onde Janice estava, talvez doente de mau humor, ou algo parecido. Quem sabe, quem se importa? Bem, o retiro era administrado por um *hippie* aposentado. Um sujeito chamado Larry Tabor, absolutamente lunático. "A Fazenda Divertida de Larry Tabor", foi como Rudy acabou chamando o lugar. A questão é, nenhum de nós dois havia estado lá antes, não fazíamos idéia do que esperar e acabamos por descobrir que se tratava de um lugar neo-religioso, muito *avant-garde.* Na primeira manhã, antes do desjejum, fomos todos para o meio de uma imensa campina, acho que éramos cinqüenta, e começamos a praticar ioga. Rudy também. Temos de dar crédito a ele: 60 e poucos anos, longe de ser do tipo que pratica ioga, mas estava sempre disposto a participar do que viesse. Então, depois de alguns minutos, as pessoas começaram a tirar os casacos. Sem problema, pensei, está calor. Mas, então, começaram a tirar as camisetas, depois as calças e, de repente, estavam todos completamente nus. Ar puro e mãe natureza. Praticando ioga. Rudy olhou para mim, um tanto confuso. Eu estava mortificada, não fazia idéia de nada daquilo, mas ele imaginou que eu soubesse desde o início e que era adepta da tal ioga sem roupa. Então, ele deu de ombros e tirou a roupa. Fiquei em uma situação delicada, sem alternativa. Daí, também me despi. Posição de lótus, plantando bananeira... Você me conhece, Ellie, não fico nua nem para tomar banho. E, o tempo todo, Larry Tabor ficou parado diante de nós, como um chefe de torcida maluco, encorajando, incentivando, com mantras e cânticos, até gritar:

— Vamos, pessoal, vamos todos saltitar com a natureza.

Saltitar? Nua? Sou uma pastora, certo? O problema é que não tinha alternativa. Ora, então, pus-me a saltitar. Segurei os seios e comecei a pular de um lado para outro, na campina. Mais tarde, quando nos sentamos à mesa do café da manhã, Rudy não parava de falar de como eu era graciosa, que ele não sabia que a religião podia ser tão divertida. Então, sorriu. Olhou bem em meus olhos e sorriu. E, de repente, era uma nova pessoa. Tinha 30 anos de idade. Não era o tolo, o bufão. E havia aquela eletricidade incrível em seus olhos, aquele brilho, como se fosse capaz de olhar bem dentro de mim, e enxergar cada detalhe, tudo o que sou, tudo o que já fiz. Vou lhe dizer uma coisa. Naquele momento, eu teria me casado com aquele velho. E o teria amado para sempre.

Ellie riu.

— O homem de seus sonhos?

— Ah, sim, ele era. Meu príncipe. — Paulette esfregou o nariz, sorriu. — Agora, ele está morto. Sua vez, Ellie.

13

LOON POINT

No verão de 1999, quando Ellie Abbott mentiu para o marido e pegou um avião para encontrar Harmon em Minneapolis, sentiu um pouco de culpa e mal-estar, e um medo considerável, mas pouquíssimo remorso. Nem considerou a possibilidade de voltar. Tudo o que queria era levar seu plano até o fim. No aeroporto O'Hare, antes de pegar o vôo de conexão, Ellie telefonou para sua casa nas redondezas de Boston e deixou um recado na secretária eletrônica.

— Mark — ela disse —, sinto sua falta. — Então, parou e ouviu o silêncio, imaginando o tremor em sua voz, a traição. Após um segundo, acrescentou: — Ora, eu te amo muito — o que era verdade.

Ellie tinha 52 anos de idade. Aquele era seu segundo caso extraconjugal. Ela possuía apenas um leve senso de protocolo.

— Beijos — disse à secretária.

Harmon encontrou-a no aeroporto de Twin Cities, e os dois viajaram de carro, por várias horas, até um hotel chamado Loon Point, onde passaram cinco dias e quatro noites. Não era um hotel de luxo, mas os chalés eram confortáveis e recém-pintados, e havia um campo de golfe de nove buracos e um grande lago cercado de pinheiros e bétulas. Divertiram-se muito, na maior parte do tempo. Pescaram, jogaram golfe, tomaram banho de sol em uma praia coberta de pedregulhos, conversaram de maneira vaga sobre a possibilidade de, um dia, viverem juntos, e como isso aconteceria. Não havia romance verdadeiro entre eles, não havia paixão, mas havia afeto e bom humor, além da confiança mútua entre dois conspiradores. E havia sempre uma história partilhada: os inesquecíveis ideais e ilusões de 1969. Depois da formatura, Harmon seguira seus estudos, para se tornar dentista. Ellie se tornara garçonete, depois instrutora de dança e, então, esposa de Mark Abbott.

Agora, não sabia ao certo quem era.

Uma adúltera, sem dúvida. Mentirosa, falsa.

Mais do que qualquer coisa, porém, era um misto das muitas coisas que ela não era: não era satisfeita, não era esperançosa, não se fixava a nenhum destino moral, não era a pessoa que, em 1969, havia imaginado que seria.

No quinto dia, depois do café da manhã, Harmon se afogou nas águas de Loon Point. Ellie testemunhou a cena de uma espreguiçadeira. Harmon ergueu os dois braços, com o sol da manhã lançando seu brilho em torno dele, e cerrou os punhos. Olhou para o céu uma vez. Submergiu, voltou à tona e, então, desapareceu. Não houve nenhum drama. Ellie esperou dez minutos, achando que o perdera de vista entre as ondas.

Quase duas horas haviam se passado, quando Harmon foi trazido para a praia, em um barco. Suas pálpebras estavam semi-abertas, as pupilas parecendo minúsculas lascas de quartzo. Seus braços e pernas pareciam estranhamente encolhidos, fora de proporção, se comparados ao peito e ao estômago inchados, e em seu rosto havia um toque de impaciência, ou pressa, como se ele estivesse cuidando dos dentes de uma criança de 6 anos de idade que detestasse ir ao dentista. Harmon havia perdido sua inegável boa aparência. Enquanto os paramédicos se debruçavam sobre ele, Ellie perguntou-se como pudera gostar de um homem como aquele, tão molhado e morto, cujo calção de banho havia escorregado até abaixo dos joelhos, e cujas nádegas apresentavam-se enrugadas e fantasmagóricas em sua brancura, quando expostas à luz do sol. Eram suas próprias transgressões, claro. Sua própria estupidez. Ellie compreendia isso. Ao mesmo tempo, não conseguia afastar um peculiar sentimento de raiva. Sentiu-se traída. Enquanto os médicos colocavam Harmon sobre uma maca, ela tentava imaginar como explicaria as coisas a Mark, examinando possíveis desvios da verdade, testando possibilidades, mas, no final, nada convincente lhe ocorreu. Ela se sentiu apanhada em flagrante. Uma sensação sufocante. Tudo parecia tão radical, tão injusto e desnecessário enquanto os médicos colocavam Harmon dentro da ambulância branca que Ellie desejou que ele estivesse vivo, apenas para poder repreendê-lo.

Mais tarde, ela quase chorou. Alguém lhe estendeu uma caixa de lenços de papel. Havia barcos no lago, muitas aves aquáticas, e a manhã estava quente e agradável.

Depois que a ambulância levou Harmon embora, um jovem policial dobrou a toalha de praia de Ellie e conduziu-a até o chalé, segurando-lhe o braço. A mão dele não expressava nenhum sentimento, e a tocava de maneira quase casual. Talvez por isso, Ellie sentiu-se apoiada por sua presença. Ele parecia à vontade diante da tragédia. Quando chegaram à porta do chalé, o policial estendeu-lhe a toalha.

— Há providências a tomar — disse. — Esperarei aqui e lhe darei uma carona até a cidade.

Estranho, mas ele pareceu piscar para ela, então. Ou talvez não. Ellie não poderia afirmar com certeza.

— Não há pressa — o policial acrescentou. — Use o tempo que precisar.

Ellie tomou banho e vestiu saia e blusa. Ainda não era meio-dia. Enquanto usava o secador de cabelos de Harmon, Ellie contemplou a possibilidade de telefonar para Mark e contar a ele toda a verdade. Uma confissão completa. Nomes, datas e lugares. A idéia era tentadora, mas Ellie suspirou e sacudiu a cabeça. Discou o número de casa, limpou a garganta e informou à secretária eletrônica de que seu vôo havia sido cancelado e que ela demoraria mais um ou dois dias para voltar. O telefonema ajudou apenas um pouco. Ela calçou as sandálias e dedicou um minuto ao batom e ao espelho.

Lá fora, o policial a esperava, com um cigarro apagado entre os dedos. Ao vê-la, exibiu um sorriso ligeiramente constrangido e devolveu o cigarro ao maço.

Já a caminho da cidade, Ellie abriu sua janela.

— Pode fumar — disse.

Ele sacudiu a cabeça. Era um motorista cuidadoso, atento, e mantinha as duas mãos no volante. Durante vários quilômetros, Ellie observou as árvores que ficavam para trás, a água do lago que aparecia ocasionalmente entre elas. Então, reclinou a cabeça para trás e emitiu um suspiro de rendição.

— Preciso explicar uma coisa — disse. — Harmon e eu não éramos casados. Não um com o outro.

— É mesmo? — o policial replicou.

— Compreende o que estou tentando dizer?

Ele assentiu.

— É uma tragédia. Mundo triste.

— O que quero dizer é... — Ellie começou — Bem, é o seguinte: espero que tudo isso possa ser resolvido em caráter confidencial.

— Confidencial?

— Sim, você sabe...

O policial pareceu ponderar a questão. A maneira como estreitava os olhos para protegê-los da luz do sol tornava-o mais atraente.

— Bem, veja, creio que isso vai depender do que, exatamente, você está pedindo. — Sua voz era baixa e fluida, quase um sussurro, totalmente incongruente com o sotaque de Minnesota. — O homem se afogou, é claro.

— Sim, ele se afogou.

— Isso é um problema. Não costumamos esconder corpos.

Ellie endireitou-se no banco do passageiro.

— Eu não estava sugerindo nada desse tipo. Estou falando apenas de bom senso, discrição. Não creio que isso seja ilegal.

— Não, acho que não.

— Decência básica — ela prosseguiu. — Não vejo por que outras pessoas deveriam sair magoadas dessa história.

— Está se referindo...

— Ao meu marido.

O policial empertigou-se de leve, como se suas costas o incomodassem. Então, colocou os óculos escuros.

— Bem, esse é o risco — disse. — As pessoas entram no jogo e, às vezes, saem magoadas.

— Não era um jogo — Ellie corrigiu.

— Não?

Ellie percebeu que o sujeito estava zombando dela, ou coisa pior, e pelo resto da viagem fez o possível e impossível para não olhar para ele. Concentrou a atenção na própria respiração. Em frente ao tribunal, quando o policial tocou o chapéu em despedida, Ellie fingiu não perceber, mantendo-se em silêncio. Enquanto subia os degraus para a entrada do edifício, ele gritou:

— Desejo-lhe muita sorte.

* * *

Ellie passou por entrevistas com o médico legista e o delegado, prestou dois depoimentos formais e, durante vários períodos, ficou sentada em uma sala minúscula, tomando café e esperando. Às vezes, sentia uma espécie de doença nervosa. O mundo inteiro parecia aliado contra ela. Imaginava o rosto de Harmon, depois o de Mark e, então, seu peito se apertava. Não conseguia ver uma saída. Havia certo pesar, claro, mas na maior parte do tempo o que ela sentia era que fora maltratada pelas circunstâncias. Culpou o lago, Harmon e as ruidosas aves aquáticas. Parecia uma conspiração da natureza, e não havia nenhum senso de participação moral. O envolvimento entre eles havia começado quase por acidente. Uma troca de cartões de Natal, algumas cartas casuais. E, agora, sete meses depois, terminara da mesma forma, não por escolha ou por vontade, como se ela estivesse presa por um cinto de segurança emperrado ao banco traseiro de sua própria vida. E o mais estranho, Ellie pensou, era que, no início, seu pobre e querido Harmon lhe parecera totalmente seguro. Casado. Nada de exigências. Um dentista sossegado, estável e ligeiramente gorducho, pai de uma filha já crescida e dono de uma casa moderna nos arredores de Minneapolis. Os dois haviam sido muito sóbrios em relação àquele romance. Haviam tomado todas as precauções, todos os cuidados, e tudo parecera lógico e, definitivamente, seguro.

Agora, quando consultava o relógio, Ellie perguntava-se se havia alguma coisa na face da terra que fosse realmente segura diante de sua estupidez. Em algum lugar daquele mesmo edifício, Harmon estava estirado sobre uma fria maca de aço, e nem toda a lógica e todas as precauções de segurança poderiam drenar o lago de seus pulmões.

Mais uma vez, Ellie teve o impulso de telefonar para Mark. Amava-o e gostaria de se lembrar por quê.

No final da tarde, depois do que pareceram muitos anos, o legista reapareceu para lhe perguntar se Harmon tinha algum histórico de problemas cardíacos. Ellie sacudiu a cabeça. Não fazia a menor idéia. Houve um breve momento de silêncio, durante o qual o legista estudou as pernas de Ellie. Ele piscou uma vez, balançou a cabeça em um movimento automático e disse que talvez fosse melhor conversar com a família do morto.

— Claro — Ellie concordou. — Eles devem saber.

Já escurecia quando o policial a levou de volta ao Loon Point. Pequenas gotas de chuva pontilhavam o pára-brisa. O vento tornava-se mais forte e o céu adquirira um aspecto cinzento e pesado. Nenhum dos dois falou muito, exceto para apontar relâmpagos ocasionais a oeste.

Diante da porta do chalé, o policial ofereceu um sorriso vago.

— Levando tudo em consideração — ele disse —, imagino que pretenda fazer as malas e ir embora o quanto antes. A esposa e a filha dele chegarão amanhã de manhã. Provavelmente, você não precisa ficar e enfrentar isso.

— Provavelmente, não — Ellie confirmou.

— Há um ônibus que deixa a cidade bem cedo, às 6h15, eu acho.

— Obrigada. Boa noite.

— Boa noite — ele respondeu, e olhou para o temporal que se formava além do lago. — Se precisar de alguma coisa, algum dinheiro, posso ajudá-la.

— Não sou uma prostituta.

Ele estreitou os olhos.

— Ora, muito bem. É uma boa informação. Mais fácil para todos.

— Mais alguma coisa?
— Acho que não. — O policial fez um movimento conciliatório com a mão. — A menos que eu possa ajudá-la a fazer as malas, preparar um café. Ninguém precisa ficar sozinho.
— No meu caso — Ellie retrucou —, é tudo do que preciso.
— Poderíamos conversar.
— Sobre o quê?
— Tudo. O que não falta é assunto.
Ele ainda sorria. Quando o vento o atingiu com força, seu corpo pareceu inclinar-se para ela.
— Esta manhã, no carro — Ellie disse —, achei que estava zombando de mim, reprovando minha atitude.
— Não.
— Foi o que me pareceu.
— De jeito nenhum. O mundo faz todo tipo de absurdos. Uma coisa da qual tenho certeza é a seguinte: aprove ou não, minha opinião não conta absolutamente nada. — Virou-se e encarou-a. — E quanto àquele café?
Não havia café, mas Ellie preparou chá, e os dois se sentaram em um sofá de vime, na varanda, e assistiram ao temporal que se movia na direção deles, atravessando o lago. O policial não tirou o chapéu. Teria uns 20 e poucos anos, Ellie calculou, e a juventude dele fez com que ela sentisse mais agudamente seu espírito enfraquecido, sua melancolia, a noção de quanto vazia se tornara. Imaginou Harmon molhado e morto, todo aquele corpo. A imagem a assustava. Fazia com que se sentisse cruel.
— Eu gostava dele — falou depressa, consciente de que aquela não era toda a verdade. — Refiro-me a Harmon. Eu o conheci anos atrás, na faculdade. Era um rapaz maravilhoso, muito divertido, sempre rindo, e quando nós nos...
— queria parar de falar. — Não foi um simples caso. Ele queria se casar comigo, o que estava fora de questão, é cla-

ro. Impossível, mas, por alguma razão, não consegui ser totalmente honesta e admitir isso para ele. Nem para mim mesma. Imagino que tal atitude teria arruinado a fantasia.

— Que fantasia?

— A mais trivial de todas. Fugir juntos. Uma idéia estranha e ridícula.

— Então, você o enganou?

— Provavelmente. Ou enganei a mim mesma.

O policial retirou um cigarro do maço e rolou-o entre o polegar e o indicador.

— E quanto a seu marido? — indagou. — Ele não desconfia?

— Não — Ellie respondeu, convicta. — Nem imagina.

— E você o ama?

— Mark?

— Mark, sim.

Ellie fechou os olhos e começou a dizer algo, mas parou, porque não havia nada que pudesse dizer que fosse inteiramente verdadeiro. Lá fora, na escuridão, os primeiros pingos de chuva produziam um farfalhar suave nas folhas das árvores, um som que parecia vir de um tempo em que ela ainda era uma garotinha. A desolação era insuportável, agora. Cinqüenta e dois anos. Harmon estava morto, Mark estava em seu próprio planeta, e era muito difícil imaginar um futuro para ela. Ellie queria alguma coisa. Queria muito, mas não sabia o que era.

Terminou seu chá e levantou-se.

— A verdade — disse — é que meu marido é um homem fabuloso, mais do que fabuloso. — Tentou sorrir. — Espero que vocês o mantenham fora disso.

O jovem policial estudou a escuridão. Parecia cantarolar, mas ela não ouviu nenhum som.

— Sabe o que eu acho? — ele falou, afinal. — Não entenda mal, mas acho que você vai dormir comigo, hoje mesmo, sem a menor cerimônia.

Durante alguns segundos, Ellie não disse nada. Não estava chocada, nem surpresa.

— Vá embora — murmurou.

— Ah, sim, irei muito em breve. — Ele se reclinou confortavelmente no sofá. Havia algo de ilusório nele, algo que não estava inteiramente relacionado ao mundo dos lagos, árvores, rochas e seres humanos afogados. — Neste exato momento, você nem sonharia com isso. Estou falando de sexo. Porque eu trouxe o assunto à tona. Agora, você não é capaz. Mas... se eu não houvesse mencionado... — Encarou-a com brutalidade. — Acho que nunca saberemos, não é?

— Nunca saberemos — ela replicou. — Vá.

— Não falei por mal.

— Como, então?

— Bem, em seu lugar, a maioria das pessoas tenta esconder a traição. Você não. Quer esconder o corpo. No momento, está sob pressão, vivendo um pesadelo, e acho que precisa se certificar de que tudo isso é real, de que você é real.

— Sou perfeitamente real — disse Ellie. — Não preciso de nenhuma prova disso.

— Nesse caso, peço desculpas.

A voz dele, porém, não carregava o tom de um pedido de desculpas, mas sim um toque amargo. De certa forma, Ellie pensou, ele não parecia estar falando com ela, mas consigo mesmo, ou com alguém atrás dela, na escuridão.

Ele se levantou e tocou o chapéu.

— Farei o possível para abafar o caso — disse. — Mas não farei isso por você. Na verdade, farei por mim, para saber com certeza que você passará noites em claro, roendo essas lindas unhas de mulher rica. — Sorriu. — Sou o que você tem no lugar de sua consciência.

— Por que não pode, simplesmente...
— Azar seu, eu acho. Policial errado.
— Escute — Ellie insistiu —, não sou má pessoa.
— É claro que não! É apenas muito, muito infeliz. — O sorriso dele era cortês, quase solícito. — Vou lhe contar uma história. Um dia, conheci uma mulher e me apaixonei perdidamente. Você se parece um pouco com ela. Era muito infeliz. Dizia sofrer de uma emergência espiritual. Então, um dia, ela apanhou suas coisas e saiu porta afora. Uma semana depois, ou melhor, menos de uma semana depois, já estava com outro homem, um maldito espartano, e eu fiquei sozinho, com minha própria emergência espiritual. Nunca esqueci, nunca perdoei.
— Espartano? — Ellie repetiu.
— Sim.
— Não entendo.
O policial emitiu um som rude, predatório.
— Não há o que entender. Malditos espartanos. São capazes de comer uma pessoa viva.
— Quem é você?
— Eu?
— Policial o quê?
Ele riu, desceu os degraus da varanda e parou sob a chuva para fitá-la. Seu rosto era pouco mais que um borrão.
— Manterei contato — disse —, com sua consciência e tudo mais.

Ellie pegou o primeiro ônibus para Minneapolis e, de lá, um avião quase vazio para Boston. Então, embarcou no trem das 4h05 para Sheffield Farms. Ficou surpresa ao encontrar seu carro estacionado exatamente onde o havia deixado, uma semana antes, no estacionamento atrás da estação de trem; de alguma maneira, sem que se desse conta, estivera esperando alterações nos detalhes mais banais do mundo. Mas o carro estava lá, intocado pelos acontecimentos, assim como a estrada que levava à sua casa, a caixa de correspondência pintada de verde, na entrada, os carvalhos gigantes e a alameda de cascalhos que subia até a garagem.

Passavam alguns minutos das 5 horas. A casa, também, parecia intocada. Havia um aroma almiscarado no ar, como se a mobília houvesse suado, e na cozinha ela encontrou um vaso de cristal azul, cheio de flores frescas, colhidas de seu jardim. Ellie colocou a mala no chão. Ficou imóvel por um momento, quase calma, então foi até o escritório e ligou a secretária eletrônica. Ouviu um apito, antes de sua voz dizendo:

— Beijos.

Pouco depois, sua voz outra vez:

— Um fiasco, Mark. O maldito vôo foi cancelado. Não há nada que eu possa fazer. Sinto muita falta de você.

Ellie preparou uma bebida, levou o copo para o andar de cima, encheu a banheira, entrou nela e ficou ali, submersa. Mais do que qualquer coisa, queria dormir. Um cochilo de quatro meses, para então acordar e descobrir que tudo fora resolvido. Não conseguia se concentrar nas questões práticas. Mais cedo ou mais tarde, tudo teria de ser dito, mas a lógica de tudo aquilo parecia complicada demais. Quando pensava em Harmon, pensava nele de maneira abstrata, como um problema de geometria. As antigas paixões pareciam exóticas e desconhecidas. Ellie lembrou-se de uma noite em que haviam dançado juntos, em Loon Point, e de quanto tudo lhe parecera uma grande aventura, e de como a música, as estrelas e o perigo a haviam incentivado a sentir-se próxima de Harmon, embriagada de prazer, e de como, por mais curioso que pudesse parecer, não era realmente Harmon em seus braços, mas a idéia de felicidade, possibilidade, tentação, uma dança lenta e provocante com um futuro muito atraente.

Quando Mark entrou na cozinha, Ellie fixou os lábios em uma expressão puramente doméstica. Ajustou a temperatura da grelha elétrica e usou uma espátula para colocar três hambúrgueres sobre ela.

Mark aproximou por detrás.

— A viajante — disse, antes de beijar-lhe o pescoço, os dedos apertando-lhe a cintura.

Aquele era um hábito que Ellie detestava, pois fazia com que se sentisse gorda. Agora, porém, reclinou-se para trás, deixando-se envolver pelos braços dele. Imediatamente, pela pressão dos dedos dele em sua cintura, soube que ele não desconfiava de nada.

— Está atrasado — disse. — De novo!

— Ora, não me dei conta...

— Uma hora atrasado — Ellie interrompeu-o. — Mais de uma hora.

Não era bem verdade, mas, assim, transferiria o fardo da explicação para os ombros dele.

Mark tirou a gravata e sentou-se em uma banqueta, ao lado dela. Não olhou para o relógio.

— A mesma bobagem de sempre — disse com voz cansada. — Nancy chega com uma pilha de contratos, todos envolvidos na transação de Earhardt, mas os endereços estão todos trocados. Uma confusão! Imagine o que teria acontecido, se eu não houvesse notado o erro! — Emitiu um som que deveria expressar frustração, mas Ellie sabia que o marido estava satisfeito consigo mesmo. — Bem, corrigi o erro, mas, quando terminei, já eram quase 5 horas, por isso tive de levar os contratos até o outro lado da cidade. Sou o carteiro. O garoto de entregas.

Ellie virou os hambúrgueres.

— Mas concluiu o negócio?

— A transação de Earhardt? Está selada e assinada. Profissionalmente bem resolvida.

— Meu guerreiro.

— Isso mesmo, querida. Pode me chamar de Tonto. — Mark sorriu e levantou-se. Folheou o jornal da tarde. — Como foi a viagem?

— Boa — Ellie respondeu.

— Ótimo. Quero que me conte tudo durante o jantar.

Comeram de robe, em frente à televisão. O noticiário foi dominado pela economia: exportação de revestimentos isolantes, uma proposta de novas tarifas retaliativas. A postura de Mark tornou-se rígida quando ele viu uma fileira de carros coreanos, pequenos e coloridos, desembarcando de um navio, em Seattle. A certa altura, resmungou:

— Ridículo.

Um instante depois, murmurou:

— Criminoso.

Durante os comerciais, em um tom de voz que Ellie reconheceu como educadamente forçado, ele fez perguntas sobre a viagem. Demonstrou interesse pela comida servida no avião, no clima, nas amigas que ela fora visitar em Twin Cities. Ellie dera apenas respostas curtas. As amigas eram um tédio, ela disse. O clima estava quente, a comida, horrível.

Mark assentiu, olhando para a televisão. Seus olhos exibiam um brilho distante. Aparentemente, não ocorrera a ele que, ao longo dos últimos seis meses, a esposa havia acumulado muitas milhas de viagem. Ellie deu-se conta de que isso não era culpa de Mark, mas dela mesma. Mesmo assim, não pôde impedir a onda de irritação que tomou conta dela.

— Sinto muito por aquele fiasco — disse. — Eu não podia fazer nada.

Mark mudava de canal rapidamente, com o controle remoto.

— Que fiasco? — indagou.

— O vôo cancelado.

— Está brincando?

Ellie virou-se para fitá-lo.

— Mark, eu deveria ter voltado ontem. Expliquei que não poderia... Você não ouviu o recado?

— Ah — ele a encarou de cenho franzido. — Eu me esqueci de ligar a secretária eletrônica.

Ellie fixou os olhos no prato. O hambúrguer havia deixado um gosto rançoso em sua boca. De maneira absurda, foi tomada por uma forte necessidade de se vingar. O que deveria ter feito, pensou, era ter deixado um recado descrevendo como seu amante havia se afogado nas águas de Loon Point. Todos os detalhes. Deveria ter falado sobre o cadáver molhado de Harmon, e como ela também se sentira encharcada, e como fora tomada pelo terror de se tornar velha, tola e insignificante. Talvez ainda estivesse em tempo de fazer isso. Poderia interromper a previsão do tempo, fazer um relato pessoal.

Ao contrário, Ellie levou sua bandeja para a cozinha, enxaguou os pratos e foi para o quintal. A noite estava úmida e parada. Na escuridão, mais uma vez, ela sentiu o desejo de deitar-se e dormir, simplesmente, desabar na cama, e foi um ato de tremenda força de vontade que a manteve de pé. Do outro lado dos carvalhos vinha o som abafado de um regador de jardim automático.

Ellie afrouxou o cinto do robe. O hambúrguer não lhe caíra bem.

Descalça, movendo-se com nova cautela, novo conhecimento, foi até o canteiro de flores que vinha cultivando desde a primavera. Passou alguns minutos ali, admirando os botões coloridos, lembrando-se de quantas horas cerimoniosas, inconscientes, ela havia dedicado àquele pequeno pedaço de terra dos subúrbios. Parecia bizarro o fato de ela ter, um dia, sentido tamanho prazer no cultivo de flores. A fazendeira feliz, Mark costumava dizer. E era verdade: ela havia sido feliz, o que quer que a felicidade trouxesse, quando vinha sem alegria. Sua vida havia adquirido o mesmo ciclo das flores, descomplicada pelo desejo. Ellie amava Mark, sim, e talvez, de maneira vaga e nostálgica, também houvesse amado Harmon, mas a realidade do amor não era o que ela havia imaginado, um dia.

Ellie abaixou-se para retirar uma erva daninha. Então, parou. Algo impressionante, muito próximo do pesar, invadiu de repente seu peito. No ar da noite, como uma fita não gravada, ela ouviu o zumbido da pergunta aterrorizante:

— E agora?

O zumbido, então, tornou-se mais grave, transformando-se no som de uma resposta imperfeita:

— Quem sabe?

Ellie imaginou Harmon na pista de dança, em Loon Point. Imaginou a si mesma, quando garotinha, usando vestido de renda azul e sapatos brancos.

Então, outra imagem formou-se em sua mente. Em uma noite de Ano-Novo, dezoito anos antes, alguns meses antes de se casarem, Mark a presenteara com um lindo buquê para prender no ombro do vestido. Em seguida, os dois haviam tomado um táxi para uma grande festa, onde dançaram, experimentaram bebidas exóticas e olharam um para o outro com a apreensão de que o amor estava acontecendo. A certa altura, muito depois de meia-noite, Mark a levara para fora, pousara as mãos em seus ombros e dissera:

— Por favor, ame-me para sempre. Continue me amando sempre, sempre, sempre, por favor, por favor, e nunca, nunca, nunca deixe de me amar.

E quando Ellie balançou a cabeça, quando ela começou a chorar, Mark Abbott sorriu como o homem que era, simples, romântico, corajoso, tão bom, tão ingênuo, e beijou-lhe os lábios, o pescoço e mordeu o buquê em seu ombro.

Ellie abriu o robe e deixou que o ar úmido da noite a envolvesse.

Jamais contaria.

Suportaria o pavor da descoberta. Teria sobressaltos a cada toque do telefone, à aproximação de um carteiro, a cada batida na porta. Pelo tempo que restasse de sua vida de mulher casada, e talvez mais adiante, ela seria puxada para o fundo, pelo peso de um homem afogado. Naquele momento, um carro estacionou do outro lado da rua, diante da casa de um vizinho. Um jovem esbelto, bem vestido, saiu do carro, trancou a porta, pareceu hesitar e, então, afastou-se e desapareceu nas sombras.

Não era o policial. Provavelmente, não. Mas, um dia, Ellie sabia que seria.

Um pouco mais tarde, Mark aproximou-se.

— Ei, boneca — disse. — Como estão suas flores?

Ellie fechou o robe.

— Estão bem — respondeu.

14

TURMA DE 69

— Bem, então, o que você teme — disse Paulette — é ser chantageada? Por aquele policial?
— Um pouco — Ellie respondeu. — Não muito.
— Teme sua consciência, então?
— Se é que tenho uma. Mas, às vezes, tenho a impressão... sei que parece loucura, mas sinto como se aquele policial presunçoso e bisbilhoteiro estivesse me espionando. Ergo os olhos, lá está ele. Então, ele não está mais lá. Em seguida, lá está ele.
— Sim, parece loucura — Paulette concordou.
Ellie Abbott ergueu os olhos para um avião que passava. A manhã estava quente e abafada, muito silenciosa, mas agora as nuvens começavam a se agrupar sobre Dakota, ainda distantes, a muitas horas dali. No ar, era possível sentir o cheiro da tempestade que viria.
— E tem mais — Ellie continuou. — Sinto um peso enorme dentro de mim. O segredo pesa uma tonelada. Acordo com essa sensação, carrego-a comigo o dia inteiro. Nunca consigo relaxar. Estou assistindo à televisão, jantando e, bum, de repente, já não é mais um jantar, é Harmon, e ele está se afogando. Como se esconde um corpo grande e branco? Acho que nunca me livrarei disso.

— Não há como esconder — Paulette respondeu. — Você não vai suportar isso por muito mais tempo. Conseguiu contar para mim, Ellie. Conte a seu marido, também.

— E se ele...

— Sim, eu sei — Paulette interrompeu-a depressa. — O problema é: e se você não contar?

Ellie assentiu de leve.

Consultou o relógio de pulso e tentou sorrir. Não conseguiu.

— Acho que devemos voltar — disse. — A missa vai começar às três horas, e preciso comprar flores, trocar de roupa, tentar me tornar...

— Harmon está morto — Paulette afirmou. — Assim como Karen. Você não está.

— Meu Deus! Está bem. Vou tentar.

— Não diga que vai tentar, querida. Prometa que vai contar.

— Está bem — Ellie concordou.

— Isso é uma promessa?

— Não sei.

As duas deram meia-volta e seguiram na direção do *campus*, de mãos dadas. Durante algum tempo, nenhuma delas disse nada. Então, Ellie quebrou o silêncio:

— Eu mencionei os mergulhões?

— Sim.

— Bom. Importa-se se eu parar um instante e chorar?

— Choremos, nós duas — Paulette concluiu.

Às 2h15 da tarde, o despertador de Spook Spinelli soou. De leve, ela chacoalhou Marv, que dormia de costas, a seu lado. A gravata dele fora afrouxada, nada mais.

— Olá — ele falou, sonolento. — Nós fizemos sexo?

* * *

Marla Dempsey e David Todd deixaram suas flores na capela de Darton Hall. Era um edifício circular, de tijolos e vidro, o local onde fora celebrado seu casamento, trinta anos antes, mas nenhum dos dois teve coragem, ou a falta de cortesia, de mencionar o assunto.

— Vou trocar de roupa — Marla anunciou, antes de beijá-lo na face. — Você está bem?
— Sim.
— Tem certeza?
— Sim.
— Posso ficar, se quiser.
— Não será necessário — ele disse. — Vá se trocar.

Quando ela se foi, David sentou-se no primeiro banco. A capela estava deserta, exceto por uma adolescente organista, que preparava suas partituras.

Lá fora, a temperatura se aproximava de 34 graus. Dentro da igreja parecia mais quente.

David tomou alguns comprimidos de Darvon e Demerol, cruzou as mãos, reclinou-se no banco e ouviu Johnny Ever repreendê-lo sobre causas perdidas.

— História antiga — Johnny dizia. — Tão velha quanto os prótons. Já vi isso acontecer um zilhão de vezes. Estamos falando de grandes ilusões. Contos de fadas. O maldito *Hair*. Toda aquela sua geração maluca, homem, deixou-se levar por aquela besteira dos lá-lá-lás. Com toda honestidade, que diabos! Isso parece grego para mim, Davy, e olhe que sei falar grego. — Johnny suspirou. — A ingenuidade, meu amigo, é o maior risco que existe para a saúde. As fantasias românticas deveriam ser cobertas pelas assistências médicas. Desista, parceiro, de todos esses sonhos inúteis com Marla. Coragem!

* * *

A menos de um quilômetro dali, em uma parte influente de St. Paul, Dorothy Stier postou-se diante do espelho em sua suíte. Estava se vestindo para Billy McMann. Também estava explicando a si mesma como estava feliz, como o câncer já fora, em sua maior parte, vencido. Oito nódulos... e como seus garotos eram os melhores filhos do mundo, e como Ron era completamente dedicado a ela, muito católico, o parceiro ideal, sempre presente e pontual, e cheio de idéias maravilhosas sobre filtros de ar domésticos e manutenção de automóveis.

Dorothy decidiu não apelar para a ostentação. Usaria uma blusa azul simples sobre sua prótese. Nada de pérolas. Brincos de vidro. E aquele perfume barato de que Billy gostava.

— E então? — Marv indagou.
— Esse é meu segredo — Spook respondeu —, mas vou lhe contar o seguinte: você é mesmo um bobão.
— Obrigado, obrigado — Marv replicou. — Está dizendo que se aproveitou de mim?
— Em meus sonhos — Spook declarou.
— Que tal esta noite? Diga talvez.
— Talvez — Spook obedeceu. — Arrume a gravata e ajeite a pistola. Temos uma missa a assistir.
— Pistola? — Marv repetiu.
— Dentro de sua calça.
— Está se referindo a esta coisa crescida?
— Estou me referindo a esta coisa, sim.
— Diga talvez, de novo.
Spook riu e disse:
— Não me pressione.

* * *

Jan Huebner ajeitou os cabelos curtos e descoloridos, aplicou uma camada de seu batom cor de ameixa, pintou um par de sobrancelhas pretas e disse a Amy Robinson:
— Nada como uma igreja para dar sorte. Como estou?
— Horrível — Amy respondeu.

A nova esposa do vice-governador de Minnesota, 26 anos mais jovem que ele, observava as casas grandes e antigas da Summit Avenue passarem pela janela do carro. Não se interessava por reencontros. Não se interessava por missas e funerais. E, em especial, definitivamente, não se interessava por aquele bando de alcoólatras, barrigudos, se perguntando o tempo todo: "O que aconteceu conosco". Suportara o bastante na véspera. Alegara estar com dor de cabeça, fora embora no meio do baile, na noite anterior: canções ridículas sobre barricadas e paranóia.
Olhou para o marido, que dirigia.
— Em memória de quem é a missa de hoje?
— Dois velhos amigos.
— Quem?
— Karen alguma coisa, Harmon alguma coisa.
— Vejo que você os adorava!
— Apenas esqueci os nomes — ele disse. — Estou ficando velho.
— Você é velho — disse a esposa, que se remexeu no banco, inquieta, por algum tempo. — Aquela sua noiva... Ela vai estar lá?
— Ex-noiva — ele corrigiu.
— E?
— Provavelmente.

— Às vezes — Johnny Ever disse —, temos de nos render aos fatos. Tome seus remédios e espere pelo pior. Se quer saber minha opinião, Dave, os irlandeses é que estão certos. Tenha certeza de que o mundo vai partir seu coração. Alguém arrota, pede desculpas, é um dia ensolarado em Tipperary.

David Todd fechou os olhos e deixou que as drogas o levassem para longe. Quieto, pensou, estamos em uma igreja.

— Pode apostar sua alma que estamos em uma igreja! Por isso, ouça o que vou dizer. Tenho um enigma para você. O que veio primeiro, o ovo ou a galinha? Resposta: o velho espirrou. Fiz isso, uma vez, com Robespierre, e o sujeito limitou-se a me fitar, piscando os olhos. Mas você entende, eu espero. Não há o que entender. Como aquela colônia perdida, em Roanoke, aquela que explodiu e desapareceu no ar. Um bando de sonhadores convencidos de que eram capazes de mudar o mundo, de volta aos anos 1960: "Ei, vamos formar uma comunidade!" De repente, bum, são a geração perdida. Lembra alguma coisa? Ora, dê uma boa olhada na situação. Um milênio novinho em folha. Agora, temos televisão a cabo. Vinte e quatro horas de papo furado, o Canal do Desespero, e todos os seriados que conseguimos agüentar. Mundo novo, é? E quanto ao Thorazine? Nem sequer existia, na época. Salas de bate-papo. I-800-SABBATH. Filme sua própria pornografia. Mil e uma maneiras de aliviar a alma, de ajudar a se livrar da melancolia da madrugada. Progresso? Pode apostar! Não há por que continuar chorando esse amor perdido. Ela é *passée*, Dave. Sapato velho. — A voz de Johnny suavizou. — Acredite, homem. Sou um anjo. Ela vai acabar com você outra vez.

Dorothy Stier dirigiu seu carro até o *campus*, estacionou na Grand Avenue, e correu para dentro de uma drogaria, à procura do perfume que Billy gostava. Não conseguia lembrar do nome exato. Adoration, Amour. Algo barato como lixo. Gastou alguns minutos cheirando amostras, estudando vidros e, então, perguntou a um farmacêutico calvo se ele fazia alguma idéia.

— Sei que começa com A — ela disse.
— Allure? — o homem perguntou.
— Não. É antigo. Adoration, eu acho.
— Adoration? — Ele refletiu por um instante. — Não conheço. Temos Allure. Também temos aquela porcaria do Anaïs Anaïs, o cheiro do meu irmão.
— Amour, talvez? — Dorothy arriscou.
— Nunca ouvi falar. Mas temos Anaïs Anaïs... basta cheirar meu irmão e saberá do que estou falando. — O farmacêutico empurrou os óculos para cima da cabeça calva e perfeitamente redonda. — Se quiser, posso verificar o estoque. Algo que comece com A, foi o que disse?

De repente, o homem virou-se e saiu por uma porta. Dorothy consultou o relógio. Perfume, francamente! O que havia de errado com ela? Então, sacudiu a cabeça e leu o enorme cartaz preto e branco, que dizia: DEZ MANEIRAS DE EVITAR O CÂNCER DE MAMA.

Vários minutos depois, o farmacêutico voltou.
— Não temos — disse. — Allure, Anaïs Anaïs, e é só. Aceite meu conselho, fique longe de Anaïs Anaïs. Allure é mais agradável. — Nada, então — Dorothy decidiu. — Não levarei nenhum. — Boa escolha.

O homem a estudou pensativo e, então, pareceu sorrir sem mover os lábios.

— De qualquer maneira — disse —, perfume não vai resolver.

15
PELA METADE

Em uma agradável e ensolarada tarde de sábado, no meio do verão de 1997, nove meses e meio depois de sua cirurgia, Dorothy Stier tirou a blusa, livrou-se do sutiã, ajeitou a peruca, calçou um par de sandálias, terminou um copo de limonada, praguejou, resmungou consigo mesma:

— Já chega!

Então, abriu a porta dos fundos, passou por ela, atravessou o quintal e desceu pela passagem que levava à entrada de carros, ao lado da casa, onde seu marido, Ron, vice-presidente sênior da Cargill, acabara de lavar e encerar seus dois preciosos Volvos. Os gêmeos, como ele costumava chamá-los. Ridículo, Dorothy pensou. Um deles era uma perua azul, o outro, um sedã prateado, quadrado, imenso e repleto de acessórios. Desde a aquisição dos veículos algumas semanas antes, no que ele chamava com muita inteligência, repetidas vezes, de "assalto em bloco", Ron vinha dedicando aos novos automóveis um misto absurdo de tempo, trabalho e amor paternal. O que, para Dorothy, parecia perverso. Afinal, ele já era pai de dois garotões. Não eram gêmeos, mas bem polidos e mecanicamente estáveis. E Ron tinha uma esposa também. Uma esposa maravilhosa. Uma esposa, aliás, que já fora um dia um modelo esportivo, um lindo e reluzente Bentley, em meio a uma esquadra de camionetes utilitárias.

Dorothy estava zangada. Na verdade, estava mais que zangada. Estivera contemplando a possibilidade de partir. O "para onde" era irrelevante: Paris, Hong Kong ou Duluth, ou até mesmo para as ruas geladas de Winnipeg. Não importava. Naquele instante em particular, registrado no paraíso dos subúrbios como 2 horas da tarde do dia 19 de julho de 1997, e que encontrou Dorothy Stier a doze passos incertos do início da descida para a entrada lateral, nua até a cintura, agora comprometida, agora despertada para a realidade presente pelo olhar chocado de seu jardineiro, Jimmy... Naquele momento remotamente nobre, radiante, selvagem, Dorothy temeu vomitar. Seu estômago dava saltos. Ela foi impelida para baixo, pelo caminho cimentado, por quatro ou cinco limonadas com vodca. Talvez não estivesse exatamente bêbada, mas fizera o possível. A fim de se equilibrar, Dorothy ergueu uma das mãos, como se fosse agarrar o ar. Dirigiu um aceno de cabeça a Jimmy, que baixou os olhos para sua tesoura de jardinagem, inspecionou-a e, então, voltou a olhar para ela. O homem sorriu, mas não disse nada. Nem Ron, cuja atenção estava inteiramente concentrada em um reluzente capô e em uma flanela.

No gramado ao lado, porém, atrás de uma cerca de madeira recém-pintada, o querido amigo e vizinho Fred Engelmann, um coronel da Marinha aposentado, tivera a atenção atraída para ela. Um momento antes, Fred erguera a mangueira com que regava os canteiros, em cumprimento. Começara a dizer algo, começara a acenar, mas seu queixo parecia haver travado no meio do caminho, formando um curioso sorriso. A mangueira retorceu-se em suas mãos. Fred estava regando a casinha de seu *collie* de estimação.

— Freddie, querido! — Dorothy gritou.

Soltou o ar ao qual estava agarrada e agitou os dedos em um aceno para o homem: um vizinho atencioso, confiante, ex-assassino, conselheiro doméstico. Em tom de voz alegre, ligeiramente engrolado e convidativo, Dorothy gritou:

— Dia lindo, não?

— Positivo — Fred replicou.

— Molhando a casinha!

— Positivo novamente — ele disse, e redirecionou a mangueira. Rugas se formaram em torno de seus olhos. Pelo jeito, ele parecia decidido a encarar a situação com bom humor. — Imagino que esteja tomando banho de sol.

— Sim, estou — disse Dorothy.

— Bom... Bom para você.

— Bom para mim! Espere um instante e pularei a cerca.

— Faça isso.

Tudo isso havia consumido uns poucos minutos do sábado, 19 de julho. Ron ainda não se virara para deparar com seu futuro. Ele se ajoelhou ao lado da perua azul, a testa franzida de preocupação por um risco minúsculo na lataria. Dorothy estava a seis passos de distância, aproximando-se rapidamente. Dois ou três segundos se passaram: Jimmy aparando arbustos, Fred regando canteiros, o ruído contínuo de um cortador de grama, uma criança chorando, um rádio tocando Wagner, os dois Volvos encerados brilhando como pedras preciosas sob o sol de verão.

Ron girou o corpo sobre um dos joelhos.

Começou a se levantar, parou, estreitou os olhos para Dorothy.

— O que é isso? — inquiriu.

— Uma esposa — Dorothy respondeu.

Agora, ela estava a dois passos de distância, e acelerando.

— Deus do céu!

— Olhe para mim — Dorothy ordenou.

Ele olhou para suas canelas.

— Mais alto — ela disse. — Faça de conta que sou um Volvo.

Havia parado diretamente diante dele, a menos de vinte centímetros de distância. Seu sorriso era genuíno, e até mesmo radiante ao sol de julho, mas também era um sorriso tolo, beligerante e desafiador.

— Ora, vamos! Só uma olhadinha!

— Querida — Ron murmurou.

Ele se pôs de pé e passou um braço em torno dela.

— Venha — disse. — Vamos para dentro.

— Uma olhada. Não tenha medo.

— O que é isso? — Ron voltou a indagar. — Lady Godiva? Algum show de horrores?

— Horrores?

— Eu não quis dizer nesse sentido.

— Quis, sim. Foi muito claro. Horrores.

— Dorth, você está bêbada.

Ela se desvencilhou dos braços dele e recuou um passo, a fim de oferecer uma vista melhor. O olhar de Ron desviou-se para o verão distante, como se ele procurasse por um ângulo mais fácil do qual observar o mundo. Então, emitindo um som frustrado, olhou para ela de maneira mais ou menos direta.

— Medonho?

— Não, mas me dá vontade de chorar.

— Toque-me.

— Estamos na entrada lateral, querida, em plena luz do dia.

— Vamos. Toque-me.

— Não faça isso — ele pediu, falando em voz baixa, quase um sussurro, como se o problema essencial fosse o volume. — Estou pedindo com jeito, Dorothy. Por favor, vamos entrar. Fred e Jimmy estão assistindo a um belo show.

— Meio show — Dorothy corrigiu.

— Meio show. *Touché*. Podemos entrar?

— Você ainda não olhou.
— Que diabos estou fazendo neste exato momento?
— Fingindo.
— Não estou fingindo.
— Ah, está sim — ela insistiu.

Então, colocou-se na ponta dos pés, estendeu os braços acima da cabeça, como uma bailarina, e rodopiou na entrada lateral. Mais uma vez, seu estômago fez acrobacias. Ocorreu-lhe que a música vinha da perua azul. Não havia se dado conta de que Ron gostava de Wagner. Aliás, não percebera que ele gostava de música.

— Pronto — Ron falou. — Já olhei.
— Não como deveria. E ainda não me tocou.
Ele franziu o cenho e disse:
— Pare com isso.
— Faz quatro meses que você não me toca — Dorothy continuou. — O que tenho é câncer de mama, Ron, não é como gripe, não é contagioso.
— Sei disso.
— Se não olhar, não vai chegar nem perto de mim.
— Ah, sim, eu já imaginava.

Dorothy sentiu uma onda de enjôo percorrer seu corpo. Soltou uma risada tola. Colocou as mãos em concha diante dos lábios e gritou para o vizinho, do outro lado da cerca:
— Só um instante, Freddie!
— Meu Deus! — Ron murmurou baixinho.
Fred acenou. Generosamente, manteve-se de costas para o casal, direcionando a mangueira para um canteiro de girassóis gigantes.
— Bom sujeito — disse Dorothy.
— Sim, ele é. Já terminamos?
— Acho que sim. — Dorothy queria ser abraçada e amada, queria retribuir tais gestos, mas também queria desaba-

far sua mágoa. Acenou com a cabeça na direção dos Volvos reluzentes. — Como estão os gêmeos?

— Estão ótimos.

— Graças a Deus! Isso tira um peso de meus ombros..

— Tem ciúme de carros?

— Ora, nem sei — Dorothy respondeu. — Tenho ciúme? Tenho? É difícil saber. Mas é óbvio que seus carros são muito atraentes.

Ron deu um passo na direção da casa.

— Para mim, já chega. Vou entrar.

— Está bem. Até logo.

— Sim, até logo. Não vou implorar que me acompanhe.

Ele não se moveu.

Dorothy apoiou-se na perua azul, inclinou a cabeça para trás e deixou que o sol a banhasse. Tinha 49 anos. Era republicana, eleitora de Reagan, mãe de dois filhos, fazia quimioterapia, perdera o seio esquerdo, estava fora de forma, sentia enjôos, dor de cabeça e era vizinha de Fred Engelmann, da Associação dos Moradores de Highland Park.

E, também, no momento, era uma mulher precisando de redefinição.

Olhou para o marido. A raiva praticamente se dissipara, deixando em seu lugar um cansaço poderoso e muito mais assustador.

— Não se preocupe — disse. — Vá assistir a um jogo de futebol. Estou bem, aqui.

— Dorth, isso não é justo.

— Vá. Dê-me um minuto.

Ron emitiu um som abafado de frustração. Girou nos calcanhares, subiu a passagem, atravessou o quintal e entrou na casa.

Triste, Dorothy pensou.

Por um instante, ela pensou em ir atrás dele. Vestir a blusa. Colocar a culpa na limonada. Afinal, ele era um milagre de marido. Pai maravilhoso, parceiro maravilhoso. Sólido e estável como um Volvo. Em 1969, três meses depois da formatura, Dorothy casara-se com Ron porque ele era bonito, com o rosto ainda juvenil, corpo atlético e olhos que pareciam amêndoas. Ainda era bonito, delicioso, mesmo na meia-idade. Durante vinte e dois anos de casamento, porém, Dorothy passara a apreciá-lo pelo que parecia, em teoria, motivos mais substanciais. Sua boa natureza. Sua ética inabalável. O prazer descomplicado que ele sentia em cuidar da família: uma casa elegante, carros caros, um jardineiro chamado Jimmy, sócio de dois clubes de campo exclusivos. Era verdade que ele era um tanto inflexível no que dizia respeito à sua personalidade, mas no coração, na alma e no espírito, Ron era um homem virtuoso, honrado e confiável. Durante todo o pesadelo do câncer, ele se desdobrara para dar a ela coragem e confiança, citando estatísticas de sobrevivência, recortando artigos, chamando a atenção dela para avanços recentes nos tratamentos. Na verdade, a incansável solicitude de Ron quase a matara. Sempre o chefe de torcida, fazendo piadas com o oncologista, torcendo pela cura, batendo palmas e murmurando "Muito bem, garota", enquanto ela vomitava os venenos da quimioterapia.

Dorothy sabia que não poderia culpá-lo. Havia uma coisa engraçada sobre seios: maridos esperam ver dois. "Horror" era a palavra. E, na verdade, a própria Dorothy passara a evitar espelhos e camisolas transparentes. Ainda assim, parecia injusto haverem lhe roubado um marido e uma vida sexual decente, juntamente com o seio assassino.

Dorothy deu um tapinha amigável na perua azul, desligou o rádio e foi se juntar a Fred, no canteiro de girassóis.

— Freddie, Freddie — disse, beijando-lhe a face. — Bebi uma dose ou duas, talvez sete, provavelmente oito. Portanto, não me dê um sermão. — Pôs as mãos na cintura, não escondendo nada. — Lindas flores, dia maravilhoso. Como vai Alice? Estou sem blusa.

Fred riu e disse.

— Sim, acho que está.

— Realmente, estou. Peço desculpas.

— Não é preciso — Fred garantiu. — Caso encerrado.

— Vou vestir a blusa.

— Também não é preciso.

Fred desligou a mangueira, segurou-a pelo braço e, com sua maneira firme e gentil, ao mesmo tempo, levou-a para a sombra de uma treliça. Sentaram-se no gramado. Há dez anos, quase onze, Dorothy e Fred Engelmann eram grandes amigos, que trocavam fofocas, piadas sobre Clinton, ajudavam a distribuir os adesivos que diziam "Frite os Liberais". Juntos, haviam amaldiçoado de bom humor a era moderna. Concordavam em alguns princípios básicos: menos significa mais, em questões de Estado; orações nas escolas; o indiscutível antiamericanismo da chamada ação afirmativa. Com bom humor mútuo, horror mútuo, haviam lamentado o que parecia ser uma imensa era do gelo de depravação e amnésia moral. Riam muito. Gostavam da companhia um do outro. Mais que isso, Fred parecia compreendê-la exatamente como Dorothy queria ser compreendida. Em determinadas ocasiões, especialmente depois de alguns coquetéis no quintal, era como se ele houvesse decifrado o código de sua história pessoal, compilado um dossiê de seus sonhos: certos arrependimentos e desejos. Decisões difíceis. Oportunidades perdidas. Anos antes, como fuzileiro naval no Vietnã, Fred fora secretamente afiliado ao programa Phoenix, que, como ele descrevia de maneira concisa, relacionava-se a soluções terminais.

— Encontre-os e frite-os — ele dizia. Então, seus olhos brilhavam e ele a fitava, parecendo olhar através dela, e piscava. — Trabalho fantasma. Muito simples, depois que se pega o jeito da coisa.

Dorothy nunca o pressionara com perguntas, mas, às vezes, era assustador. Nada óbvio, nada conclusivo, apenas aquela piscadela. A maneira como ele a fitava, quando ela exagerava, ou inventava histórias, ou fazia autopropaganda.

Agora, por exemplo.

Quando ela se deitou na grama, quando ela tirou as sandálias e disse:

— Nada demais, Freddie. Problemas femininos.

Dorothy sentiu que ele a estudava.

— Crise da meia-idade — acrescentou. — Minha fase *topless*.

Fred sorriu, limpou a garganta, esperou, ficou em silêncio, continuou sorrindo, deu tempo a ela para que considerasse correções e alterações.

— Vou deixá-lo — Dorothy declarou.

— Eu sabia! Problemas com Ron?

Ela estreitou os olhos.

— Não faça de conta que não sabia!

— Está bem. — O sorriso não se alterou. Os olhos dele eram claros como água. — Talvez eu tenha notado uma coisinha ou outra. Fiz a soma: um mais um, igual a dois. Calculei um pouquinho do que podia estar acontecendo.

— Não foi um pouquinho, nem foi talvez — Dorothy protestou. — Você percebe tudo. Mas, mesmo que eu quisesse, que, aliás, definitivamente, não quero... e perdoe-me, Freddie, estou totalmente embriagada por limonada com vodca. Bem, mesmo que eu realmente decidisse ficar, vamos encarar os fatos, como poderia ficar? Depois disso. — Apontou para o peito. — Deus ajude as ninfetas de um seio só. Abaixo a rainha. Esse pessoal de Highland Park, incluindo eu e você, não admite nada indecente. Neste exato momento, aposto que centenas de telefones estão tocando. Aposto que estou na lista das mulheres nuas a serem vigiadas.

— Está na minha — Fred disse.

— Sim, obrigada. E quanto a Alice?

Fred sorriu.

— Deixe-me colocar assim: ela espiou pela janela e, provavelmente, precisou se deitar depois do que viu. — Estudou o peito de Dorothy, não friamente, não com indiferença, mas como se estivesse se concentrando em um jogo muito complicado. Então, suspirou e disse: — Vamos lá, ponha tudo para fora. O velho Fred quer ouvir tudo.

— Eu realmente acho que deveria vestir uma blusa.

— Negativo. Vamos conversar.

Dorothy não conseguiu pensar em muitas coisas para dizer. Palavras surgiam em sua mente: grotesco, preferia estar morta, como isso pôde acontecer? No entanto, todas soavam tão banais, tão rotineiras, tão ridiculamente humanas. Depois de algumas frases mutiladas, ela parou e fitou o lindo céu de julho.

— Não é apenas culpa de Ron. Também não gosto de me tocar. Detesto a hora do banho e a hora de dormir.

— Verdade?

— Sim. Detesto. E não me refiro apenas a essa cicatriz medonha, aqui. Não estou falando só do seio.

— Certo. Não é o que você quer dizer.

Dorothy assentiu.

— É pior. Como se toda a minha vida tivesse câncer.

— Exatamente.

— E não é assim. — Ela suspirou. — Que diabos foi isso, Fred?

— Do que está falando? — ele indagou.

— A palavra que você usou. Você disse: "exatamente".

— Eu disse isso?

— Disse. Trata-se de minha vida destruída. Como você poderia saber?

Fred lançou-lhe um olhar de mágoa, perseguição, como se a pergunta fosse inadequada a uma vizinha.

— Não nasci ontem — ele respondeu. — Importa-se se eu tirar a calça? Sou um pobre velho. Não há com o que se preocupar.

— Você não é velho, Freddie.

— Ora, sou mais velho do que você pensa. Ex-fuzileiro naval, ex-produtor de viúvas. Ora, somos todos velhos.

Ele tirou a calça, atirou-as ao seu lado, olhou através da cerca de madeira e acenou. Ron observava-os do quintal. Parecia perdido e zangado. Não acenou de volta. Após alguns instantes, virou-se e entrou em casa.

— Seu marido está nervoso — Fred murmurou.

— Quem não está?

— Boa pergunta. Mas, se eu estivesse em seu lugar de mulher nua, provavelmente voltaria à prancheta e começaria a repensar minhas táticas. Não é tarde demais. Bem, é claro que há o problema de a questão não envolver apenas Ron, certo? — Ele piscou para ela. — Posso lhe perguntar uma coisa?

— Pode.

— Alguma vez você votou em um democrata?

Dorothy ergueu os olhos. Não era a pergunta que ela esperava, mas mesmo assim, mexeu com seus nervos.

— Se votei em um democrata? — repetiu. — Talvez, uma vez.

— Posso adivinhar?

— Pode — ela disse —, e tenho um estranho pressentimento de que vai adivinhar corretamente.

— Primárias de 68. Gene McCarthy.

— Freddie, como sabe tudo isso?

— Fonte. Minha ex-especialidade.
— Fred!
— Bem, minha cara, você é minha melhor amiga e minha vizinha — Fred disse. — Portanto, achei melhor saber onde estou pisando. Mais uma pergunta. Contou a Ron, sobre a sua... desgraça? Sobre seu lapso comunista?
— Diga-me você, Freddie. Contei?
Os olhos dele se iluminaram, travessos.
— Não, querida, calculo que provavelmente você não contou. Mas não é má idéia começar por aí. Poderia tirar do caminho um amontoado de problemas. Mudanças de opinião, vida com câncer. — Fred deitou-se na grama, protegendo os olhos do sol com a mão. Usava *shorts* preto, meias pretas e tênis pretos. A pele em suas coxas e canelas parecia mumificada. — Se pode ajudar, saiba que já fui eleitor de Kennedy. RFK. Quando a guerra terminou, mudei de idéia.
Dorothy sentou-se e cruzou os braços diante do peito. Agora, sentia a pressão de sua nudez.
— Eu me rendo — disse. — Aonde você quer chegar?
— Nem sempre o destino é a parte mais importante de uma viagem — ele declarou. — A propósito, Ron voltou. Está no quintal, com binóculos.
— Não posso olhar.
— Você é quem sabe. Bem, não quero bisbilhotar, mas talvez aquele rapaz da faculdade, com quem você quase fugiu. O que você namorou antes de Ron. Qual é o nome dele?
— Billy.
— Isso mesmo. Billy. Eu diria que você o deixou em péssima situação. A fria, fria Winnipeg. É claro que ele não passa de um desertor, e eu também não aceito isso, mas deve ser muito difícil ser trocado pelo melhor amigo. Eram amigos, não eram? Ron e Billy? Não é engraçado. Imagino que isso tenha perturbado você, também. Perdeu o vôo para o

Canadá. Ficou com o bonitão. Escolheu o conservador, sem casamento arriscado. Então, todos esses anos depois, lá vem o câncer, oito nódulos, o bastante para provocar uma crise de meia-idade. Com toda a certeza, muitos "e se" surgiram em sua mente. Caminhos não percorridos. Talvez a grama houvesse sido mais verde, do outro lado.

— Isso aconteceu há décadas — Dorothy retrucou.
— Sim, claro — ele disse. — Ontem, não?

Dorothy apertou os lábios e endireitou as costas.

— Preciso vestir alguma coisa — declarou. — Nesse instante.
— Ah, meu Deus!
— Dê-me sua calça, Fred. E não me agrada toda essa bisbilhotice. — Ela se cobriu com a calça manchada de Fred, amarrou as pernas atrás do pescoço. — Não é engraçado, não é uma piada. Parece que esteve me investigando, que mandou alguém me seguir, ou... Qual é mesmo a palavra?
— Vigiar.
— Isso mesmo. E nós éramos amigos.

Fred cerrou os dentes.

— Somos amigos, querida. Nossa amizade não poderia ser maior. "Pesquisa" seria uma palavra mais precisa para descrever o que eu fiz.
— Seja o que for — Dorothy resmungou. — Você deveria envergonhar-se.

Começou a se levantar com grande esforço, mas seus músculos pareciam haver se soltado dos ossos. Limonada demais, concluiu, ou estresse demais, mas, fosse uma coisa ou outra, tinha a sensação de estar presa ao gramado pelo olhar claro como água de Fred Engelmann.

Eram 2h43 da tarde de sábado, dia 19 de julho de 1997. Ainda estava quente, ainda havia muito sol. Uma brisa leve começara a soprar. Os dois Volvos reluziam na entrada da garagem. Seu seio esquerdo se fora. Seus filhos estavam no acampamento. Seu jardineiro desaparecera. Seu marido estava de volta ao quintal, andando de um lado para outro, um homem muito bom. Dorothy Stier não conseguia se mover, e não tinha certeza se queria isso.

— Sim, estou envergonhado — Fred Engelmann admitiu. — Velhos hábitos.

— Estou chocada e estou magoada — Dorothy queixou-se. Sentia-se paralisada. Falar era um esforço. — Você votou para um Kennedy?

Fred assentiu, desanimado.

— Não conte a Alice.

— Não vou contar, mas você tem de se explicar.

— RFK? O sujeito tinha...

— Não. A espionagem. Ora, eu lhe conto tudo!

— Nem tudo — ele corrigiu, e seus olhos brilharam. Parecia muito alegre, divertindo-se a valer, mas também havia um toque de paciência e expectativa na maneira como ele a observava. Após um segundo, ele apontou para a piscina. — O que acha de convidarmos Ron para se juntar a nós. Poderíamos dar um mergulho, tirar Alice da cama, grelhar alguns hambúrgueres. Talvez ajude a dissipar a tensão.

— Vou deixá-lo — disse Dorothy. — Talvez você não tenha descoberto essa informação, em sua pesquisa.

— Ah, sim, eu encontrei — Fred garantiu.

— Então, já sabe. Ele não se aproxima de mim. A esposa horrorosa e repulsiva. — Fez uma pausa. — Ele está olhando para cá?

— Parece que sim, a menos que esteja dormindo atrás dos binóculos. — Fred tirou a camisa, os tênis e as meias.

— Venha, vamos mergulhar na piscina, eu e você. Se estou certo em meus cálculos, Ron vai aparecer dentro de um instante.

— Não consigo me mover.

— É claro que consegue.

Fred ofereceu sua piscadela peculiar, segurou-a pelo punho e ajudou-a a se levantar. Dorothy pareceu deslizar pelos dez a doze metros que os separavam da piscina.

— Minha calça — Fred lembrou-se e retirou a peça de roupa do pescoço dela. — Custou caro, e não vejo por que deveríamos estragá-la.

— Quem é você, afinal?

Ele riu e disse:

— Eu me chamo Freddie, e sou fuzileiro naval aposentado.

A água estava morna e agradável. Highland Park era um bairro novo. Fred nadou algumas braçadas, Dorothy flutuou. Então, ele se aproximou dela, dizendo:

— Oito nódulos, um matador de verdade. Algumas mulheres conseguem superar. Receio que não vá ser assim com você. Vou lhe dar cinco anos. Cinco anos, dois meses, mais uns dias. Não posso fazer nada melhor.

— Cinco anos? — Dorothy repetiu.

— E dois meses.

— Você parece ter certeza do que está falando.

— E tenho. Certeza absoluta.

— Mais uma vez. Quem é você?

Ele sorriu.

— Seu vizinho.

Dorothy olhou para o céu azul. Estava deitada de costas, no meio da piscina, satisfeita por estar molhada, satisfeita por estar flutuando. Sua peruca flutuava ao seu lado.

— Estamos falando de cinco anos muito bons — Fred continuou. — Pelo que vejo, você não vai para Hong Kong, nem Duluth, nem Winnipeg. Tem dois filhos espetaculares, um marido excepcional. O que eu recomendo é que você aceite a escolha que fez. Você seguiu pelo caminho do conforto. Bela casa, belos carros. Não foi tão terrível. — Ele começou a nadar para longe, mas virou-se e voltou. — Também não precisa se sentir culpada. Aquele antigo namorado com quem você tem sonhado, Billy, está bem. Ele também escolheu um caminho bastante confortável.

— Fontes? — Dorothy indagou.

— Positivo. Lá vem Ron.

Dorothy Stier tomou fôlego, submergiu e voltou a emergir. Era dia 19 de julho de 1997, mas já não parecia ser. Espalmou a mão na água.

— Cinco anos, um amontoado de bobagens! — disse. — Fique por perto, Freddie. Vou superar. Espere e verá.

— Farei isso.

16
TURMA DE 69

Alguns minutos antes das 3 horas da tarde do sábado, 8 de julho de 2000, mais de duzentos ex-alunos da turma de 69 se reuniram na capela de Darton Hall para celebrar as vidas abreviadas de Harmon Osterberg e Karen Burns. O culto deveria começar a qualquer momento, mas o sistema de alto-falantes apresentara defeitos e, agora, reparos estavam em andamento. A multidão de enlutados tornou-se tagarela e alegre. Um galão de bebida de fermentação caseira percorria seu caminho de banco em banco. Nos fundos da igreja, alguém tocava uma tuba, produzindo um som nada musical, mas muito vigoroso, e outros batiam palmas, marcando o ritmo. No púlpito, três dúzias de arranjos de flores se renderam ao cheiro do álcool. Marv Bertel, que estava sentado ao lado de Spook Spinelli, almoçava um cachorro-quente gigante, acompanhado de uma garrafa térmica cheia de martíni. Mais uma mordida, Marv disse a si mesmo. Talvez acabar com o martíni, quem sabe uma boa costela no jantar e, depois disso, nada além de bolachas de água e sal para comer, água para beber. Perderia quarenta quilos. Conseguiria o divórcio. Venderia a fábrica de vassouras e veria o que Spook planejava fazer nos vinte anos seguintes.

Spook falava ao celular. Ela se recostou em Marv, esperando, sugando o polegar. Os dois maridos a deixavam exausta. Ela se deixava exausta. Alguns minutos antes, sentindo-se triste e depreciada, decidira telefonar para seu ex-tecladista, em Los Angeles. No momento, esperava que sua ligação fosse transferida para ele.

O tocador de tuba, que havia entrado no espírito que dominava o ambiente, aumentou o volume e começou a soprar a canção *Personality*.

Logo atrás de Marv e Spook, Dorothy Stier havia trocado palavras ácidas com Billy McMann, cujo rancor era aparentemente eterno, e que acabara de resmungar uma obscenidade muito criativa, antes de marchar para perto de David Todd e Marla Dempsey, no primeiro banco.
Billy estava pronto para voltar para casa. Estava envergonhado de si mesmo.
Fora até lá para se vingar, para infligir dor ao coração de ferro de Dorothy Stier, mas, no final, tudo o que fizera fora magoar a si mesmo e Spook Spinelli. Sentiu-se idiota. Manipulador, também. Toda aquela raiva, todos aqueles anos desperdiçados.
— Escute, se você quer transar com Spook, tudo bem — Dorothy dissera. — Pegue uma senha, entre na fila, mas por que se vangloriar disso? Especialmente para mim. Sou uma mulher casada, Billy. Não sinto ciúme.

Paulette Haslo esperava na porta por Ellie Abbott; Ellie estava no banheiro, retocando o rímel, tentando se recompor. Harmon havia se afogado. E Ellie também sentia o lago em seus pulmões. Não imaginara que um segredo pudesse ser um tamanho assassino.

Em um banco no meio da igreja, sentadas sozinhas, Amy Robinson e Jan Huebner se revezavam para beber pequenos goles de uma garrafinha de vodca já quase vazia. Amy estudava o folheto do culto.

— Vidas abreviadas — disse — não é exatamente o que eu diria. Acho que iria direto à palavra "mortos". Talvez "assassinada". Talvez "afogado". Morto é morto, não é?

Jan Huebner assentiu.

— Acho que é, querida, mas a palavra está bem ali, em preto e branco. "Abreviadas" é o que diz o programa. Também diz "celebrar".

— É verdade.

— Aí está — Jan concluiu. — Estamos aqui para celebrar uma abreviação. Nem mais, nem menos. Negócio fechado.

— Tem razão — disse Amy —, e celebrar é o que faremos. Trate de me lembrar esta noite: pouca vodca, muito romance. — Olhou para Billy McMann. — O que nos leva a outro assunto crucial. Você já fez sexo grupal?

— Estamos falando de sexo a três?

— Três, quatro... Sim ou não?

— Infelizmente, não — Jan respondeu. — Saúde.

— Provavelmente, é má idéia.

— Impecavelmente má — Jan concordou. Inclinou-se para a frente, bebeu um gole de vodca, limpou a boca e voltou a se endireitar. — E trate de ter respeito. Karen deve estar corando no túmulo. Vamos encarar os fatos. Ela era mesmo tímida.

— Tímida e matreira — disse Amy. — Nunca desistia. Estava sempre apaixonada por alguém.

— E sempre sofrendo — Jan acrescentou. — Aquele professor de sociologia... Qual era o nome dele? Tinha a ver com uma cor.

— Brown[1] — Amy lembrou-se.

---

1 Marrom. Em inglês, também nome próprio.

— Brown. Isso mesmo. E a sempre masoquista Karen escrevia longas e elaboradas cartas de amor para ele. Anexava-as a ensaios, entregava-as como se fossem lição de casa.
— Não me lembro disso — Amy comentou.
— Mas é fato.
Amy suspirou.
— O que aconteceu?
— O que você acha que aconteceu? Karen recebeu nota "A" no curso dele e concluiu que ele estava apaixonado por ela. Ah, as fantasias de Karen. De repente, ela era um orangotango. De volta à ala dos psicóticos.
— Mesmo assim, ela era muito meiga — Amy falou.
— Sim, muito.
— Complicada demais, claro.
— Ah, muito complicada — disse Jan. Bocejou e olhou em volta. — Quanto ao sexo em grupo, você já fez?

Spook ainda esperava que a ligação fosse transferida. Um secretário brusco e mal-educado parecera indeciso, quando ela pedira para falar com um tecladista famoso, de uma banda de rock mais famosa ainda.
— Veremos — o secretário dissera.
Então, ela ouvira um clique na linha e, agora, Spook balançava o corpo no ritmo de uma das canções mais conhecidas, compostas pelo tecladista. Anos antes, em um estúdio enfumaçado, em Willshire, ela estivera presente na criação da canção: *sexy*, drogada, muito jovem, de olhos verdes, pele bronzeada, rica de prazeres ao alcance da mão, tão moderna e despreocupada quanto a própria canção. De repente, ocorreu-lhe que não tinha nada a dizer para o envelhecido tecladista. Tudo o que queria era viajar para algum lugar, ou beber o conteúdo de um extintor de incêndio, ou encontrar ao menos uma coisa para amar em si mesma.

* * *

Paulette Haslo conduziu Ellie Abbott para dentro da capela, dizendo:
— Você vai conseguir.

O vice-governador de Minnesota apresentou sua nova esposa ao diretor de Darton Hall. Os três deram as mãos, enquanto um fotógrafo da escola tirava uma foto deles. A alguns metros dali, a ex-noiva do vice-governador riu alto, quase gritando, de uma história que alguém acabara de contar sobre Harmon Osterberg.

O inspirado tocador de tuba pôs-se a tocar sucessos dos anos 60, e as pessoas se levantaram para dançar. Entre elas, estavam um médico e uma ex-estrela do basquete, agora mãe de três filhos. Lá fora, a temperatura aproximava-se de 37 graus. Ellie Abbott teve medo de desmaiar: a tristeza, os mergulhões e o segredo terrível combinavam-se para provocar ondas de calor em sua cabeça. Harmon Osterberg fora para o fundo. Karen Burns fora assassinada. A América estava em paz. Ainda assim, aquilo era uma abreviação e, por isso, a turma de 69 cantou sobre o sol nascente, todos eles, até mesmo Spook, Dorothy Stier, Marv Bertel e Billy McMann. Nos fundos da capela, o tocador de tuba não economizava adrenalina. Um médico distinto, que três décadas antes fora eleito o Bastardo Mais Arrogante do *campus*, imitou as danças de Tom Jones e cantou para uma ex-estrela do basquete.

A temperatura subiu um pouco mais. A chuva pesada caiu sobre Dakota. O vento era forte no nordeste do Colorado. Havia tornados em Nebraska.

— Preciso perguntar uma coisa — Jan Huebner disse.

— Pergunte — Amy encorajou-a.

— Com esse calor insuportável, por que, em nome de Deus... perdão, estamos em uma igreja... mas por que esse reencontro foi marcado em julho?

— Você não sabe?

— Sabe o quê?

— Eu não deveria contar.

— Não, não deveria. Fale até eu mandar parar.

Amy olhou em volta.

— Marla. Sabe do problema dela, não sabe?

— Não sei.

— Ah, meu Deus! Sinto-me como uma fofoqueira maldosa.

— Você é uma fofoqueira maldosa. Que problema?

— Depressão — Amy sussurrou. — Crise espiritual. Basicamente, ela tem parafusos a menos. Como é a secretária de classe, é responsável por toda a organização: banquetes, reservas, tudo isso. Acabou internada.

— Marla?

— Seis semanas.

— Meu Deus! — Jan exclamou.

Olharam para onde estava Marla Dempsey.

— Problemas de amor — Amy explicou.

— O que disse?

— Você sabe.

— Sei?

— É claro que sabe. Ela adora David, é louca por ele, mas não se permite acreditar nisso. Pensa que é incapaz de amar alguém.

— Ah, é disso que você está falando — Jan finalmente compreendeu.

— Nada muda — Amy concluiu.

— Absolutamente nada — Jan concordou.

* * *

Billy McMann estava sentado, conversando com David Todd e Marla Dempsey, cuja companhia calma e tranqüila ele apreciava. Os pensamentos de Billy, porém, estavam fixos em Spook Spinelli. Dentro de um minuto, disse a si mesmo, pediria licença, iria ao encontro de Spook e iria se desculpar com ela. Estivera bêbado e fora estúpido. Seu cérebro havia baixado juntamente com seu zíper. Se, por acaso, Dorothy ouvisse... Ora, qual o problema?

Quase uma hora depois, o sistema de alto-falantes produziu um ruído assustador, seguido por um zumbido, e Paulette Haslo levantou-se e foi até o púlpito, para pedir às pessoas que se sentassem e fizessem silêncio. Houve aplausos e assobios. Trinta e um anos antes, Paulette fora uma universitária muito atraente, de pernas longas e seios fartos, nadadora, participante de corridas com obstáculos, e os anos haviam sido misericordiosos com ela. Agora, mesmo vestindo blusa branca e saia cinza, Paulette ainda arrancava suspiros e assobios de um bando de ex-colegas. Ninguém na capela, inclusive Paulette, entendia por que ela não havia se casado.

Ela ajeitou o microfone e sorriu na direção de Ellie Abbott.

— Harmon Osterberg — Paulette começou — amava cada um de vocês. Karen Burns também. Amavam muito. Demais. Vamos todos nos acomodar e passar meia hora amando-os em retribuição.

Marv Bertel deslizou os dedos pela coxa de Spook. Ignorou as batidas irregulares em seu peito.

Agora ou nunca, pensou.

— Trinta e um anos atrás — Paulette falou —, Harmon e Karen acreditavam em milagres. Vocês não?

* * *

Spook olhou para Marv, acariciou-lhe a face, desligou o celular e permitiu-se pensar que Paulette poderia, muito em breve, estar dizendo coisas bonitas sobre Spook Spinelli. Era quase certo. Sim, coisas bonitas. Coisas espetaculares, glamourosas.

— Refiro-me a milagres verdadeiros — Paulette dizia. — Todos nós. Éramos jovens. Estávamos no ano de 1969. O homem na Lua, os incríveis Mets. Tínhamos de acreditar.

Marla pegou a mão de David e apertou-a. Compreendia as conseqüências. O amor dele a assustava, tanto em durabilidade quanto em ferocidade, mas, ao mesmo tempo, ele era o ser humano mais decente que ela jamais conhecera. Marla não podia prometer muita coisa, apenas que estava pronta para ser perdoada.

Dorothy Stier não tinha a menor tolerância para nostalgia. Desligou-se do sermão logo após a palavra "milagre". Seu seio esquerdo se fora, o que às vezes a fazia sentir-se assimétrica e pouco feminina, outras vezes, orgulhosa. Uma decisão difícil, mas, no final, fizera a coisa mais inteligente. Sempre fora assim. Por um momento, Dorothy perguntou-se como o mundo teria sido diferente em Winnipeg, mas outra vez, agora, fez a coisa certa: deixou o passado para trás e congratulou-se por uma vida boa, um bom marido e sua própria vontade de se submeter à cirurgia radical.

— É difícil lembrar — disse Paulette —, mas, naqueles dias dourados, nós tínhamos fé. Chega de funerais, chega de dores de dente. Desfazer os erros, curar a dor, tornar-se mais jovem a cada dia, apaixonar-se para sempre. Tão tolo, tão quixotesco, mas nós acreditávamos. Então, nós nos tornamos a América. Fofoqueiros, cínicos, práticos como os puritanos, frios como o Pólo Norte. — Paulette passou a mão pelos olhos, e voltou a olhar na direção de Ellie Abbott. — Não estou me excluindo. Estou perdida, agora, admito. Enfrentando meus próprios problemas de fé. A verdade é que, se existe um Deus, só Deus sabe. Mas vou fazer uma sugestão: Harmon Osterberg e Karen Burns estavam entre os poucos que nunca abandonaram a si mesmos. Harmon, com seu Projeto Sorriso, levando brocas e aparelhos para a África. Karen, cuidando de idosos. Talvez nunca tenham tido tempo de desistir do sonho. Talvez, em alguns anos, eles houvessem se transformado em vocês e eu. Mas, neste exato momento, se fecharmos os olhos, Harmon e Karen estão aqui conosco. Estão vivos. Têm 21 anos. Estão jogando futebol, correndo para a sala de aula, apaixonando-se, brigando, e acho que esse já é um grande milagre. Apenas para lembrar.

Amy Robinson passou a garrafa para Jan Huebner.
— Uma coisa em favor de Karen — Amy sussurrou. — A sortuda não tem de ouvir tantos louvores.
— Nem tem de fazer xixi — replicou Jan.
— Nem chorar — disse Amy.
— Exatamente — Jan concordou. — E chega de reencontros.

17

NOGALES

Karen Burns tem 51 anos de idade, é solteira, robusta, tem cabelos ruivos tornando-se grisalhos, é tímida com os homens e dona de rosto e corpo comuns, que não se destacam por nada. Ela dirige uma comunidade de idosos em Tucson e, nesse dia, está conduzindo seus tutelados em um passeio por um parque, no deserto dos arredores da cidade. Chegaram em uma perua: Karen, cinco residentes de Homewood Estates e um motorista chamado Darrell Jettie. Em fila, seguem por uma trilha, passando por flores-do-campo, pinheiros anões e cactos gigantes retorcidos. O dia está muito quente, mas o grupo avança obedientemente, os homens conversando sobre golfe, as mulheres secando o suor da testa, enquanto Karen lê um prospecto do parque em voz alta.

Karen não está vestida para uma excursão pelo deserto. Está vestida para Darrell Jettie: calça preta, sandálias douradas, blusa de algodão preta. O preto a emagrece.

Há seis semanas, desde que contratou Darrell como motorista em meio período, Karen vem acalentando fantasias românticas ardentes, em seus mínimos detalhes. Não consegue evitar. Mesmo agora, sob o sol do deserto, sua mente está repleta de vozes não muito familiares. Ela imagina a língua de Darrell Jettie em sua boca. Imagina-se preparando o café da manhã para ele, passando a lua-de-mel em uma ilha exótica.

"Talvez seja amor", alguém ou alguma coisa sussurra para ela. "Ele a quer. Está observando você."

Karen sente as faces corarem.

Ainda lendo o prospecto em voz alta, diz a si mesma para dar mais dez passos, parar, virar-se para ele e sorrir. No mesmo instante, porém, revisa o pensamento. Vinte e cinco passos, decide. Cinqüenta, com certeza.

Então, conta os passos em silêncio.

Quando chega em cinqüenta, ela pára e se vira com bravura, mas só consegue lançar a ele um olhar tímido.

Darrell franze o cenho. Dá um passo hesitante.

— Algum problema? — pergunta.

O coração de Karen se aperta. Ela sacode a cabeça, volta a dar as costas a ele e retoma a caminhada pela trilha. Ao meio-dia, quando o grupo retorna à perua com ar-condicionado, Karen senta-se no banco dianteiro, ao lado de Darrell, que tem 36 anos, é loiro, excessivamente cortês e fumante inveterado. Karen passou a manhã inteira tendo sonhos de amor.

— De volta ao sítio? — Darrell pergunta.

— Ah, naturalmente, vamos voltar para o sítio — Karen responde, dizendo a si mesma para não acalentar esperanças.

Darrell segue para a estrada.

Dirige depressa, fumando, mantendo dois dedos erguidos sobre o volante. Embora não fume e deteste o cheiro, Karen sente um desejo súbito de colocar o cigarro dele entre seus lábios. Quase estende a mão. "Faça isso", uma voz a incentiva, mas ela cruza as mãos e fixa os olhos na estrada.

Retornam a Homewood Estates a tempo de almoçar. Karen vai até sua sala e, então, dirige-se apressada ao refeitório, onde se senta à mesa de Darrell. Não se surpreende ao encontrá-lo testando seu charme com Bess Hollander, uma senhora de 80 anos de idade, cabelos ralos e parcialmente surda. Darrell flerta com voz experiente e provocante, além de um sorriso maroto nos lábios, mas, acima de tudo, flerta com os olhos, que são de um azul pálido, despreocupados.

— Passaremos por Nogales — ele está dizendo a Bess, falando alto, pronunciando cada sílaba em tom sedutor. — Atravessaremos a fronteira, lá. Será apenas um dia de viagem. Você vai se divertir a valer.

Bess está encantada.

— Vou pensar — ela diz —, mas não conte com isso, garoto. Não pense que sou uma qualquer.

— É, sim — Darrel retruca. — Você é uma devassa.

Bess ri da piada. Seu marido, Ed Hollander, de 76 anos, resmunga:

— Pode contar comigo. Você seduz Bess, enquanto eu seduzo as *señoritas.*

— Perfeito — Darrel concorda, antes de virar-se para Karen. — Pronta para viver uma aventura?

— Aventura?

— Iremos de perua até o México.

O estômago de Karen parece deslizar por uma montanha-russa.

— É mesmo? — é tudo o que consegue dizer.

— Sim, senhora.

— Bem, acho que sim — ela balbucia.

Ocorre a Karen que Darrell foi contratado para trabalhar como motorista, não guia turístico, e que deveria tê-la consultado antes. Mas, a essa altura, ela já assentiu em concordância. E Darrell já estendeu a mão por sobre a mesa, segurou-lhe o punho e disse:

— Amanhã de manhã, bem cedo. Vista algo *sexy*.

Uma paixão tola: Karen compreende isso. Mesmo assim, em seu apartamento, à noite, ela experimenta um grande número de roupas, preparando-se para a ida ao México, posando diante do espelho do corredor, decidindo usar uma saia azul-marinho e uma blusa cinza bem simples. Dá-se conta de que talvez esteja perseguindo um sonho impossível. Por outro lado, está comprovado, sem nenhuma sombra de dúvida, que desde a infância ela sempre teve dificuldade em separar o mundo da realidade do mundo da experiência humana. Vozes, por exemplo. Elas vêm e vão, geralmente vozes masculinas: um salva-vidas do acampamento de verão, um professor de sociologia, um ginecologista que visitava seus sonhos todas as noites. Em cada caso, ela dera algumas pistas e, mais tarde, reunira coragem para um assédio direto. As rejeições haviam sido instantâneas e esmagadoras. Por duas vezes, ela fora parar em um hospital.

Mas, dessa vez, é diferente. "Vista algo *sexy*", Darrel dissera. As palavras foram reais, não parte de uma ilusão, e Karen escolhe as roupas de baixo com todo cuidado, tentando adivinhar o que poderia agradar o gosto de Darrell.

Veste calcinha e sutiã pretos. Franze o cenho ao se olhar no espelho.

Talvez seja amor, pensa.

Mais tarde, deita-se em sua cama, pensando que Nogales tem a reputação de ser um lugar de excessos, e excesso é o que ela deseja encontrar, desde a infância.

Viajam para o sul, pela estrada U.S. 19, Darrell Jettie ao volante, Karen a seu lado, quatro residentes idosos de Homewood Estates conversando nos bancos traseiros. A discussão é alta e desencontrada. Elaine Wirtz, de 79 anos, defende o argumento de que ela foi um jaguar em uma vida passada. Elaine diz que sabe disso com a mesma certeza que sabe que comeu uma rosquinha no café da manhã, pouco antes. Bess Hollander estreita os olhos, põe a mão em concha junto à orelha e pergunta:

— Ela foi o quê?

— Uma rosquinha — Norma Ickles responde.

— O quê?

Duas fileiras atrás, Ed Hollander grita:

— Um maldito Jaguar! Um daqueles carros de gente rica!

— Ela comeu um carro? — Bess indaga.

— Ela *foi* um carro — Norma corrige.

— Não fui um carro — Elaine Wirtz esclarece. — Fui um jaguar, um felino parecido com um puma.

— Ora, pelo amor de Deus! — Ed grita.

— O que é um puma? — pergunta Bess.

Darrell fita Karen pelo canto do olho e sorri.

Eles atravessam a fronteira em Nogales.

Darrell atravessa o centro da cidade, seguindo por uma série de ruas pontilhadas por cactos gigantes, cercas de arame farpado e barracos miseráveis, feitos de barro. Dez minutos depois, entra em uma estrada de duas pistas, que os leva de volta ao Deserto de Sonora.

Karen pergunta para onde ele os está levando.

— Para o verdadeiro México — diz Darrell.

— Bem, mas... e quanto a... O que aconteceu com Nogales?

Ele ri.

— Bebida barata, mulheres baratas. Quem precisa disso? Prometi uma aventura, não foi?

— Sim, acho que prometeu.

— Muito bem — ele diz, dirigindo-lhe um sorriso cortês. — Então, relaxe. Solte esses lindos cabelos.

Vinte minutos mais tarde, Darrell estaciona em uma parada de caminhões. O dia no deserto está muito quente e seco. Todos entram na lanchonete, pedem café e sentam-se em torno de uma mesa, discutindo o passeio do dia. Ninguém parece perplexo diante da ausência de um destino claro, ou pelo fato de estarem longe do mundo das pulseiras de turquesa e dos *sombreros* de palha. Bess, Elaine e Norma refazem seus planos de compras. Ed fala em encontrar uma tourada.

— Carne mal-passada — ele diz em tom maroto, sabendo que o comentário provocará controvérsias.

Elaine lança-lhe um olhar furioso.

— Nada de touradas. Aquilo não passa de puro molestamento de animais.

— Porque ela já foi um animal — Norma explica.

— Um puma — diz Bess.

— Não, não, não! — Elaine protesta.

Karen ameaça voltar a Tucson, mas, enquanto fala, quando diz "voltar", detecta um movimento junto a seu joelho. Darrell sorri para ela. A mão dele deslizou por debaixo de sua saia azul-marinho; sobe mais alguns centímetros, pára no meio da coxa. Karen fica petrificada. Por reflexo, repete a palavra "voltar", mas sem nenhuma convicção, e Darrell ri e diz:

— Ei, estamos nos divertindo, não estamos?

A mão dele continua na coxa de Karen, confiante. O sorriso dele é confiante, também, além de suave e cortês.

— Vamos terminar o café, pessoal, e voltar para a estrada. Não se esqueçam daquela grande aventura sobre a qual conversamos.

Sua mão chega à calcinha preta, vai para dentro dela.

Karen não compreende exatamente o que está acontecendo. Está atordoada. Está apavorada. Não é tocada assim desde a noite de seu décimo sexto aniversário.

* * *

Durante quase uma hora, Darrell segue diretamente para o sul, através do deserto rústico e repetitivo. Então, toma uma estrada de cascalho, que serpenteia além de casas abandonadas e vastas áreas cobertas por artemísias. À esquerda, tanto perto quanto longe dali, ergue-se uma cadeia de montanhas escuras. Não há cidades. Não há placas na estrada, nem pessoas. Não passaram por outro veículo ao longo de muitos quilômetros, nem por uma criatura viva, mas Karen não está pensando nisso. Está pensando na parada de caminhões e na sensação da mão de Darrell debaixo de sua saia. O medo passou, agora. Ela deseja que ele faça de novo.

Ajeita os cabelos, ouve o zumbido do ar-condicionado, tentando pensar em algo que valha a pena dizer a ele: uma indicação de que, nas circunstâncias corretas, ela estaria preparada para aceitar as carícias dele novamente. Se fosse possível, se ela fosse outra mulher, encontraria uma maneira de informá-lo de como ela era selvagem, feminina, como enroscaria o corpo no dele e o faria prisioneiro para sempre, como o faria sentir tudo o que ela sentia, e o deixaria louco de desejo.

Nos bancos traseiros, Norma Ickles e Ed Hollander discutem o significado da palavra "mesa". Nenhum dos dois demonstra qualquer receio em dizer as coisas mais idiotas, o que dá a Karen coragem para limpar a garganta. Decide contar até sete e, então, falar.

Ela conta até cinqüenta, abre a boca e diz:

— Darrell, você é um excelente motorista.

A testa dele se franze. Ele parece confuso, ou apreensivo, mas balança a cabeça e diz:

— Bem, claro, tenho muita experiência. Seis ou sete vezes, atravessei o país dirigindo. — Sorri. — Acho que gosto de ver os quilômetros passarem. Gosto de vagar por aí.

— Vagar? — Karen repete.

— Qualquer lugar. Todos os lugares.

— Bem, você dirige com perfeição — ela insiste —, e estou sendo sincera ao dizer isso.

Karen não consegue pensar em nada para dizer, pois sua mente está tão vazia quanto o deserto, mas Darrell parece não notar. Está mergulhado em pensamentos. Talvez tenha se esquecido de que, menos de uma hora antes, sua mão deslizou por debaixo da saia dela, para dentro da calcinha preta.

— Dirigir é uma coisa complicada — ele diz. — Especialmente nas viagens em que se atravessa o país. É como zen, eu acho. O mais importante a se lembrar é que não devemos lutar contra a estrada, nem nos preocupar com cada curva ou lombada. Devemos manter os olhos fixos adiante, e seguir o curso. — Sorri para ela. — É como sexo, eu acho. Desfrute o prazer, aproveite cada momento, deixe que a estrada o leve.

— Interessante — Karen murmura. Não faz a menor idéia do que ele está querendo dizer. — Para onde esta estrada nos leva?

— O que disse?

— Para onde vai esta estrada?

Darrell dá de ombros. Lentamente, como se sua língua tivesse se tornado pesada, responde:

— Exatamente para onde ela quer ir.

— Eu quis dizer...

— Estamos em um atalho — ele explica. — Mais uns vinte quilômetros e estaremos lá.

Mais uma vez, sem nenhum motivo aparente, ele dá de ombros. Com uma das mãos, abre um novo maço de cigarros. Olha pelo retrovisor, franze o cenho, apanha um cigarro, acende-o e diz:

— Não pretendo machucar ninguém.

Karen não tem certeza de ter ouvido direito.

— Não entendo.

— Não há o que entender.

— Você disse machucar.

Ele diminui a temperatura do ar-condicionado.

— Foi muita gentileza sua me contratar, senhora. Aconteça o que acontecer, sou grato por isso.

Nos bancos traseiros, Bess, Elaine e Norma estão comentando a paisagem do deserto que se desdobra diante de seus olhos, como o lugar é selvagem, intocado pelo homem. Durante alguns momentos, Karen ouve a conversa delas.

— Machucar como? — pergunta.

Darrell dá um tapinha no braço de Karen, como se ela fosse uma criança.

— Estou falando de coisas de homem. Pelo que pude perceber, você não tem muita experiência.

Karen balança a cabeça afirmativamente. Tem aguda consciência da lingerie preta que está usando.

— Acho que tem razão.

— Não posso me envolver com virgens. Não seria decente.

— Mas... e se... — Ela perde o fôlego, começa de novo. Uma exclamação zangada atravessa seus pensamentos. — E se não faz diferença para mim?

— Não faz diferença?

— Estou falando da experiência com os homens. Posso imaginar, não posso?

Darrell ri.

— Aparentemente, pode — diz.

A estrada, agora, é de terra. Vinte minutos depois, termina completamente. Em todas as direções, estende-se o deserto.

Seguem por mais duzentos metros, antes que Darrell estacione ao lado de uma velha camionete vermelha. Por alguns segundos, parece que a camionete está vazia, mas, então, a porta do lado do passageiro se abre, e um jovem de macacão e boné emerge. Seu rosto está queimado pelo sol, a face esquerda descolorida por uma mancha de nascença. Ele caminha até a perua e inclina-se na direção da janela do motorista, para falar com Darrell. O jovem parece ter vinte e poucos anos. É esbelto e tem olhos azuis. Não fosse pela marca de nascença, poderia passar por irmão gêmeo de Darrell.

Darrell abre a porta, sai da perua e segue o jovem até a camionete vermelha.

No banco traseiro, Bess pergunta:

— O que é isso?

— Nada bom — diz Ed.

Estão sentados na carroceria da camionete, agora: Karen, Bess, Ed, Norma e Elaine. A tarde se iniciou há pouco. Darrell e o jovem removeram partes do carpete da perua, e Darrell está curvado com uma chave de fenda, resmungando, a expressão concentrada. Karen está desconcertada. De vez em quando, o jovem com a marca de nascença parece oferecer sugestões, que Darrell ignora. É óbvio que os dois estão muito agitados. A certa altura, a chave de fenda escorrega, e Darrel se ergue subitamente, proferindo alguns substantivos chocantes.

Elaine Wirtz solta o ar dos pulmões, emitindo um som estranho. Olha, furiosa, para Karen.

— Foi você quem contratou esse monstro.

— Mas ele é muito gentil — diz Norma Ickles.

— Conversa fiada — Elaine retruca. — Ainda não percebeu? Eles pretendem nos matar.

Bess inclina-se para a frente e pergunta:
— Eles o quê?
— Matar! — Elaine grita.
— Céus — Ed murmura.
Karen está perplexa, mal ouvindo a conversa a seu redor. Ela observa Darrell voltar ao trabalho com a chave de fenda. Ele está no chão da perua, diretamente atrás do banco do motorista, e Karen não pode deixar de notar que a camisa dele deslizou para cima, expondo assim o abdome liso e bronzeado. Ela está com medo, mas também está fascinada. Ele a faz lembrar um garoto a quem ela adorava, no colégio: um garoto que costumava sorrir para ela, na lanchonete, e que, uma vez, desenhara figuras cômicas em um livro que ela havia deixado cair, mas que no final fora tímido demais para responder às cartas de amor que ela colocara em seu armário. Aquela precoce aventura do coração não chegara a lugar nenhum. Fora estéril e unilateral; o garoto quase a sufocara no banco traseiro de um carro, na noite de seu décimo sexto aniversário, quase a partira ao meio e, então, parara no estacionamento de uma lanchonete Dairy Queen e, olhando fixamente para o volante, perguntara se ela se importaria em ir a pé para casa. Agora, porém, por um momento, Karen contempla um final feliz. Darrell logo vai dizer que não há com o que se preocupar, que quer se casar com ela, arrancar suas roupas e fazer todas as coisas bestiais sobre as quais ela leu em revistas, coisas que se faz em bancos traseiros de automóveis, aquelas coisas que ela deseja tão desesperadamente, mas também não quer, ou somente em sua noite de núpcias, somente em uma ilha remota, com brisas suaves e perfumes de flores.

Karen sabe que a realidade é outra, mas tal conhecimento não destrói a esperança.

Apesar de tudo, ela sente um tremor de expectativa quando Darrel sai da perua. Ele enfia a camisa para dentro da calça, conversa rapidamente com o amigo e, então, os dois se dirigem à perua.

Elaine Wirtz fica tensa. Bate com o cotovelo em Bess e diz:

— Hora de morrer.

— Faça alguma coisa — diz Norma.

— Eu? — Elaine indaga. — Tenho 79 anos.

Elas olham para Ed, que faz um movimento desanimado com a cabeça, e diz a elas que fiquem quietas.

— Você é o *homem*! — Norma protesta.

— Um homem velho — ele corrige. — E não sou idiota.

— Bem, pessoalmente — diz Bess —, estou com sede. Para não mencionar vocês já sabem o quê. — Faz uma pausa dramática, ergue os cotovelos. — Sou uma dama. Preciso de conveniências, como um banheiro, por exemplo.

Mesmo agora, Karen não perde a esperança. Procura por um sinal de Darrell. Um sorriso, talvez, ou um tímido contato visual. Infelizmente, ele se inclina e retira seis caixas de sapatos verdes de um compartimento no chão da camionete. Passa as caixas para o amigo, que as leva para a perua.

Elaine Wirtz põe-se de pé e diz:

— Não me mate.

Darrell sorri.

— Acalme-se.

— Não, eu só queria... O que está acontecendo aqui?

— Contrabando, eu acho — Ed sugere.

— Contrabando? — Bess repete. — Contrabando de sapatos?

— Drogas — Ed responde. — Aposto dez contra um que são drogas.

Darrell está parado sob o sol do deserto, os cantos da boca parecendo curvar-se em uma sombra de sorriso. Quando ele olha para Karen, há um pedido de desculpas em seu olhar. Algo mais, também. Um tipo de desejo: ela tem certeza disso.

Como para confirmar a impressão, Darrel muda o peso do corpo de um pé para o outro. Não consegue fitá-la nos olhos.

— Mais vinte minutos — ele diz com cortesia. — Então, entraremos na perua e faremos uma viagem agradável e alegre, de volta. Atravessaremos a fronteira e iremos para casa.

Elaine solta uma risada zombeteira.

— Você só se esqueceu de mencionar a parte dos assassinatos.

— Desculpe, senhora, mas não haverá nenhum assassinato.

— Mentiroso!

— Não — Ed interfere. — O patife precisa de nós, não entende? Um bando de velhos gagás facilita a travessia da fronteira. — Olha para Darrell. — Estou certo? Ora, é claro que estou.

— Sim, o senhor está certo. Basta todos se comportarem.

Mais uma vez, o olhar cavalheiresco de Darrell dirige-se ao rosto de Karen.

Ela se endireita.

Fora de cogitação, é claro, mas ela é tomada pelo impulso de contar a ele o sabor do sorvete que tomou no Dairy Queen, na noite de seu décimo sexto aniversário.

Darrell está ao volante de novo, com Karen a seu lado, e seu amigo na parte traseira da perua, com os outros.

Quando se aproximam de Nogales, Darrell desliga o rádio.

— Atenção, todos vocês — diz. Diminui a velocidade, sorri para Karen. — Ouçam bem o que vou dizer. Quando chegarmos à fronteira, quero que todos se comportem com a maior naturalidade. Nada de bobagens, nem caretas estranhas. — Ele ri. Sua voz é cortês e desprovida de emoção. — Mantenham as mãos cruzadas, no colo, finjam que estão na igreja. Se alguém perguntar, somos um grupo de turistas.

— Ou então? — Elaine pergunta.

Darrell reflete sobre a pergunta.

Fixa os olhos na estrada e responde:

— Ou então, darei um tiro em sua cabeça.

A travessia é uma aventura. Darrell tomou a mão de Karen na sua. Ele a segura confortavelmente, assobiando baixinho, enquanto um guarda da fronteira examina seus passaportes. O guarda espia dentro da perua e faz um sinal para que sigam adiante. É como parar em um sinal vermelho.

Quinhentos metros à frente, Darrell retira sua mão.

— Mais fácil, impossível — diz a Karen. — Exatamente como prometi. Uma grande aventura. Aposto que falarão disso durante anos. Você e seus amigos, em meio a doses de Geritol.

— Imagino que sim — Karen murmura.

Ela está pensando na mão dele, na maneira como os dedos dele se enroscaram nos dela, como ele havia oferecido um aperto encorajador, quando o guarda se inclinara na janela, para pedir os passaportes. Ela quer mais. Quer que ele segure sua mão em uma praia qualquer, no café da manhã, e em todo e qualquer lugar.

Durante alguns instantes, ela flutua na fantasia. Então, algo acontece em sua cabeça: uma pequena explosão.

Karen estendeu o braço na direção de Darrell.

Quase sem perceber o que está fazendo, sem contar até cinqüenta, ela retira a mão direita dele do volante, e a leva ao próprio colo, onde a segura com força. Darrell resmunga algo. Tenta retirar a mão, mas ela segura com firmeza. Karen apropriou-se da vida de uma mulher de sorte muito maior.

É uma modelo, agora. Está em lua-de-mel. Ouve o zumbido dos pneus no asfalto, sente o calor do homem a seu lado. Darrell solta o volante. Atinge-a na testa com a mão livre.

— Merda! — pragueja.

A quarenta minutos de Tucson, Darrell toma uma estrada secundária. Segue para oeste, embrenhando-se no deserto, por vários quilômetros, passando por planícies alcalinas, até parar à margem de um riacho seco. Sai da perua. Convida os outros a fazer o mesmo.

— Última parada — anuncia.

Ajuda Bess a sair da perua, acompanha-a até a vala. Em fila, Karen, Norma, Elaine e Ed os seguem. A tarde está chegando ao fim. Começou a ventar. A oeste, o anoitecer já escurece o céu.

O amigo de Darrell dá um leve empurrão em Elaine e aponta para uma rocha grande e achatada.

— Sente-se — ele ordena —, não abra essa maldita boca.

Indignada, Elaine obedece.

Bess, Norma e Ed sentam-se ao lado dela.

A alguns metros dali, Karen espera ser dispensada. O vento agita sua saia azul-marinho. Ela olha para Darrell, cujos olhos parecem fora de foco.

— Ande logo — ele fala em voz baixa. — Sente-se.

O amigo ri.

— Como pôde agüentar um amontoado de banha como esse? Por que não meteu uma bala nela?

Darrell sacode a cabeça e diz:

— Pare com isso. Karen é minha princesa.

Os dois homens saem da vala.

Conversam em voz baixa, vestem jaquetas de náilon idênticas, entram na perua e vão embora.

O vento começa a esfriar. Dentro de vinte minutos, já estará escuro. Enquanto observa a perua desaparecer na poeira erguida por seus próprios pneus, ocorre a Karen que ela já esteve ali antes, ou em um lugar muito parecido. Ela se senta. No céu da boca, sente os primeiros sinais de sede. Em breve, isso será tudo o que ela saberá. Mas, no momento, Karen deixa-se levar pela fantasia de que Darrell Jettie voltará para buscá-la. Ela esperou tanto tempo. Pode esperar um pouco mais.

— Vou lhe dizer uma coisa — diz Bess Hollander. — Estou totalmente exausta. Ah, meu Deus!

— Pelo menos, eles não nos mataram — diz Norma.

— Ah, mataram sim — Elaine murmura.

18

TURMA DE 69

Às 4h45 da tarde de sábado, 8 de julho de 2000, imediatamente após a missa, houve uma reunião no salão de baile da sede do diretório estudantil de Darton Hall. O presidente da faculdade fez comentários alegres, buscando doações, e, então, várias placas de aspecto importante foram entregues, em reconhecimento aos feitos dos ex-alunos. Um missionário luterano, um químico, um médico e o vice-governador de Minnesota estavam entre os presenteados.

Depois disso, com duas horas livres antes do jantar daquela noite, Amy Robinson e Jan Huebner reuniram os amigos para um ataque vespertino ao Red Carpet, um ponto de encontro de seus dias de faculdade. Jan e Amy lideraram a marcha pela Grand Avenue. Foi uma expedição cansativa para todos eles: umidade excessiva do ar, meia-idade, poucas horas de sono. Um agrupamento de nuvens baixas e escuras aproximava-se de Twin Cities, e a chuva parecia certa, mas, por enquanto, os termômetros ainda marcavam temperaturas altas.

Atrás de Jan e Amy, seguiam em uma fila desordenada pela Grand Avenue: Paulette Haslo, lado a lado com Ellie Abbott, seguidas por Marla Dempsey, Billy McMann, David Todd, Spook Spinelli, que vestia *short* de crochê e sapatos de salto. Então, um quarteirão atrás, vinha Marv Bertel, suando e ofegante. Dorothy Stier também fora convocada, mais por causa de Billy, mas declinara no último minuto, alegando motivos domésticos. Dorothy tinha um marido, afinal, e dois filhos maravilhosos; talvez não pudesse comparecer ao jantar, à noite.

Passavam apenas alguns minutos das seis horas, quando nove amigos cansados entraram no Red Carpet. O lugar havia mudado com o tempo. Antes psicodélico, o bar agora apresentava uma decoração mais chique, com muito aço cromado, tijolos aparentes, vitrais e samambaias artificiais. Dos velhos tempos, restavam apenas uma *jukebox* e duas mesas de sinuca.

— Bem — Jan disse. — Vamos planejar uma sociedade?

Sentaram-se em torno de uma grande mesa redonda, pediram cerveja e partiram para a ofensiva. O tempo era curto. Sabiam que o jantar de encerramento seria um pesadelo sentimental, com falsas promessas contidas em comentários amenos e, agora, com vários graus de motivação e intensidade, cada um deles tinha consciência da crescente pressão para preencher aquelas últimas horas com algo significativo. Spook Spinelli havia decidido ser alegre. Deixaria uma imagem exemplar para os amigos lembrarem: a atrevida e animada Spook. Não diria nada sobre beber o conteúdo de um extintor de incêndio. Se alguém sugerisse, ou mesmo que não, ela subiria na mesa e reprisaria o *striptease* de três décadas antes. Mostraria a língua para David Todd. Balançaria os quadris e riria como uma colegial, e deixaria Marv colocar alguns dólares na cintura de seu *short* de crochê, e fingiria ser jovem e pronta para ser seduzida por qualquer pessoa, ou qualquer coisa, Rainha das Prostitutas, a garota mais feliz do mundo.

Naquele momento, por debaixo da mesa, ela estava desabotoando o cinto de Marv.

— Sandra, Sandra — dizia. — Corrija-me se eu estiver errada, mas esse é o nome de sua esposa, certo? Ou seria Sandy?
— Sandra — disse Marv.
— Exatamente. O nome é Sandra. De Sandra vamos chamá-la. — Spook espiou a calça de Marv. — Confortável, agora?
— Muito, obrigado — Marv respondeu.
— Não queremos estar apertados, queremos?
— Não, não queremos. — Ele sorriu. Amor de idiota, pensou. — Uma pergunta. Tive a impressão... aliás, uma forte impressão, de que você e eu éramos apenas grandes amigos.
— Ah, mas nós somos. Acontece que você é tão maravilhoso e sincero. A excitação vem para aqueles que têm paciência.
— Verdade?
— É claro que é verdade. Um velho ditado. Presidente Mao.
— Que Deus me abençoe — disse Marv. — Sou o Último dos Moicanos? Decidiu limpar a área de uma vez por todas?
— Exatamente. Sinto muito. — Ela puxou o cinto, colocou-o em torno do pescoço, abotoou-o e estendeu a ponta para Marv. — A cronologia é um problema para você?
— Acho que não.
Do outro lado da mesa, Amy Robinson disse:
— Tenha cuidado, Marvy. Não se atreva a magoá-la.
— Ele não seria louco — Jan Huebner afirmou.
Marv levantou-se. Segurava a ponta do cinto em uma das mãos, a calça na outra.
— Ao preço das vassouras — declarou. — Que ele nunca caia. E ao que os esfregões podem comprar: fama, poder, mulheres bonitas. Spook e eu... ela ainda não sabe disso... partiremos em breve em um cruzeiro alcoólico aos trópicos. Nunca subestimem um gordo.
— Ou a paciência — Spook completou.
E Jan Huebner gritou:

— Esfregões!

Paulette Haslo foi até a *jukebox* e ajudou Marla Dempsey a colocar moedas de 25 centavos na abertura. Paulette não sabia por quê, mas estava se sentindo um pouco melhor com relação ao mundo. Provavelmente, fora o culto. A certeza de que ainda era uma pastora, com ou sem emprego. Adorava ajudar as pessoas; adorava a idéia de fé, embora a considerasse ilusória. Após algum tempo, voltou à mesa, sentou-se no colo de Billy McMann e disse:
— Esqueça Dorothy, deixe-me grávida.
Billy riu.
— Você nos deixou preocupados — ele disse.
— Estou bem, agora.
— Parece realmente bem. Em plena forma.
— Bondade sua, senhor. Eu precisava ir à igreja.
— Isso resolverá o seu problema — disse Billy.
— Sim, eu sei — Paulette concordou. Inclinou a cabeça para o lado e fitou-o por um longo momento. — Preciso fazer uma confissão. Chegou a hora da verdade. Em junho de 69, no dia da formatura, eu era ministra de Deus, e você estava com Dorothy. O tempo todo, fiquei ali sentada, olhando para seu rabo-de-cavalo. Não conseguia parar. Pobre Paulette. Eu era apaixonada por você, assim como Amy, Jan, Spook e todas as outras garotas. Isso arruinou a minha formatura. Está surpreso? Chocado?
— Estou — Billy respondeu.
— Muito ou pouco.
— Bem pouquinho.
Paulette fingiu esmurrá-lo. Gostava de se sentar no colo de Billy. Era o efeito da bebida, e sentimento. Mas, também, havia uma nova animação dentro dela. Cinqüenta e três anos de idade, e sua data de validade expirara tempos antes, mas

agora, quando se movia no colo de Billy, quando ria, era como se pesasse menos que uma pena.

— O que realmente me surpreende — disse Billy — é o fato de você estar sentada onde está. É uma sensação deliciosa. Nunca pensei que este colo estivesse em sua lista de predileções.

— Ah, está, sim — Paulette confirmou. — É um colo de primeira linha.

— Você acha?

— Acho.

— Nesse caso, posso olhar seu peito? — Billy examinou o peito de Paulette. — Talvez eu esteja sendo atrevido demais, mas esse peito também é de primeiríssima linha. Sempre achei. Posso ser atrevido?

— Eu insisto.

— Pastora *et caetera*... Não quero ofendê-la.

— Sem ofensas — Paulette garantiu. — Só espero que não esteja querendo dizer que meus seios são grandes demais.

— Não! Quero dizer que são espetaculares, do tamanho certo. — Mais uma vez, Billy olhou para ela, desta vez nos olhos, diretamente, e, então, passou os braços em torno dela e cruzou as mãos atrás de suas costas, erguendo-a levemente, sustentando-lhe o peso. Beijou-lhe o nariz. — Nos tempos de faculdade, você era sempre... Não me entenda mal, mas você era sempre tão inatingível.

— Culpa dos seios de primeira linha — disse Paulette. — Torna difícil a aproximação das pessoas.

— Talvez.

— Estou brincando, Billy.

Ele assentiu. Continuou a fitá-la.

— Então, por que nunca se amarrou em alguém? Homem, mulher, animal?

— Está falando de casamento?

— Sim.

Paulette sacudiu a cabeça.

A verdade era que ela não fazia a menor idéia. O fato de ser pastora, claro. Mas isso era apenas parte do motivo.

Após um instante, ela disse:

— Acho que nunca encontrei um rabo-de-cavalo que se comparasse ao seu, Billy — o que soou verdadeiro, e ela continuou: — E você foi muito corajoso, também, por dizer não, por não fazer o que considerava errado, por ter, simplesmente, ido embora. As pessoas não usam a palavra "herói" para isso, nem sequer pensam nessa palavra, mas eu penso. — Movimentou-se no colo dele. Foi tomada por uma onda de apreensão. Trinta e um anos, pensou. Dois namorados, seis meses cada. — Bem, aí está você. Meu herói. Além do rabo-de-cavalo, claro.

— Deixarei crescer de novo — ele prometeu.

— Negócio fechado. Estou feliz que você esteja aqui.

— Obrigado.

— Mais uma vez. Na boca, desta vez.

— Está bem — Billy concordou.

Ele a beijou, Paulette retribuiu o beijo e, então, disse:

— Bem, onde está Dorothy?

— Eu me esqueci.

— Pena. E quanto à minha gravidez?

— Estamos um pouco velhos para isso, não acha?

— Sim, mas não se esqueça de meus elogios. Afinal, milagres acontecem.

— Ah, sim, como, por exemplo, Viagra.

— Certo. Só não quero ser mãe de quíntuplos. Mais um beijo, na boca de novo.

Eram 6h30 da tarde de sábado, 8 de julho de 2000. O bar estava repleto de fregueses sedentos, na maioria jovens, ainda não nascidos em 1969. A maioria tinha tatuagens, *piercings* e coisas assim. A *jukebox*, porém, continha um imenso estoque de moedas adquiridas ao longo de trinta e um anos, através de trabalho, risco e sofrimento. Por isso, a música que tocava era *Lay, Lady, Lay,* acompanhada pelo coro de nove queridos amigos ligeiramente embriagados, que cantavam alto, desafinados e fora do tom, surpreendendo a si mesmos. Nos velhos tempos, teriam revirado os olhos diante de tal expressão de sentimento. Agora, sentiam que aquilo era amor.

— A revolução — disse Amy, mais tarde — não foi sobre "aquilo", foi sobre nós.

— "Aquilo"? — Jan Huebner indagou.

— Tudo mais.

— Não estou entendendo, querida. Mais uma vez.

— Ah, você sabe. Impedir guerras, coisas fora de nós. Tentamos mudar o mundo, mas adivinhe o que aconteceu? O mundo nos fez mudar. Sei que é um clichê idiota, e é isso que torna a situação tão triste, tão deprimente. Todas aquelas bobagens que mamãe e pai nos fizeram engolir, como se fosse papinha para bebês... Era tudo verdade.

— Isso é bom ou ruim?

— Não faço a menor idéia — Amy admitiu —, mas parece que não vou para a cama com Billy McMann.

Deliciadas, as duas observaram Paulette dançar no colo de Billy.

— Veja, uma garota feliz! — disse Amy. — Talvez seja essa a verdadeira questão. Quanto mais velhos nos tornamos, mais felizes ficamos por não sermos Harmon Osterberg.

— Ou Karen Burns — Jan completou.

— Isso mesmo — concordou Amy. — *Lay, Lady, Lay...*

Ellie Abbott também sentia-se mais leve, embora não muito. Em menos de uma hora, estaria encontrando Mark

no jantar de despedida, onde comeria frango ao molho de estragão, ouviria discursos e conversaria sobre amenidades. Então, no caminho de volta ao hotel, no escuro, quando os olhos de Mark não pudessem ser vistos, ela diria:
— Lembra-se de Harmon?

David Todd sabia perfeitamente o que o futuro traria. Durante três décadas, em meio aos sonhos densos da morfina, à margem de um rio chamado Song Tra Ky, o sargento Johnny Ever o mantivera muito bem informado. O sujeito não parava de falar. Mesmo agora, ele continuava tagarelando:
— Nasci para falar, adoro microfones — ele dizia. — Não posso evitar. Mas, Davy, meu garoto, eu o avisei, pelo menos um milhão de vezes. Pus os pingos nos "is", cortei os "tês". Sem ofensa, minha tolerância é zero para essa sua atitude "coitadinho de mim". Sejamos honestos, você sabia o placar, antes de entrar no jogo. Cada tacada, cada rebote. Você pediu por isso, homem. Você aceitou os riscos.
David Todd reconhecia a verdade daquelas palavras.
Sabia que a mão de Marla na sua significava apenas que ela pedia seu perdão, e que quando a questão fosse finalmente colocada para ele, a questão do perdão, ele balançaria a cabeça e diria "sim", porque muito tempo antes ele já a perdoara. Também sabia que, um pouco mais tarde, se ele fosse jogar sinuca, Marla encontraria um jeito de se juntar a ele e, depois de duas ou três partidas, ela sugeriria que não participassem do jantar e encontrassem um lugar onde pudessem conversar. Então, ele ouviria muito mais do que queria ouvir sobre Harleys, corretores de ações, e quanto ela se arrependia por tê-lo magoado, como aquela seria uma lembrança horrível que ela carregaria pelo resto da vida. Mas ela não tinha nenhum interesse de tentar de novo. Gostava dele, sim, mas paixão era um problema, e, pela manhã, ele

teria apenas o fantasma da mão dela na sua, os dedos de
Marla, a combinação perfeita, a dor fantasma, a dor do que
fora perdido, exatamente como ele às vezes sentia o fantasma da perna que lhe faltava.
Ele olhou para Marv Bertel.
— Sinuca? — perguntou.
— Claro — Marv respondeu. — Se minha calça não cair.

— Excelente tônus muscular — Billy disse a Paulette. — Você está em boa forma.
— Ciclismo — ela disse. — Natação.
— Temos bicicletas em Winnipeg.
— Têm? E água?
— Água, também. Somos famosos pela água.
— Bom — Paulette murmurou, balançando os quadris no colo dele. — É assim que eu gosto.

— Meu Deus! — Jan exclamou.
— Belo casal — Amy Robinson comentou.
Jan sacudiu a cabeça.
— Sem brincadeira, devo estar fazendo alguma coisa errada. Acha que é esse batom?
— Não é o batom.
— A personalidade, então, ou o rosto?
— Provavelmente, o rosto — Amy declarou.

Enquanto David e Marv disputavam a bola oito, os outros bebiam, dançavam colados, relembravam o passado, ouviam as músicas tocadas pela *jukebox,* fingiam flertar, tomavam decisões secretas e tentavam não pensar na pressão do tempo se esgotando. Lá fora, o céu estava totalmente encoberto. A chuva ainda não chegara, mas estava a caminho. Havia enchentes no Colorado, tempestades em Dakota. Amy Robinson explicava as regras do vinte-e-um. Jan Huebner falava de um anão que ela conhecera, um dia. Spook Spinelli falava que a hora de sua morte estava chegando, ela podia sentir, até mesmo ouvir. Era como uma voz dentro dela, a voz de uma velha mulher, abafada, sempre tagarelando sobre índios e mato.

— Imagine o funeral — disse Jan. — A Arca de Noé. Dois espécimes de cada criatura.

Mais tarde, jogaram um jogo chamado Verdade, que se originara nos tempos de faculdade. Amy Robinson revisou as regras, que mesmo trinta e um anos antes haviam sido fluidas e mutáveis, sujeitas a inspiração.

— Do que me lembro com certeza — ela disse — é que temos de confessar a coisa mais terrível sobre nós mesmos, algo que fizemos ou não fizemos. Algo que nos tire o sono, à noite. Algo monstruoso.

Jan Huebner ergueu a mão.

— Acho que você esqueceu o ponto básico, Amy. Tenho certeza de que era um jogo divertido.

— Na época, era — disse Billy. — Coisas terríveis não eram tão terríveis.

— Nem é preciso dizer — Jan voltou a opinar —, mas acho que há uma parte em que bebemos, tenho quase certeza. A certa altura, temos de beber, não sei bem. Só sei que bebemos durante o jogo.

— Provavelmente, quando alguém mente — Marla sugeriu.

— Ou se ninguém acreditar na história de alguém — disse Jan, a pessoa tem de beber. Há bebida envolvida nesse jogo, eu juro.

— Não vou jogar — Ellie declarou.

— Vai, sim — Spook protestou. — E eu adoraria que Dorothy estivesse aqui. Com toda a honestidade, eu seria capaz de dar um de meus maridos para ouvir a coisa mais terrível que aquela mulher fez.

— Esqueceu o dia da reciclagem — Amy sugeriu.

— Queimou o jantar de Ron — Jan arriscou. — Serviu comida congelada para aqueles dois filhos maravilhosos.

De repente, Paulette Haslo sentiu-se mais pesada no colo de Billy. Sentiu os pensamentos dele se congelarem.

— Sejamos justos — disse. — Todas as manhãs, todas as noites, talvez o câncer esteja de volta. Quimioterapia. Radiação. É uma mulher forte.

— E ela nos informa sobre tudo isso — disse Amy.

— Cada maldito nódulo — Jan Huebner acrescentou.

— Falando sério, vou embora — Ellie Abbott anunciou, apanhando a bolsa. — Lamento, mas dentro de alguns minutos, terei de...

— Ellie — Paulette a interrompeu.

— Não posso.

— Somos seus amigos. A prática leva à perfeição. Solte-se.

Ellie piscou, como se alguém houvesse acendido um refletor. Por alguns segundos, pareceu desorientada, deixada cega por um olhar interior.

— Está bem — disse, colocando a bolsa na mesa e alisando-a com as duas mãos. — Um jogo, mais nada. E serei a última.

— Está bem assim — Paulette concordou. — Não vai demorar.

— Está decidido — Spook concluiu, apanhando seu celular. — Dorothy será a primeira. Estou louca para ouvir isso.

Spook discou três vezes, mas o telefone de Dorothy estava ocupado. Por isso, Marla Dempsey ofereceu-se para começar. Tinha aguda consciência de David junto à mesa de sinuca, atrás dela. Dentro de um ou dois minutos, ela se levantaria e se juntaria a ele.

— Todos vocês já sabem — Marla disse. — Pelo menos, conhecem o básico, mas acho que é diferente, mais saudável para mim, pronunciar as palavras.

Então, ela falou do Natal de 1979, como ela fora vil, pecadora, por escolher justamente aquela manhã para abandonar seu marido, um homem bom, um homem bonito, amável e devotado, chamado David Todd. No entanto, na ocasião, pareceu-lhe ser a única coisa a fazer, ou mesmo a coisa certa, pois fingir um Natal feliz, sorrir e bater palmas para torradeiras novas e suéteres embrulhados em papel dourado... Bem, isso parecia infinitamente mais vil: a mentira coroando todos os outros horrores. Agora, porém, com a perspectiva da sanidade, ela se dera conta do contrário, porque ela não teria morrido se tivesse esperado uma ou duas semanas, uma vez que estava mentindo e enganando havia tempo, e porque, na verdade, outro homem, um homem mais jovem, estava à sua espera, na esquina, em uma Harley Davidson preta e vermelha, um fato que ela omitira, e porque para David nunca haveria outro Natal, um Natal de verdade, que significasse "Natal", e não "Adeus", ou "Eu te amo, David, mas não estou apaixonada e acho que nunca estarei".

Um jovem subnutrido, na verdade, um garoto de calça muito larga e *piercing* no nariz, aproximou-se da mesa para pedir que a *jukebox* fosse salva de "toda aquela coisa melosa dos anos 60".

— Dane-se — Amy respondeu.

Marla levantou-se e foi ao banheiro das mulheres. Ninguém olhou para David Todd, que acabara de errar uma tacada, e ninguém, exceto Jan Huebner, disse nada.

Jan disse:
— Não é divertido?

Paulette Haslo saiu do colo de Billy. Ele parecia nervoso e aflito, por causa de Dorothy, sem dúvida, e, com alegria forçada, Paulette foi para a outra extremidade da mesa e sentou-se ao lado de Ellie Abbott. Nenhum mal fora feito, pensou. Boas lembranças. Além do mais, o pequeno romance havia durado mais que a maioria, sólidos vinte minutos, e ela não se arrependia de uma palavra, de uma carícia sequer. E se fosse necessário, por exemplo, se ela começasse a chorar, poderia alegar efeitos da loucura do reencontro.
— Minha vez — ela disse.
— Muito bem, mas trate de mentir direitinho — disse Jan Huebner. — Do contrário, não beberemos. Estou certa, ou completamente certa?
— Deixe-a falar — disse Amy.
— Uma mentira colossal, por favor.
Amy olhou para Paulette e disse:
— Vá em frente, querida, estou ouvindo.
Então, durante vários minutos, Paulette falou sobre uma invasão no meio da noite e sobre um velho adorável, chamado Rudy Ketch.

Billy McMann preferia que Paulette tivesse ficado onde estava. Gostava de senti-la sentada em seu colo, gostava dela em geral, mas também era verdade que a culpa havia se tornado um problema. O que o perturbava era Spook Spinelli, a quem ele devia um pedido de desculpas, e que, naquele momento, comportava-se de maneira muito estranha: agitada demais, risonha demais. O cinto de Marv continuava enrolado em torno do pescoço dela. Spook continuava a puxá-lo, fingindo enforcar-se, revirando os olhos nas órbitas. Talvez fosse apenas sua imaginação, Billy pensou, ou os efeitos de dois dias bebendo, mas era mais provável que ele houvesse provocado aquilo com sua própria estupidez, usando-a como todos os outros a usavam, e como ela mesma tão freqüentemente usava a si mesma. Em algum momento, Billy concluiu, teria de dizer alguma coisa. E também teria de chamar Paulette a um canto e confessar a ela o que acontecera na noite anterior. Tinha de ser honesto, pelo menos. Tinha de contar a ela o que havia acontecido e que ele desejava que não houvesse acontecido, ou mais precisamente, que ele desejava que houvesse acontecido com ela.

Observou Spook levantar-se e dirigir-se a um grupo de jovens alunos de faculdade, todos homens, e inclinar-se sobre a mesa para sugerir o que pareceu "uma boa festa em grupo".

Marv Bertel também notou.

Deixou o taco de sinuca em um canto, pegou Spook pelo braço e levou-a até onde estava Ellie Abbott.

— Alguma coisa está errada — disse a Ellie. — Não sei o que é. Por favor, fique de olho nela. — Marv fez uma pausa e, então, sacudiu a cabeça. — E veja se consegue meu cinto de volta.

Quando Paulette terminou, Amy Robinson e Jan Huebner lançaram-se em sua defesa. A invasão fora uma estupidez, claro, mas longe de ser uma maldade. E mais longe ainda de ser monstruosa.

— Essa tal de Janice registrou queixa? — Amy inquiriu, tomada pela advogada que havia dentro dela. — A polícia foi envolvida no caso?

— Naturalmente — disse Paulette.

— Você foi presa?

— Sim.
— Autuada? Processada?
— Tudo a que tinha direito.

Amy assentiu.

— Mas nunca foi a julgamento?

— Não foi preciso — Paulette contou. — A velha teve sua vingança, até mais do que havia sonhado. Tornei-me o assunto da cidade, dos presbíteros. Nada bom para perspectivas de emprego.

— Ela retirou a queixa?

— Claro. Já havia causado o mal que queria.

— Bem — Amy murmurou.

Sua voz dissipou-se lentamente. Ela olhou para Ellie Abbott, em busca de ajuda, mas Ellie estava totalmente ocupada com Spook Spinelli, cuja espessa maquiagem havia se tornado úmida e empastada, cujos lábios tremiam.

— Muito, muito divertido! — Jan Huebner aplaudiu.

Marla Dempsey havia se juntado a David, próximo à mesa de sinuca, onde, em meio ao burburinho da freguesia das noites de sábado, David acabara de dizer:

— Sem problemas. O que é uma Harley entre amigos queridos?

— Por favor — ela pediu.

— Muito queridos, mais que queridos. Está tudo perdoado.

— Não é o que parece — Marla replicou. — Não que eu mereça perdão.

David deu de ombros em um movimento exagerado. O que ele sentia, porém, era o vazio impossível de expressar, causado pelo que em breve viria.

— O que há de melhor no perdão — ele disse — é que você não tem de se esforçar para obtê-lo. Ele vem de graça. *Casus belli* não exigido. Dê uma tacada. Bola seis. De leve.

— Não sou fã de esportes, David.

— Certo. O que é um *bunt*?
— Como?
— Pergunta idiota. Por acaso, você tem o hábito de não comparecer a jantares?
Marla fitou-o com expressão de desgosto.
— Aí está, David. Isso é *casus belli*. Sempre prevendo o futuro.
— Minha culpa, então.
— Eu não disse isso. Mas, às vezes... talvez também não seja justo... Bem, às vezes, você decide tudo com antecedência. Decidiu, fez acontecer.
— Será que imaginei uma Harley?
— Boa pergunta.
Marla começou a virar-se, parou e, então, voltou a fitá-lo, como David sabia que ela teria de fazer e, sem a menor sombra de dúvida, faria.
— Vamos embora ou não? Sim ou não?
David assentiu. Amava-a demais.
— Vou dizer o que faremos. Iremos ao jantar, faremos nossas despedidas e, depois, encontraremos um lugar bastante sentimental para conversarmos tudo o que temos a conversar. Perdoar, esquecer. Era isso o que você tinha em mente?
— Mais ou menos — disse Marla.
Ele voltou a assentir. Não era um prazer, mas ele sabia.
— E depois? — indagou. — Felizes para sempre?
— David.
— Foi o que pensei.
— Tão esperto! Tem todas as respostas.
— Quer se casar comigo de novo?
— Pare com isso.
— Surpresa — David disse. — Sou adivinho.

À margem do Song Tra Ky, trinta e um anos de distância, Johnny Ever soltou uma gargalhada e disse:
— Caramba!

A verdade era amarga, mas Amy Robinson descreveu corajosamente um imundo posto de gasolina Texaco, um banheiro mais imundo ainda, e como, próximo ao final de sua lua-de-mel, ela havia se trancado lá, limpado o assento do vaso sanitário para se sentar e decidido desfazer seu casamento.
— Foi a maior sorte que já tive na vida — disse —, e acabei sozinha. O que foi estranho, pois eu costumava ser tão certinha. Esperta como ninguém, certo? Sardas, nariz empinado? Bonitinha? Quero dizer, realmente bonita?

Spook Spinelli falou sobre dois maridos e um amante chamado Baldy Devlin.

Jan Huebner falou sobre as peripécias de Branca de Neve.

David Todd começou a falar de um rio raso, de correnteza rápida, um rádio sintonizado no universo, mas, então, olhou para Marla, e decidiu parar.

Ellie Abbott havia desaparecido.

Passavam poucos minutos das 7 horas, e, a alguns quarteirões dali, a turma de 69 estava se sentando para o jantar de encerramento.

No bar, porém, todos os olhos se fixavam em Marv Bertel, que ainda tinha de jogar sua rodada de Verdade.
— Quem está com fome? — ele perguntou.

Então, disse:
— Ah, deixe para lá.

Então, disse:
— O quê?

Um longo momento se passou, antes que Marv suspirasse e dissesse:
— Está bem, vou tentar, mas é embaraçoso.

19
MAGRO DEMAIS

Em março de 1988, Marv Bertel iniciou a primeira dieta rigorosa de sua vida. Não era nada de excepcional, apenas muita água e força de vontade. No início de agosto daquele ano, ele havia perdido mais de dezoito quilos.

— Estou tão orgulhosa de você! — sua esposa disse no que foi, na memória não confiável de Marv, a primeira e única vez em que ela lhe ofereceu um elogio de qualquer tipo.

Dois meses e meio depois, em meados de outubro, Marv alcançou seu objetivo de cem quilos, o peso mínimo que tivera, desde o último ano do colegial. Naquele mesmo dia, depois de um café da manhã constituído de salada verde e água com gás, ele comemorou o feito entrando com um pedido de divórcio.

No dia 1º de novembro, Marv mudou-se para um apartamento mobiliado, na mesma rua onde se situava sua fábrica de vassouras e esfregões, nos arredores a oeste de Denver. Renovou seu guarda-roupa, inscreveu-se em um salão de bronzeamento, instalou uma bicicleta ergométrica em frente à televisão e, em caráter de exploração, começou a passar as noites em vários bares chiques da cidade. As mulheres notaram sua presença. Marv gostou. Tinha 41 anos de idade, e gozava de uma condição financeira muito confortável, mesmo descontando os custos do divórcio. A fabricação de um excelente esfregão industrial custava menos de um dólar e meio, o esfregão perfeito era substancialmente mais barato. Poeira jamais deixaria de existir, a demanda era estável. Era verdade que Marv nunca havia considerado seu trabalho um desafio, ou nem mesmo ligeiramente interessante, mas, para um homem que passara a vida mergulhado nas dificuldades da obesidade, havia ali a virtude empresarial de poder ficar sentado à sua mesa de pau-rosa, hora após hora, contando os lucros, mais ou menos imóvel, mais ou menos morto.

Agora, porém, Marv Bertel devaneava. Novos e infinitos futuros surgiam.

À noite, na cama, flexionando os músculos abdominais ao ritmo irregular das batidas de seu coração, ele se imaginava na capa da *Forbes*: dentes restaurados, corte de cabelo caro, talvez vestindo um daqueles elegantes ternos trespassados que, não muito tempo antes, o faziam parecer um gigantesco pernil de Páscoa. Não ouviria mais piadas de gordos. Agora, seriam só brindes, abraços e interrogatórios sobre dietas.

Tais pensamentos o inspiraram.

Em um ímpeto, consultando apenas suas próprias fantasias, Marv estabeleceu um novo e difícil objetivo para si mesmo: noventa quilos. Alcançou-o em apenas três semanas.

Fácil demais, ele decidiu. Não havia razão para parar.

Cortou seu martíni do final da tarde, dobrou seu tempo na bicicleta ergométrica.

No espelho do banheiro, lentamente no início, rapidamente depois, as costelas de Marv começaram a emergir como o esqueleto de um navio naufragado, parecendo muito velhas, um pouco assustadoras. Ele diminuiu um número no sapato. Até mesmo suas roupas novas estavam muito largas. Igualmente drástica, mas às vezes mais alarmante, era a transformação na personalidade de Marv Bertel. Desde a infância, ele fora um indivíduo reservado, sempre falando em voz baixa, hesitante, tímido, solitário. Agora, porém, repetia trechos de diálogos da televisão para sua linda secretária executiva, contava piadas em elevadores e trocava histórias de vida com as mulheres que conhecia nos bares.

Geralmente, nessas ocasiões, Marv inventava histórias sobre seu novo corpo esbelto: um detalhe robusto aqui, uma mentirinha charmosa ali.

Várias vezes, em vários bares noturnos, ele se tornou técnico do White Sox, cirurgião plástico, padre, ex-padre, instrutor de mergulho, ex-presidiário, contorcionista do Cirque du Soleil. Para uma animada jovem ruiva de 24 anos, ele disse ser caubói de rodeio aposentado. Na noite seguinte, no mesmo estabelecimento, mas para uma morena fascinada, ele omitiu a palavra "aposentado", o que operou milagres, ainda mais pelo fato de ele ter mancado levemente quando ia para o banheiro dos homens.

Incrível, Marv observou, o que esse tipo de mulher é capaz de engolir, desde que venha de um homem em boa forma física.

Praticamente, qualquer coisa.

Não mencionava sua fábrica de vassouras e esfregões. Evitava o detalhe inconveniente de que seu divórcio ainda não fora homologado.

Tudo isso deixava um sabor de fraude em sua boca, mas mesmo assim, dada a história infeliz de Marv, as histórias inventadas agradavam seu senso de humor, e mais ainda seu senso de vingança. Desde que se conhecia por gente, ele sempre fora provocado, ridicularizado e ignorado, sempre o camarada gorducho, sempre o carente, e proporcionava-lhe imenso prazer receber o respeito, até mesmo a fascinação que brilhava nos olhos de mulheres com metade de sua idade. Ele fingia tédio. Fazia o possível e o impossível para nunca avançar o sinal. Mesmo que estivesse com a mulher mais linda, Marv era cortês a ponto de ser indiferente. E isso também tinha sabor de vingança: era sua retribuição àquelas legiões de mulheres cegas e preconceituosas de seu passado.

Marv não sentia a menor pontada de culpa. Nem remorso. Ao contrário, não havia nada mais satisfatório do que erguer as sobrancelhas, quando algum gorducho atacava uma tigela de *guacamole* ou amendoins. Às vezes, dependendo de seu humor, ele fazia um discurso sobre os elementos de uma nutrição responsável. Mais freqüentemente, emitia um suspiro contrariado, pedia licença e afastava-se da mesa.

Na manhã de 4 de dezembro de 1988, a balança do banheiro de Marv Bertel registrou um ponto abaixo de 86 quilos. Ele chorou no chuveiro. Chorou de novo enquanto se enxugava. Pela primeira vez em mais de três décadas, Marv sentiu-se firmemente humano, uma abençoada alegria de corpo e alma.

Naquela tarde, seguindo um impulso, Marv organizou uma animada festa no escritório, com música alta e bônus antecipados, depois da qual convidou sua elegante e linda secretária executiva para jantar em um dos melhores restaurantes de Denver. Ela aceitou, como o novo e esbelto Marv sabia que aconteceria. Às 7 horas, foram conduzidos a uma aconchegante mesa de canto. O cardápio oferecia pratos do norte da Itália, uma extrema tentação. Assim como a secretária executiva de Marv, uma espetacular jovem de 26 anos de idade, chamada Sandra DiLeona.

Sabiamente, Marv sentou-se longe do perigo, do outro lado da mesa, de frente para Sandra. Pediu, porém, o primeiro martíni em quase duas semanas, sem azeitonas, e, dez minutos depois, pediu mais um. Foi o álcool, sem dúvida, que logo o inspirou a modificar os lugares à mesa. Marv mudou para a cadeira à direita de Sandra, afrouxou a gravata e inclinou-se para perto da jovem, com segundas intenções. Em voz baixa, já ligeiramente engrolada, confidenciou a ela que havia uma questão que ele gostaria de discutir com ela.

— Um assunto pessoal — ele disse. — Um tanto delicado.

Sandra estreitou os olhos. Era formada em administração, fria por natureza e muito astuta.

— Pessoal? — ela repetiu. — Que assunto seria esse?

Marv não fazia idéia. Estava tocando de ouvido, adaptando-se à harmonia do momento.

— Delicado — repetiu. Flexionou os bíceps, encolheu o estômago. — A verdade é que não sei por onde começar. Uma confissão, eu acho. Você trabalha para mim há... Quanto? Quase um ano?

— Dez meses — Sandra respondeu.

— Certo, dez meses. E você me conhece estritamente como patrão. Um mentor. — Ele hesitou. — Espero ter causado uma boa impressão.

— Sim, claro.

— E você está feliz?

— Feliz?

— Comigo. Com seu trabalho.

— Bem, sim — Sandra declarou. — Não que eu sonhe com esfregões, à noite.

Marv ofereceu um sorriso de reconhecimento.

— Mas está satisfeita com o salário, as condições de trabalho, tudo isso? É com seu bem-estar geral que me preocupo.

Os olhos castanhos de Sandra exibiram um misto de confusão e suspeita. Era uma loura alta, de corpo bem feito. Marv calculou que ela tinha 1,75 metro de altura. Nenhum grama além de 56 quilos. Corpo de garota de capa de revista. Lábios carnudos. Alguns meses antes, em seus tempos de gordo, ele praticamente não prestava atenção nela. Seria inútil: ela parecia estar fora de seu alcance, tão fria e inatingível quanto Netuno. Agora, as coisas eram diferentes. Em um arroubo de coragem, com a confiança inflada que acompanha uma barriga encolhida, Marv tomou a mão dela e disse:

— Bem, uma confissão. Aqui vai. Não sou apenas um fabricante de esfregões. Também já tive alguma experiência como... Realmente não sei como dizer isso.

Na verdade, ele estava totalmente incerto sobre o que dizer. Pensou depressa, revendo suas opções, mas, no final, não pensou tão rápido quanto deveria. Pelo resto de sua vida, ele se arrependeria da frase que havia pronunciado a seguir. A idéia surgira em sua mente exatamente como as outras mentiras haviam surgido, originada da antiga gordura, da nova magreza, dos sonhos realizados, do trabalho que ele detestava, de um casamento falido, de uma vida de zombarias e humilhações e do desejo por algo melhor. Mesmo enquanto falava, Marv já se dava conta de que aquilo era um grande erro. Tentou parar. Levou uma das mãos à garganta, fechou os olhos com força. "Não", pensou. Sua língua continuou se movendo. Três sílabas. Duas palavras, "sou escritor", que lhe custariam muito caro: ataques de pânico, noites de insônia, problemas cardíacos, infinita vergonha, racionalizações intermináveis, outro casamento infeliz. Ao menos vagamente, ele apreendeu tudo isso. Não os detalhes, mas apenas as implicações gerais. E nem mesmo então ele conseguiu parar. Nos anos seguintes, Marv se lembraria daquele instante em sua vida, com o mesmo desprezo, a mesma autopiedade que uma vítima de câncer no pulmão deve sentir ao pensar em seu primeiro cigarro.

— Escritor? — Sandra repetiu. — Amador, claro.
— Bem, não.
— É um *hobby*?
Uma porta se abriu.
Naquele momento, durante uma miraculosa fração de segundo, Marv teve sua última chance de se salvar. Poderia ter assentido e dito: "Claro, um *hobby*".
Ou, então, poderia ter sorrido e mantido a boca fechada. Poderia ter sido enigmático, ou fingido modéstia. Até o fim de seus dias, ele seria perseguido por essas alternativas. Porém, a incredulidade no rosto de Sandra, o tom de desprezo conferido à palavra *"hobby"* o fizeram empertigar-se e retirar a mão da garganta.
— Não — ele respondeu friamente. — Sou um escritor de verdade. Escrevo ficção.
Sandra estudou-o. O que se passava por detrás daqueles olhos espertos, Marv só podia imaginar. Um grande número de pequenos cálculos, claro. Várias perspectivas e possibilidades, temperadas por uma dose saudável de ceticismo.
— Já publicou algum livro? — ela perguntou.
— Claro. É justamente do que estamos falando.
— Mas nunca ouvi falar de você. E leio muito.
— Não, querida, é claro que não ouviu falar de mim. É por isso que decidi lhe contar. — Marv terminou o martíni e estudou o copo. Estava comprometido, agora. — Já ouviu falar em pseudônimos? É uma prática comum, atualmente.
— Sim, já ouvi falar — Sandra respondeu. — Qual é?
— Qual é o quê?
— O seu pseudônimo.
Rapidamente, Marv folheou seu catálogo interno de cartões. Somente as possibilidades mais ridículas lhe ocorreram, autores consagrados, cujos rostos ela certamente reconheceria de revistas ou da televisão. Começou a dar de

ombros, a rir e dizer que tudo aquilo não passava de uma "pegadinha" para quebrar o gelo, antes do jantar. Mas foi então que ouviu a própria voz pronunciar o nome de uma figura literária conhecida, respeitada, pouco lida e obsessivamente reclusa. Sabia que aquele era o ponto de onde não havia retorno.

— Thomas Pierce? — Sandra repetiu. — É você?

Um músculo tremeu na pálpebra de Marv.

— Impressionante — ele disse. — Vou ser honesto. É uma surpresa saber que você está familiarizada com ele. Comigo. Uma surpresa muito agradável.

— Ora, e por que não estaria? — ela indagou. — Afinal.. Meu Deus! Você é um dos maiores escritores!

— Já leu os livros?

Sandra sacudiu a cabeça.

— É claro que não. Ninguém lê. Não é essa a questão. Você é famoso. Todos sabem sobre você.

— Nem todos — ele protestou com modéstia

— Bem, não... se for comparado a um astro de cinema. Mas mesmo assim... — Ela parou de falar e mordeu o lábio. O ceticismo voltava a obscurecer os inteligentes olhos castanhos. — Certo, você é Thomas Pierce, e isso é impressionante. Mas não vejo isso como uma confissão.

Marv também não.

Ele apanhou um lenço, secou o suor da testa e pediu outro martíni. Seus pensamentos estavam divididos. Tudo o que queria era desaparecer em um furo de sua mentira. Por outro lado, sentia uma necessidade selvagem de continuar com a farsa, de fazê-la acreditar, de fazer até com que ele próprio acreditasse. Os anos de mediocridade de menino gordo pareciam ter apagado seu bom senso. Evidentemente, ele disse a si mesmo, não havia a menor possibilidade de se sair bem daquela história, mas algo de patológico assumiu o controle de seus atos. Curiosidade mórbida. Certos desejos secretos. Ele "poderia" ter sido escritor. Deveria ter sido. Adorava palavras, os sons e as sílabas. Na faculdade, Marv havia se formado em jornalismo; havia editado tanto o livro do ano de Darton Hall quanto o jornal da faculdade. Mesmo depois de formado, ao longo de vários anos, costumava se ver mudando para Nova York, freqüentando cafés com um bloco de anotações e alguns lápis, na companhia de editores de renome.

Vassouras e esfregões haviam posto fim a esse sonho. A inércia também, além de um casamento infeliz e os fardos da obesidade.

Agora, fitando o copo vazio, Marv permitiu-se alguns momentos para se recompor.

— Desculpe — murmurou. — Você estava perguntando...
— Sobre a confissão — Sandra esclareceu.
— Certo. Receio ter me deixado desviar do assunto. O que eu quis dizer foi... É embaraçoso, realmente, mas, agora que estou sozinho, quase divorciado... Bem, preciso partilhar um segredo. Preciso de um ouvido amigo. Alguém que me escute.

Sandra refletiu por um momento.
— Mas por que eu? Sou apenas uma secretária executiva.
Marv sorriu, estendeu a mão e segurou a dela.
— Verdade — disse. — E é aí que está minha confissão.
— Está dizendo...
— Sim, há dez meses.

Marv quebrou a própria regra, naquela noite. Não só fez avanços ambíguos sobre a fascinada jovem, mas também foi para casa com ela, e para a cama, sob o que ele reconhecia serem falsos pretextos. Pior ainda, Marv apaixonou-se, ou imaginou estar apaixonado. Bem, não era o amor desesperado de sua juventude. No máximo, ele concluiu, era o tipo de amor que visita um homem que, recentemente, perdeu um terço de seu peso, cujo divórcio está a seis semanas da homologação e cuja auto-estima foi esmagada por vassouras e esfregões.

Dormiu com Sandra outra vez na noite seguinte, e em todas as noites, nos dois meses seguintes. Em vários aspectos, o relacionamento era excitante: a maneira como ela o fitava com deferência e admiração, às vezes veneração. Marv gostava da inteligência da moça, seu profissionalismo na cama, e até mesmo de sua postura calculista diante do mundo. Sandra tinha o corpo de uma modelo, o sistema nervoso central de um computador do Pentágono. Para Marv, tudo isso era novo e fascinante, mas, no final do dia, seus pensamentos mergulhavam no mais puro terror. Ele não conseguia dormir, não conseguia pensar. Para o papel de *alter ego* literário, Thomas Pierce não fora uma boa escolha. O homem era um eremita, sim, dono de verdadeira aversão às câmaras e às pessoas, mas também era um mestre do mundo literário, um gênio lingüístico destinado ao Nobel, e a enormidade e estupidez da mentira faziam a espinha de Marv congelar. Em certos momentos, ele ficava paralisado pela vergonha, pelo iminente horror da descoberta. E não havia como escapar. O dia todo, Sandra ficava sentada a uma mesa de operações, junto à porta de seu escritório. À noite, ela se deitava a seu lado, na cama, folheando o livro mais confuso de Pierce, erguendo os olhos de tempos em tempos, para questioná-lo sobre uma metáfora ou alguma passagem obscura. Marv fazia o possível para se esquivar de responder. Ele suspirava, ou sacudia a cabeça, explicando que a literatura devia ser experienciada, não explicada. Outras vezes, ele se virava e fingia estar dormindo. De olhos fechados, paralisado por sua própria tolice, ouvia o som farfalhante de páginas sendo viradas, da respiração de Sandra, e, naqueles momentos de infelicidade, ele se considerava um homem de sorte, até mesmo pelas menores bênçãos. Thomas Pierce, graças a Deus, não permitia fotografias em seus livros. E Sandra ainda não fizera nenhuma pergunta sobre a complicada questão dos direitos autorais, ou sobre o livro que ele, supostamente, escrevia no momento.

A sobrecarga na constituição de Marv começou a aparecer. No final de dezembro, ele havia perdido mais cinco quilos, apertado o cinto em mais um furo. No escritório, atrás de uma porta trancada, ele passava os dias de trabalho tentando pensar em uma solução honrada. Pensou em demitir a moça. Pensou em vender a fábrica e mudar para outro continente. No entanto, o coração de Marv estava comprometido. Apesar dos defeitos de Sandra, especialmente aquela aguçada inteligência para lucros e perdas, sempre visível em seus olhos, ela era o emblema vivo de todas aquelas jovens adoráveis que, oito ou nove meses antes, não olhariam para ele duas vezes. Ele não queria perdê-la, ou a idéia que ela representava.

No final, portanto, Marv não fez nada.

Ele esperou.

Imaginou milagres. Holocausto nuclear. Epidemia de amnésia.

Na virada do ano, em 1º de janeiro de 1989, Marv Bertel pesava 80 quilos, o que para um homem com 1,88 metro de altura, com problemas cardíacos e insônia crônica, beirava o doentio. Dezoito dias mais tarde, ele havia baixado para 77 quilos. Marv sabia que a dieta pouco tinha a ver com tudo aquilo; era o medo que estava sugando os músculos para longe de seus ossos. Ele não tinha apetite, nem energia.

Agora, havia momentos, vários momentos, em que Marv lembrava-se de sua obesidade como se fosse um querido amigo que houvesse partido, um camarada constante, que estava sempre por perto, com bom humor e algumas colheradas de salada de batatas. Não que Marv fosse feliz, naquela época. Longe disso. Mesmo assim, fosse como fosse, ele conseguia conviver com o mundo com pelo menos a aparência de contentamento e auto-respeito. Vivia bem. Durante quarenta e um anos, ele havia dormido o sono dos quase inocentes. Agora, por estranho que pudesse parecer, ele não podia deixar de chorar a perda do alegre antigo Marv.

Aquelas mudanças mexiam com seus nervos. E, ainda, havia a mentira, que o estava comendo vivo. A cada dia que passava, Marv tornava-se mais sobressaltado, mais irritado, sentindo o estômago saltar toda vez que Sandra entrava em uma sala, ou começava a falar. A descoberta era uma certeza. Uma questão de "quando" e "onde", nunca de "se". Mesmo assim, Marv ficou surpreso e chocado quando as inevitabilidades o seguiram, no início de fevereiro. Durante vários dias, Sandra permaneceu quieta demais, fitando-o pelo canto do olho. Uma noite, durante o jantar, ela depositou o garfo no prato, limpou a boca no guardanapo e disse:

— Há uma coisa me incomodando.

Marv fechou os olhos. Sabia o que o esperava.

— Não quero bisbilhotar — ela continuou —, mas realmente preciso fazer essa pergunta. Você e eu. Somos uma equipe. E precisamos ser abertos sobre tudo.

— Abertos — Marv repetiu.

— Isso mesmo. E eu sinto... Fico desconfiada, às vezes. Não consigo evitar.

Marv desviou o olhar e, então, voltou a fitá-la com dor no coração.

Foi tomado pela indignação de um homem cuja confiabilidade foi questionada.

— Escute, sei que não é saudável — Sandra prosseguiu —, mas não costumo confiar nas pessoas. Especialmente nos homens. Mais ainda, em homens mais velhos. E isso é importante, não é? É isso o que torna sólido um relacionamento. — Ela desviou o olhar. — Por isso, estive pensando... não me entenda mal... mas o problema é que você é um escritor, um escritor famoso, mas você nunca escreve.

Marv fitou-a.

— Não?

— Bem... não. Você escreve?

— Sempre. É uma batalha sem fim.

— Sim, mas quando?

Ele continuou a fitá-la, dobrou o guardanapo, reclinou-se na cadeira e mentiu. Informou-a com veemência, voz trêmula, que a literatura não é um espetáculo aberto ao público, que tinha de ser desenvolvida em absoluta solidão artística, parágrafo por parágrafo, sílaba por sílaba, e que a verdade era que ele era um escravo de seu trabalho, todos os dias, todas as horas, todos os minutos, e a cada instante de cada minuto.

— O que mais — inquiriu —, você acha que eu poderia fazer, atrás daquela porta fechada, em meu escritório? Jogos de computador? Paciência?

— Não, eu não acho...

— Além do mais — ele a interrompeu —, um escritor de verdade não conversa sobre isso. Não falamos de nossos livros até que se tornem banais, não anunciamos em informativos criativos. — Sua voz havia se erguido um pouco mais. Enquanto falava, elaborando sobre o tema da privacidade, ocorreu a Marv que ele acreditava em cada palavra ardente. Como se estivesse sob hipnose, sob o domínio de uma paixão incontrolável, falou sobre o conflito constante de todo escritor de valor, das incertezas, da subjetividade, dos fracassos da linguagem, do esforço da luta com Satanás por uma linha ou duas de prosa decente. Citou Conrad, Baudelaire. — Você, mais que qualquer outra pessoa — Marv concluiu —, deveria compreender que a literatura ferve em meu sangue. É meu oxigênio, as batidas de meu coração.

Sandra estudou seu semblante e recuou.

— Tem razão — admitiu. — Se você está mesmo escrevendo... Tudo bem. Fico feliz.

— Francamente — Marv murmurou em tom magoado e choroso.

Sob certo aspecto, sua reação era genuína, mas, na maior parte, era uma máscara para sua surpresa diante da facilidade e rapidez com que ela sucumbira. Ora, ele pensou, quem não sucumbiria? A audácia da mentira, sua dimensão e grandiosidade, sua espetacular magnitude, de repente o deixaram nervoso. Afinal, ele não alegava ser um escritorzinho qualquer, um ninguém. Havia se apropriado de genialidade. Tomara para si o trabalho de toda uma vida, algumas obras de arte, um modo de pensar, um modo de ser, a energia, a química, a força de trabalho e a virtuosidade de outro homem.

A constatação provocou-lhe náuseas.

Algo amargo subiu à sua garganta, como o gosto de câncer, e, naquele instante, Marv chegou muito perto de contar a verdade. Mas naquele mesmo instante, do outro lado da mesa, Sandra ajeitou os cabelos e disse:

— O problema é que ainda não entendo.

— Não entende? — Marv repetiu.

— Sou secretária executiva. Vejo sua correspondência, atendo seus telefonemas, e nunca há nada de literário. São só vassouras e esfregões.

— É mesmo?

— Sim.

— Meu Deus! Quanto cinismo!

O impulso de confessar a verdade evaporou. Ele se lançou em um zangado solilóquio sobre o papel dos agentes literários e a importância do anonimato. Havia pessoas, ele disse, a quem ele pagava salários exorbitantes para cuidar da correspondência dos fãs, contratos e outras distrações menores.

— Sou um homem da linguagem — declarou, feroz —, não um carregador de lixo.

Sandra assentiu, levantou-se e, sem dizer uma palavra, começou a tirar a mesa.

Ela permaneceu silenciosa pelo resto daquela noite. Várias vezes, Marv notou que ela o observava, mordendo o lábio. A certa altura, ele teve a sensação de estar sendo estudado, como se estivesse em uma fila de reconhecimento da polícia.

Marv interpretou esse comportamento como adulação. Não era.

Mais tarde, na cama, luzes apagadas, Sandra disse:

— Fui à biblioteca, hoje. Encontrei uma fotografia.

— Encontrou?

— Sim. Uma foto antiga. Estava muito apagada, e acho que foi tirada há vinte e cinco, trinta anos atrás. Mas não há nenhuma semelhança. Não é você.

Marv ouviu o próprio riso. Nenhum pensamento acusador lhe ocorreu.

Um trilhão de anos antes, ao que parecia, tudo aquilo havia começado como uma maneira de chamar atenção, uma maneira de ser alguém, um tipo de jogo. Agora, ele se sentia flutuando, perdido na escuridão.

— Se acha engraçado — Sandra falou em voz baixa —, é um ser humano digno de pena.

— Tem razão, não é engraçado.

— Então, explique.

Marv sentou-se na cama. Sentia muita, muita fome.

— Sim, claro. Por que eu não explicaria? — murmurou, apertando o nariz entre os olhos. Engoliu seco. Desejou uma costeleta. Após um momento, tomou fôlego e falou devagar, dolorosamente, mas com imenso valor.

— A verdade é que escrevemos esses livros em dois. Eu sou tímido, ele não. O que você viu foi a foto do outro.

— Outro?

— Precisamente. Meu co-autor.

Durante os vinte segundos seguintes, que tiveram a meia-vida do plutônio, Marv desenterrou vários ditados de sabedoria. Os mais alarmantes foram: Não existem limites para a credulidade humana. Tudo é aceito. O Coelho da Páscoa. A permanência do amor. Um deus de barbas brancas e gargalhada profunda. Quase sempre, a criatura humana prefere um milagre ilusório a uma mentira do dia-a-dia.

Mais importante, no último minuto, Marv pronunciou palavras dignas do próprio Thomas Pierce, um toque de gênio, que instantaneamente deu-lhe tempo e confiança:

— Quer se casar comigo?

A vitória durou pouco. Houve uma festa erótica que durou três dias, com todas as suas distrações ilusórias, depois da qual Marv acordou com dor de cabeça e a certeza de que acabara aprofundando ainda mais sua cova.

Era verdade que a vontade de Sandra em acreditar havia provocado um curto-circuito em seu bom senso. Mas também era verdade que, para Marv, as conseqüências haviam se multiplicado muito além de qualquer medida. Não havia nada de cômico naquela situação. Cada tique-taque do relógio injetava veneno em suas veias. À noite, seus sonhos eram povoados por cenas do Dia do Julgamento Final: policiais da verdade com auréolas, polígrafos celestes. Sua infelicidade era absoluta. À luz do dia, na fábrica de vassouras, o coração de Marv disparava ao som dos passos de Sandra. Sua respiração tornava-se ofegante, seu futuro tornava-se vazio. Havia vezes, muitas vezes, em que ele tinha dificuldade em aceitar a realidade de sua própria fraude. Não parecia possível. Sempre o gordinho alegre. O homem das vassouras. Um idiota envaidecido com alguns traços agressivos mantidos em segredo. Nada mais.

De certa forma, Marv pensou, era como se a dieta houvesse retirado 90 quilos de camuflagem espiritual. O que restara era um saco de ossos asqueroso e irreconhecível, um estranho que o apavorava e lhe provocava desgosto.

Nos dias que se seguiram, ele perdeu mais um quilo e meio. Tufos de cabelos caíram de sua cabeça. Dois dentes amoleceram. Seu apetite havia retornado, ele se sentia faminto, mas não conseguia engolir. Agora, parecia que cada hora de sua vida tinha o clima e a trama de uma das ficções mais grotescas de Thomas Pierce, esquisita e assustadora, governada pela entropia, um hospício de faz-de-conta, realizando círculos em torno de si mesmo.

Na primeira semana de maio, no dia em que o divórcio de Marv foi homologado, Sandra enviou pelo correio uma grande pilha de comunicados de noivado.

— Tenho amigos, tenho família — ela disse. — Por que guardar segredo? A menos que haja algo a esconder.

Estreitou os olhos para fitá-lo, sustentando o olhar até que ele se desviasse.

Para Marv, foi um momento difícil.

— Não há absolutamente nada a esconder — ele disse. — Mas espero que você não conte a ninguém a verdade sobre Pierce. Isso é sagrado.

— Entendido — Sandra declarou. — Sagrado.

— Promete?

— Não direi nem uma palavra.

No entanto, naquela noite, Marv ouviu fragmentos de uma conversa telefônica perturbadora, na qual Sandra violava sua promessa, vangloriando-se. Ele ouviu com clareza as palavras "gênio literário"; e, também, as palavras "recluso idiota".

Quando ela desligou, Marv a confrontou:

— Você quebrou sua promessa.

— Escute, tenho orgulho de você — ela justificou. — Quero que as pessoas...

Marv agitou a mão no ar.

— E quanto ao fato de o segredo ser sagrado? Você mentiu para mim. Nunca se esqueça disso.

— Tudo o que eu disse foi "gênio literário". Não mencionei nomes.

— Ora, mas que bobagem! — E quanto ao "recluso"? "Recluso idiota"? Uma coisa que não consigo tolerar é duplicidade.

— E o que isso significa? — Sandra inquiriu.

— Significa — Marv respondeu corajosamente — quebrar uma promessa.

Não disse mais nada.

Fim da estrada, disse a si mesmo. Já fora longe demais.

Resmungou, girou nos calcanhares, marchou até a geladeira e devorou o primeiro litro de sorvete em quase um ano. Seu apetite era enorme. Podia comer de novo. Era um tipo de vingança, sem dúvida, mas também era um prazer. Instantaneamente, começou a sentir, grama a grama, o sorvete se converter no antigo Marv, talvez maior, talvez melhor. Naquela noite, antes de se deitar, ele consumiu uma lata de feijão, uma torta de limão, uma costeleta de carneiro, uma pêra, um pote de *chutney* e alguns punhados de avelãs picadas.

Na cama, depois que ele havia perdido parte de seu lanche no banheiro, Sandra disse:

— Você não é Thomas Pierce, é?

— Não.

— Nem é escritor?

— Não, mas estou magro demais.

Casaram-se assim mesmo, mas condições foram estabelecidas: uma indenização em dinheiro, quartos separados, parte dos lucros da fábrica, um testamento.

— Se, alguma vez, você se atrever a me irritar — Sandra anunciou, na noite do casamento —, o mundo inteiro descobrirá que você é um mentiroso compulsivo e desprezível.

— Podemos cancelar tudo — Marv sugeriu. — O casamento, a lua-de-mel.

— Isso — Sandra retrucou, lançando-lhe um olhar faiscante — é o que eu chamo de irritar.

O diploma de mestrado de Sandra foi finalmente posto em uso. Ela tomou posse dos livros de contabilidade da família, juntamente com uma cópia do acordo pré-nupcial.

Marv nem tentou mudar a situação, pois acreditava merecer a punição. Estivera esperando por aquilo, até mesmo desejando que acontecesse, embora talvez não esperasse a sentença perpétua que havia recebido. Ainda assim, como em tudo mais, as perdas e os lucros se equilibravam. Ele havia garantido a esposa que sempre quisera. Tinha privilégios de visitas, assim como certos direitos conjugais. Às vezes, enquanto almoçava um peito de frango, ou jantava um suflê, Marv descobria-se cheio de admiração por sua noiva. Mais importante, não havia um momento sequer no qual ele não a respeitasse. No final, Marv concluiu, ele tivera a boa sorte de encontrar uma mulher capaz de apreciar algumas mentiras descaradas, dar crédito ao que merecia crédito, e que sabia retribuir cada gesto sem o menor escrúpulo. Sob a liderança firme daquela mulher, o empreendimento das vassouras e esfregões certamente floresceria.

Havia desvantagens, também. Sandra impôs a condição de que ele continuasse a ser Thomas Pierce, o escritor solitário, homem evasivo, pelo resto de sua vida.

— Contei à minha mãe, meu pai, minhas duas irmãs e minha massagista — ela argumentou. — Há um preço. Se tenho de viver com uma mentira, você terá de fazer o mesmo.

Franziu o cenho em uma advertência muda, deixou que as décadas que estavam por vir fossem digeridas pela mente dele e, então, beijou-o na testa.

— A propósito — acrescentou —, pare de comer.

A cerimônia, assim como a noiva, foi cara, linda e extremamente comercial. Um dia ensolarado de junho. Um casamento ao ar livre. Trezentos convidados, sendo todos, menos doze, conhecidos somente de Sandra.

Deixando a chantagem de lado, abandonando a consciência e a sabedoria, Marv Bertel tirou o maior proveito possível de tudo aquilo. O champanhe ajudou, assim como quatro fatias do soberbo bolo de casamento, feito de chocolate com rum, e, após alguns momentos de distração, Marv deu silenciosamente os parabéns ao destino e começou a refletir sobre o lado bom, especialmente a chance de reprisar seu bem ensaiado papel literário de Thomas Pierce. Sentia imenso prazer quando lhe pediam autógrafos, aceitava cumprimentos de fãs. Uma das sobrinhas adolescentes de Sandra, que chegou equipada com um sorriso sugestivo e um par de seios quase totalmente à mostra, representou o ponto alto do dia. Ela lhe lançou olhares suspeitos, deu-lhe ostras na boca. A certa altura, quando a língua da garota superatenciosa deslizou para dentro de sua orelha, ocorreu a Marv que a todo marido dedicado cabia a responsabilidade anual de providenciar uma reunião da família. Também lhe ocorreu, enquanto os seios da sobrinha roçavam seus ombros, que aquele casamento improvável, concebido no inferno, talvez se tornasse muito duradouro.

Quanto a Sandra, ela estava radiante.

Durante os brindes, a nova esposa de Marv tocou-lhe a ponta do nariz com cinco quilates de carbono comprimido.

— Se você voltar a se aproximar daquela cadela de minha sobrinha — murmurou, gentil —, pode-se considerar apenas um pobre ex-marido.

Passaram a lua-de-mel nos Alpes. Com determinação e exaustiva autodisciplina, Marv conseguiu provar de todos os molhos da Suíça, França e norte da Itália. Sandra fez compras. No início de julho, quando aterrissaram em Denver, Marv subiu em uma balança de bagagem, esperou que o ponteiro se estabilizasse, e suspirou com a satisfação de um homem que, depois de uma longa ausência, finalmente encontra o caminho de volta para casa. Ou quase. A verdade, ele percebeu, era que suas fantasias haviam colocado um selo em sua vida. Exceto por mera carne, que poderia se recompor até mesmo no túmulo, ele chegara a um final amargo das coisas. O que era em parte triste, em parte alegre. Durante todas aquelas décadas famintas, Marv fora governado pela gula, não somente do estômago, mas mais ainda da esperança, uma fome de tudo o que ele não era, tudo o que jamais seria, uma fome de sonhos e visões, o apetite fatal pela ilusão. Realizara suas fantasias. Sentia-se em paz.

Terminada aquela fase e, agora, com Sandra cuidando do negócio das vassouras e esfregões, Marv entregou-se ao que restava. Almoçava sozinho. E se deleitava com o que lhe fosse servido. Como antes, mergulhava nos pratos. Arrumava sua própria cama. Dormia nela. E, diante do primeiro sussurro de fantasia, mesmo que fosse a aspiração mais banal para si mesmo, ele tratava de desligar tal função em sua mente, como se fosse um programa de televisão que nunca pagara os vencedores de seus concursos.

Uma vida lânguida, sim. E, acima de tudo, sem objetivo. Mas não totalmente insatisfatória.

Para passar o tempo, Marv às vezes trancava a porta de seu escritório, desligava o interfone e anotava lembranças de seu encontro com a magreza. Não para que fossem publicadas, claro. Ele havia aprendido a lição. Mesmo assim, divertia-se escrevendo. Mudava nomes, inclusive o dele mesmo, ria das nuances de motivos e significados. Inventou algumas coisas. Aumentou outras. No final, tornou-se uma espécie de romance, e ele, um escritor, como se, ao fazer isso agora, ele pudesse desfazer uma mentira, dissolver a ficção da vida que lhe provocava desgosto.

20

TURMA DE 69

O jantar de encerramento já havia chegado à fase da sobremesa e café quando nove membros exaustos e envelhecidos da turma de 69 entraram no salão e ocuparam seus lugares. Marv Bertel estivera chorando. Spook conduziu-o a uma mesa no fundo do salão, gesticulou para que os outros se afastassem, acariciou-lhe a face, ajeitou sua gravata, sussurrou alguma coisa ao seu ouvido.

— Pobre Marv — disse Jan Huebner.

— Pobre de nós — Amy Robinson corrigiu. — Ele tem Spook. O que nós temos?

— Temos uma à outra, eu acho — Jan respondeu. — A menos que algo melhor apareça antes do fim da noite.

— Algo apetitoso — Amy acrescentou.

— Filé mignon — Jan provocou — para duas.

Amy fez um gesto rápido, apontando com o queixo.

— Ali. Olhe, mas seja discreta.

— O quê?

— Paulette e Billy. Não conseguem parar de olhar um para o outro. Quem poderia imaginar?

Jan suspirou.

— Uma dançarina exemplar. O tipo de pastora que me agrada.

— Amém — Amy murmurou. — Mas lá se vai o jantar.

Paulette Haslo e Billy McMann pareciam estar apaixonados, embora fossem cautelosos demais e preferissem esperar para ver o que aconteceria. Embora confiassem um no outro, especialmente na integridade de suas razões, ainda não confiavam no amor. Sentaram-se em mesas separadas. Foram discretos com seus sentimentos, corteses com os companheiros de mesa, mas de quando em quando, ao mesmo tempo, olhavam um para o outro e, então, sorriam pelo embaraço de terem sido apanhados em flagrante. O amor era uma surpresa para os dois. Billy fora até lá em busca de vingança. Paulette, em busca de Deus. Os dois haviam sofrido decepções. Mas, em um senso diferente, menos literal, que estava apenas começando a se desvendar, haviam encontrado coisas que nenhum dos dois imaginara serem desejáveis, ou mesmo possíveis. O simples fato de o amor acontecer lhes parecia extraordinário; que pudesse acontecer entre velhos amigos, tão intocado pela traição ou pelo sofrimento passado, tão simples, tão confortável, parecia um grande milagre, ou o truque de um mágico barato. A vida os tornara cépticos. Billy e Paulette não estavam preparados para acreditar no que quer que estivesse acontecendo, ou para acreditar um no outro, mas, ao mesmo tempo, estavam encontrando dificuldade em duvidar.

Do outro lado da mesa de Paulette, Ellie Abbott conversava com o marido, Mark, em voz baixa. A expressão dele era de divertimento e expectativa, ligeira perplexidade, como se ele estivesse encontrando dificuldade em acompanhar o desenrolar do que prometia ser uma boa piada. Os olhos de Ellie não se desviaram de seu prato nem uma vez.

O que ela via, porém, não era a sobremesa, e o que contava ao marido não era uma piada.

* * *

A duas mesas dali, o vice-governador de Minnesota e sua esposa concentravam-se em uma amena conversa política com um assistente da reitoria. Logo atrás deles, rindo demais, barulhenta demais, a ex-noiva do vice-governador, uma missionária luterana, apanhou uma garrafa de champanhe.

— Faça o que quiser — Jan Huebner disse a Amy Robinson —, mas não me venha com conversas filosóficas. Estou sofrendo. Preciso... Você sabe do que preciso.
— Quanto tempo faz?
— Está falando daquilo?
— Do que mais?
Jan deu de ombros.
— Vamos colocar da seguinte forma: neste exato momento, eu me contentaria com um Jimmy Dean.
— Triste, não? — Amy murmurou. Retirou uma garrafinha da bolsa, bebeu dois goles e ofereceu-a a Jan. — Tenho de fazer um breve comentário filosófico. Talvez seja a advogada dentro de mim, talvez os anos, mas, quando olho ao meu redor, todas essas pessoas... e são boas pessoas... boas pessoas, quase todas elas, inclusive Dorothy... A propósito, onde está ela? Enfeitando-se, aposto. O que quero dizer é que não posso deixar de pensar... Merda! Esqueci o que ia dizer. — Piscou para a toalha de mesa. — Talvez seja essa a moral da história.
— *All you need is love* — Jan cantarolou.
— Tem razão. Vá em frente, garota. Cante.
— Sozinha, não. Você tem de ajudar.

Quando as xícaras de café foram enchidas pela segunda vez, Marla Dempsey passou uma caixa de papelão.

— Cada um de nós vai retirar um pedaço de papel com um nome escrito. Amigo ou inimigo, seja como for, engoliremos nosso orgulho, nos levantaremos e daremos nessa pessoa um grande beijo. Não precisa ser de língua. Faz sentido?

O jogo não fazia muito sentido. Já era tarde da noite, tarde demais em suas vidas. Alguns gemeram, outros assobiaram sem grande animação.

Ellie Abbott interrompeu uma frase no meio, tendo acabado de mencionar um hotel chamado Loon Point.

— Mark, desculpe — disse. — Eu não deveria ter começado isso agora. Tive medo de não conseguir, se estivéssemos sozinhos.

Ele a fitou, confuso.

— Não estou entendendo — confessou. — O que mergulhões têm a ver com a história? Água? O que significa tudo isso?

— Depois eu explico — Ellie prometeu.

Por sorte, ela havia tirado o nome de Paulette Haslo e, apressada, empurrou a cadeira, levantou-se e saiu em busca de um conselho.

Paulette estava ocupada com Billy McMann. Haviam fingido ter tirado os nomes um do outro. Em algum outro canto do salão, um médico e uma mãe de três filhos haviam utilizado a mesma estratégia. Da mesma forma com Marv Bertel e Spook Spinelli, embora não se beijassem e se limitassem a ficar de mãos dadas. Marv sentia-se melhor.

— Gostaria que você tivesse me visto — ele dizia a Spook. — Uma única vez em minha vida, fui um astro de cinema, o homem magro, Dick Powell, Cary Grant, ou qualquer outro. Sem papada, sem barriga, não precisava de um periscópio especial para enxergar meu pinto. Mais magro, impossível. Teria deixado você sem fôlego.

— Você me deixa sem fôlego, agora — Spook declarou.
— Escritor e verdadeiro caubói de rodeio.
— Laço bezerros entre um *best-seller* e outro.
Spook deu um tapinha na barriga de Marv.
— Se quer saber — disse —, também tenho um desejo secreto. Gostaria de não ser tão bem casada. Assim, poderíamos conversar melhor sobre esse periscópio.
Marv fitou-a. Teve vontade de esmurrar alguma coisa.
— Eu te amo tanto.
— Verdade?
— Muito.
Spook sustentou o olhar dele por um segundo, começou a sorrir, levou o polegar à boca.
Marv suspirou.
— Vai partir meu coração, não vai?
— Ah, meu Deus, acho que sim! — Spook respondeu.

Dorothy Stier chegou tarde. Havia jantado em casa, com Ron, colocado a prótese, um lindo vestido de festa vermelho, tomado o *tamoxifen* da noite, ajeitado os cabelos, a maquiagem, as unhas.
— Não voltarei muito tarde — disse a Ron —, mas não vejo razão para você esperar por mim acordado.
— Bem — ele disse —, eu poderia acompanhá-la.
— Poderia — Dorothy exibiu um sorriso radiante. — Também não há razão para isso.
Apanhou a chave do carro, soprou um beijo para o marido.
Tinha de dirigir apenas quinze minutos. Nos dois faróis vermelhos que encontrou, e quando entrou no estacionamento de Darton Hall, ela ensaiou o que diria a Billy McMann, como faria concessões em alguns pontos, não em outros, como ela permitiria que o destino e as oportunidades governassem o que restava da noite.

Sentiu-se cheia de coragem. Sobrevivera ao câncer, sobreviveria a isso, agora.

Às 9h15, quando Dorothy entrou no salão do banquete, o jogo dos nomes escritos em pedaços de papel terminara havia pouco. Somente Paulette e Billy ainda usufruíam seus resultados.

Dorothy parou de repente na porta.

Instantaneamente, começou a revisar seu discurso, sobretudo as concessões.

Pensou em voltar para casa.

Deu-se conta de que se tratava de simples ciúme, além de um toque de surpresa, mas o clima reinante pareceu colegial, saturado de emoção. Ocorreu-lhe que aquelas pessoas eram desconhecidos, alienígenas, como uma nova forma de vida nascida no fundo do mar. E fora sempre assim, sempre desconhecidos, estranhos. Exceto por um acidente de nascimento, aquela não era a geração de Dorothy. Ela não se encaixava. A geração não combinava com ela. Nem a música, nem a política, nem a ética. Naquele momento, enquanto se misturava à multidão, ela detestou aquela bobagem de *"all you need is love"*, que Jan e Amy em parte cantavam, em parte gritavam para o teto. Amor, pensou Dorothy, definitivamente não era tudo de que alguém precisava. Não era nem a metade. Todos precisavam de um teto sobre a cabeça, um oncologista de primeira linha, um cirurgião experiente, um armário de remédios repleto de substâncias químicas poderosas, *tamoxifen, Xanax, Paxil*, um seio falso, sorte, coragem, algo em que se agarrar nos momentos de febre e sede, a irritabilidade da menopausa instantânea. Era preciso ter inteligência e bom senso.

Dorothy abriu caminho entre ex-colegas, até chegar ao bar, pediu um gim-tônica, bebeu de uma vez e, então, começou a conversar com uma chorosa, quase incoerente Ellie Abbott. Algo sobre água, algo sobre Harmon.

— Eu não a incomodaria com isso — disse Ellie —, mas acontece que... Não posso fazer isso. Paulette disse que eu deveria contar tudo, sem parar nem mesmo para respirar, mas não consigo dizer as... nem mesmo... Ah, desculpe. Eu deveria conversar com Paulette, eu acho, mas ela está ocupada demais com Billy.

— Eu vi — disse Dorothy, e seguiu na direção de David Todd.

David acabara de voltar do banheiro dos homens, onde desfrutara uma substância que o deixava luminoso. Meia dose era o suficiente. Era um garoto outra vez, leve e rápido, treinando beisebol na parede da garagem, e seu irmão Mickey dizia:

— Cara, você é demais! Vai jogar o Campeonato Nacional!

E David ria e, de repente, via-se à margem de um rio estreito, de correnteza rápida, chamado Song Tra Ky, quase morto, ouvindo o sargento Johnny Ever, que não fechava a maldita boca, que continuava tagarelando sobre uma coisa, e outra, e outra, a curvatura da terra, a razão por trás do *pi*, por que Marla o deixara por um merdinha em uma Harley, e por que, terrível detalhe, ela nunca voltaria para ele.

Quando Dorothy Stier disse olá e enroscou o braço no dele, David ergueu os olhos para encarar Johnny Ever. No entanto, foi a voz de Dorothy que o informou de que ele estava pálido, parecendo fora de foco. Após um segundo, o rosto de Johnny transformou-se no de Dorothy.

— Não, estou bem — David garantiu.
— Tem certeza?
— Absoluta. Estava conversando com um anjo.
— David, isso é tão meigo!
— Sim, muito. — Uma idéia cruzou-lhe a mente, e ele segurou o braço de Dorothy. — Quer experimentar uma coisa interessante?

* * *

Marla Dempsey observou o ex-marido, o homem que ela queria amar, conduzir Dorothy Stier para o banheiro dos homens. Era difícil saber o que deveria sentir. Como sempre, porém, Marla não sentiu quase nada.

Bem, a culpa era dela.

Esperou até que a porta do banheiro se fechasse, para então virar-se e dirigir-se à mesa de Amy Robinson e Jan Huebner, e juntar-se a elas para um último e alto coro.

Billy McMann e Paulette Haslo haviam ido para a cozinha. As luzes estavam apagadas. A saia de Paulette estava na altura dos joelhos, a calça jeans de Billy estava descendo.

— Isso é sexo — Paulette indagou —, ou outra coisa?

— Responderei dentro de um segundo — Billy prometeu.

Várias pessoas já se despediam, se abraçavam, trocavam números de telefones e se dirigiam à porta de saída, para pegar táxis, ônibus ou vôos noturnos. Outras planejavam passar a noite ali. O vice-governador de Minnesota estava indeciso. Sua nova esposa queria ir embora; sua ex-noiva queria conversar. A menos de seis metros de distância, uma ex-estrela do basquete, agora mãe de três filhos, acabara de telefonar para casa, avisando que voltaria um dia depois do previsto. Um médico proeminente fizera o mesmo. Os dois estavam no bar, agora, brindando ao tempo extra que teriam juntos, felizes e envergonhados, cada um sentindo a pressão do amanhã, cada um especulando se um dia seria suficiente.

Alguns achavam fácil partir. Alguns falavam de quanto detestavam reencontros, que aquele seria, sem dúvida, o último ao qual compareciam.

Alguns choravam.

Alguns se entediavam.

Dois ex-jogadores de futebol, ambos bêbados, abraçaram-se pela última vez, trocaram um complexo aperto de mão e se dirigiram à saída.

Paulette e Billy emergiram da cozinha. Paulette ria, Billy calçava os sapatos.

Sentados a uma mesa vazia, totalmente sóbrios, um químico de cabelos brancos e uma bibliotecária aposentada faziam as pazes com as leis frugais da temporalidade.

Melhor isso do que nada, disseram.

Talvez da próxima vez, disseram.

Entre aqueles que planejavam partir naquela noite, estava Marv Bertel. Tinha passagem para o vôo das 11h30 para Denver.

— Posso alterar a reserva — ele disse, embora não demonstrasse esperança, nem entusiasmo. E, quando Spook permaneceu em silêncio, Marv afagou-lhe o braço e disse: — Sandra agarraria minhas bolas, é claro. O que, devo acrescentar, seria um fato absolutamente inédito.

Spook não riu.

Ela o levaria ao aeroporto, e se despediria dele no portão de embarque.

— Está bom assim — Marv concluiu.

No banheiro dos homens, Dorothy Stier e David Todd desfrutavam um encontro de mentes. Durante as oito ou nove horas seguintes, ele cuidou de avisá-la, ela votaria para os comunistas. Dorothy assentiu com expressão grave e engoliu metade do LSD.

David engoliu a outra metade.

— Como vão os meninos? — ele perguntou.

* * *

Ellie Abbott levou o marido para o estacionamento e confessou tudo. Mais tarde, ela se lembraria da luz amarela do poste de iluminação, acima e, além do ombro direito de Mark, um borrão amarelado, e de como a luz fazia o rosto dele desaparecer.

Mais do que qualquer coisa, ele pareceu embaraçado.

— Se não se importa — Mark disse —, voltarei para o hotel sozinho. — Sem olhar para ela, apanhou a chave do carro. — Tenho certeza de que, mais tarde, você conseguirá uma carona com alguém.

O efeito foi rápido em Dorothy.

Depois de vinte minutos, ela começou a rir como todo drogado amador. Mais dez minutos, e ela comparava próteses com David Todd.

— Vietnã e câncer de mama — Dorothy dizia. — Quem poderia imaginar?

— Há uma grande diferença — David apontou.

— Bem, é claro que há uma diferença. E ninguém dá a mínima, certo? Parece loucura. Todos têm suas dores, seus problemas. Bateram com o dedão no amor, arranharam a alma, feriram o ego etc., blablablá. — Dorothy retirou a prótese e estudou o estrago. — Bonito, eu diria. Medalha de honra. Ron, meu marido, um homem bom, cheio de dignidade... Ron nem se atreve a olhar para mim. É republicano. Não posso me queixar. Acho que deveria ter me casado com Billy, mas quem imaginaria... Está vendo estas cicatrizes em ziguezague, enrugadas, roxas?

— Extremamente roxas — David disse. — É melhor sairmos daqui.

— Sim, mas não agora. Vietnã e câncer, é como... Não é como coisa nenhuma, certo? Quando se está lá, não há como fugir. Não se volta para casa. Estou certa? E o que se pode dizer sobre isso? Não muito. Talvez se possa dizer "uau", "ai", "ei", ou "Muito obrigada, mas para mim já chega"...
— Vamos — David insistiu. — Arrume o vestido.
— Ainda não.
— Agora. Precisamos respirar um pouco.
— Não, sinceramente, estou bem — Dorothy afirmou. — Não estou nem na metade do caminho. — Riu, baixou os olhos para o próprio peito. — Ora, muito roxo. Roxo demais!

No salão de banquete, em uma porta aberta, o vice-governador de Minnesota murmurou um adeus jovial à sua ex-noiva, agora uma missionária luterana. A ex-noiva sorriu.
— Sim, adeus — ela disse, antes de virar-se para a nova esposa do vice-governador. — Não fomos apresentadas — declarou —, mas se algum dia você precisar se sentir ferrada, mas ferrada de verdade, recomendo o respeitado posto de missionária.
— O que é isso? — a esposa do vice-governador inquiriu, chocada.
— Ferrada por todos os lados — disse a missionária.

David Todd ajudou Dorothy a se recompor, levou-a de volta ao salão de banquete, sentou-a em uma cadeira, pegou suco de laranja para acalmar a química dela.
Passava um pouco de 10h30 da noite. O clima era melancólico. Quinze ou vinte pessoas continuavam em volta do bar, além de umas poucas perto da porta. O vice-governador de Minnesota acabara de partir. Paulette Haslo e Billy McMann estavam ajoelhados, confortando Ellie Abbott, que estava sentada no chão, de pernas cruzadas, o rosto preto e branco.

Ellie abraçava o próprio corpo, tremendo um pouco.

A cantoria terminara. Algumas pessoas conversavam em murmúrios, mas a maioria não dizia nada.

— Está tudo bem — Paulette dizia. — Vai dar tudo certo. É melhor assim. Chega de segredos. Esse é um enorme começo.

Ellie não falou.

Viu Harmon estender os braços para fora da água e tentar agarrar o céu, para então deslizar para longe dela, os olhos abertos e sem vida, parecendo chocados, muito parecidos com os de Mark.

Marv Bertel e Spook Spinelli despediram-se dos amigos. Marv pousou a mão na cabeça de Spook, ficou assim por um momento e, então, segurando-a pelo braço, levou-a até a porta e para fora dela, de volta às suas vidas.

No táxi, no meio do caminho para o aeroporto, Spook recostou-se nele e disse:

— Como toleramos isso?

— Está se referindo a sermos nós?

— Nós. Qualquer pessoa.

Marv ficou calado por um instante.

— Fomos felizes, um dia.

— Fomos mesmo?

— Ah, sim. Ou pensávamos que éramos. É a mesma coisa.

Spook animou-se.

— Como tudo mais — ela disse. — Se uma pessoa não pensa que é feliz, de que adianta? — Aconchegou-se a ele.

— Vamos nos casar, um dia.

— Claro — Marv murmurou.

— Você e eu, felizes para sempre.

— Na terra do nunca — disse Marv.

* * *

Dorothy Stier e David Todd já estavam bastante altos.

O salão de banquete estava escuro. Não havia luzes acesas, nem ar-condicionado, pessoas, música, mas eles dançavam assim mesmo, embora sem se tocar, e não no mesmo ritmo. Dorothy havia tirado seu lindo vestido de festa vermelho, virado pelo avesso, e colocado de volta. Estava provando sua coragem para Billy McMann, que fora embora dez minutos antes, na companhia de Paulette Haslo.

David dançava sentado.

Sentira-se assim uma ou duas vezes, antes.

Em dado momento, ouviu passos e ergueu os olhos, pensando que Marla havia voltado para ele.

— Eu avisei — disse Johnny Ever, com ar de desprezo e importância. — Um aviso aqui, outro aviso ali. Você tinha de ser um herói. Tinha de engolir tudo isso, receber os golpes, durante trinta anos, e quem sabe quantos mais ainda estão por vir? Acorde, homem. Tudo o que precisa fazer é gritar "tio". Começarei desse ponto. Afinal, o que há de errado com vocês? Não estamos no cinema. Vocês têm permissão para desistir.

Do outro lado da cidade, Paulette Haslo e Billy McMann deixaram Ellie no hotel.

— Não quero entrar — Ellie disse. — Acho que não vou conseguir.

— Vai, sim — Billy afirmou.

— Vá, agora — Paulette encorajou a amiga. — Toda a verdade, nada mais. Prometo que ele vai continuar amando você assim mesmo.

Ellie respirou fundo, abraçou os amigos e saiu do carro.

— O que você acha? — Billy perguntou.

— Espere um minuto, até que ela entre no elevador — Paulette mantinha os olhos fixos à sua frente. — Então, acho que podemos entrar.

Em silêncio, na escuridão úmida, Jan Huebner, Amy Robinson e Marla Dempsey caminhavam pelo *campus* deserto. Eram 11h10 da noite, a temperatura continuava alta. Sentaram-se nos degraus que levava ao alojamento, partilharam um cigarro, não disseram nada por vários minutos.
Então, Marla falou:
— A culpa foi minha, sabem?
— O quê? — Amy indagou. — David?
— Também, mas estou falando do reencontro. Secretária de classe, a responsável Marla, mas, no ano passado, eu me esqueci completamente. Anúncios, reservas, bufê, tudo. E, então, este ano... Vocês viram o que aconteceu. Quase me esqueci outra vez. Idiota. O melhor que pude fazer foi marcar em julho.
— Bem... — Jan murmurou, olhando para Amy.
Amy fitou-a de volta.
Nenhuma delas viu nenhuma vantagem em fazer perguntas desagradáveis.
— Na verdade — Amy falou —, foi bom assim. Tivemos o *campus* só para nós. — Fez uma pausa. Não pôde resistir.
— Esqueceu como?
Marla sacudiu a cabeça.
— Sobrecarga elétrica, fusíveis queimados — disse. — Não sou humana.

21

O QUE DEU ERRADO

No último dia do mês de julho de 1969, David Todd chegou ao Hubert H. Humphrey Hospital, da Associação dos Veteranos, nos arredores de Minneapolis. Sua perna direita fora amputada no Japão. A esquerda não estava nada bem. Durante as três semanas e meia que se seguiram, de tempos em tempos, várias vozes meditativas, distantes, discutiam a possibilidade de outra amputação, os prós e os contras. David estava debilitado demais para se importar. Estava de volta à margem do Song Tra Ky, conferenciando com anjos, assistindo a uma colônia de formigas consumir seus pés. Fascinante, ele decidiu. Jamais lhe ocorrera que seus pés poderiam se transformar em alimento. A morfina o levava a lugares que ele nunca havia visitado antes, buracos negros, estrelas anãs, cemitérios antigos, as paredes de Tróia, uma trincheira perto de Tu Cung, o luxuoso quarto de uma corrupta, complacente e cruel Cleópatra. David testemunhou sua própria concepção, muito decorosa, aliás. Jogou beisebol na segunda base para os '27 Yankees. Estava lá, na Penitenciária de Sugamo, pouco depois de meia-noite do dia 22 de dezembro de 1948, assistindo a Hideki Tojo fugir por um alçapão. Limpou os fornos em Dachau, assistiu a uma comédia medíocre no Ford's Theatre, ouviu a tagarelice insana do rádio de Hector Ortiz. Uma vez, perto do final de sua primeira semana no hospital, David percebeu a presença de Marla Dempsey como se ela fosse algo etéreo, debruçando-se sobre ele, seus lábios numa expressão de preocupação, os olhos cheios de algo que era quase amor. Sua própria imaginação, ele pensou. Ou talvez não. De qualquer forma, quando Marla sorriu e beijou sua testa, ou pareceu ter feito isso, David gritou. Ele não podia evitar: havia dor no toque mais delicado, no mais simples som ou imagem passageira.

Ele começou a desculpar-se, a sentar-se, mas Marla não estava mais presente. Nem David, em sua totalidade. Ele podia ouvir o Song Tra Ky borbulhando próximo. Podia sentir o cheiro de amigos mortos e de orvalho, e de seu próprio pé apodrecendo.

Dias mais tarde, num momento de clareza narcótica, Marla Dempsey apareceu de novo. Ela murmurou carinhos. Prometeu ser verdadeira. Quando desapareceu, no entanto, alguém lançou uma risada vinda dos éteres do hospital.

— Relaxe, meu amigo, isso não é o que você pensa. Você está vivo, do jeito que eu prometi, mas, daqui para a frente, isso é basicamente o negócio. Preciso ser honesto. Uma das regras, certo? A coisa da honestidade, Davy, ela me deixa louco. Burocracia até não poder mais. O Chefe me deixa exagerar o quanto eu quiser, ser eloqüente, mas não posso contar nenhuma mentira. Tentação real, também. Odeio partir corações. — Johnny Ever estalou a língua numa falsa exasperação. — De qualquer forma, essa é a história. O que a moça sente nesse momento, me refiro à srta. Marla, o que ela sente é triste de verdade mesmo. Não muito mais. Talvez alguma culpa no meio, que é o motivo pelo qual ela vai casar com você. Pura pena, cara. Eu vi uma porção de vezes antes. Eva Braun, Dale Evans. — Ele riu de novo. — Anda, seu aleijado.

* * *

David foi liberado do hospital no Natal de 1969. Ele e Marla casaram-se na capela de Darton Hall na véspera do Ano Novo, alguns amigos, nada elaborado.

— Eu vou me esforçar bastante — Marla disse a ele durante a lua-de-mel em Miami, numa praia branca cheia de gente atrás do hotel. — O fato é: você precisa saber o quanto eu estou assustada. Minha vida toda, David, eu nunca pensei que iria me casar, com ninguém, e eu tenho de admitir que esse é um sentimento estranho. — Ela fez uma pausa. Seus olhos estavam escondidos atrás dos óculos de sol. — Você me conhece, David, eu não sou uma dona de casa do tipo "bem-vindo de volta ao lar, querido". Eu vou precisar de espaço. Tempo para mim mesma.

— Certo — disse David. — Só espero que não seja caridade.

Marla voltou-se para ele.

— Minha perna — falou David. — Ex-perna. Eu não estou procurando piedade.

— Isso é absurdo.

— É?

— Sim — Marla disse. — Esta é nossa lua-de-mel, não é?

David desviou o olhar.

Ele estava tentado a passar os próximos minutos discutindo morfina e pés atingidos e certo disc-jóquei convencido conectado ao centro do universo. Em vez disso, ele deu de ombros. Cobriu sua prótese com uma toalha e fixou o olhar num grupo de garotos com idade para estar na faculdade jogando voleibol. Eles eram felizes. Eles eram ignorantes. Eles tinham suas pernas. Eles não ouviam vozes durante o sono, não tinham acesso à espantosa mudança das coisas que estavam por vir.

Olhou de volta para Maria.

— Desculpe — ele disse. — Mas você me diria, certo? Se você apenas sentisse pena de mim?

— David, eu sinto pena. Perder a perna, todos aqueles sonhos de beisebol. É horrível. Para não dizer estúpido. A guerra, quero dizer, não você. Como ela destruiu as coisas para tantas pessoas. Honestamente, eu seria uma idiota se não me sentisse com raiva e enojada em relação a isso. Até alguma pena. Mas não é por isso que estamos casados.

— Exceto que você não tem certeza?

— Eu não disse isso. Disse que estava assustada.

— O que soa como incerteza.

Houve um momento de profundo silêncio. Marla tirou os óculos de sol, esfregou os olhos, suspirou e olhou para seu anel de casamento como se fosse algo que ela tivesse apanhado na praia.

— David, você é precioso para mim — ela disse. — É verdade, eu não sou a noiva reluzente. Essa não é a pessoa com quem você se casou. Uma coisa dura de explicar. Eu não entendo o que é ou de onde isso veio, mas há algo dentro de mim que é totalmente sozinho, totalmente particular. Como um dia chuvoso que parece não terminar nunca.

David assentiu e disse.

— Está bem, então.

— Não está bem — Marla retrucou. — Mas a verdade. Não quero mentir a respeito. Então, ela se levantou, tirou os óculos escuros, nadou nas águas do Atlântico, mergulhou, passou trinta segundos de sua lua-de-mel no fundo, cheia de remorso, assustada, explorando sua vida, dizendo a si mesma que não deveria ter se casado, ao menos não com um homem decente e afetuoso como David Todd.

No outono de seu primeiro ano em Darton Hall, quando namorava David, Marla Dempsey iniciou um romance com um ex-professor de teatro do colégio, um homem casado. O romance durou pouco mais de um mês, nada longo de certo ponto de vista, uma eternidade de outro. Durante aquelas quatro semanas de 1967, Marla parecia flutuar em uma grande e luminosa bolha. Saiu para comprar roupas *sexy*, como calcinhas de renda, camisolas transparentes, coisas que, antes, ela desprezava e ridicularizava.

As pessoas perceberam a mudança. David também.

— Uma pergunta — ele disse, uma manhã. — Onde anda Marla, ultimamente?

Seu tom era alegre. Seus olhos mostravam preocupação.

Por um momento, Marla não disse nada, ocupada em considerar suas opções. Então, disse:

— De férias, eu acho, em uma colônia de férias da mente.

Em meados de outubro, o romance terminou no estacionamento do alojamento de Marla. Um dia lindo. Um antigo Cadillac vermelho, com as janelas abertas à brisa do outono. O professor de colégio, um espécime loiro, de olhos castanhos, perigosamente atraente, chamado Jim Anderson, explicou a dinâmica a ela. Sua voz era lenta e condescendente, como se ele estivesse dando uma aula a uma turma de debéis mentais. Falou sobre culpa, insônia e questões de honra.

Talvez em uma outra vida, disse.

— Entendo perfeitamente — Marla disse.

Saiu do carro, subiu até seu quarto, sentou-se no chão, roeu as unhas, discou o número do telefone de David, desligou depois do segundo toque, gritou uma obscenidade, vestiu *shorts* e tênis, e correu cinco quilômetros até a casa do professor, em um subúrbio de classe média de St. Paul. O Cadillac antigo estava estacionado na entrada da garagem. Perto dali, debaixo de um plástico transparente, estava o que parecia ser um carrinho de bebê novinho em folha.

Pouco antes do anoitecer, Marla tocou a campainha.

Não era claro para ela por que estava lá, o que esperava, e, quando a esposa de Jim abriu a porta, Marla descobriu-se incapaz de falar e de pensar. Era uma mulher de aspecto doentio e frágil, por volta dos 35 anos, os cabelos castanho-avermelhados presos por elásticos em duas maria-chiquinhas. Ela vestia calça *jeans* desbotada e blusa amarela, larga na cintura. Na mão esquerda, empunhava uma espátula de plástico. Um aparelho de televisão gritava em volume máximo atrás dela: noticiário da noite, problemas na Ásia. Densos odores de brócolis e bistecas de porco fritando atravessaram a porta. Esses detalhes: a espátula, as maria-chiquinhas, os cheiros, o noticiário, permaneceriam gravados na memória de Marla Dempsey para sempre.

A mulher pareceu assentir.

Houve um instante de silêncio, seguido por uma súbita explosão na televisão, seguida pelo som de uma descarga.

A esposa de Jim Anderson recuou um passo e usou a mão livre para ajeitar uma maria-chiquinha.

— Não somos uma família bacana? — declarou com voz fria e impassível. — Você é jovem demais para ser amante de meu marido.

Marla não tinha nada a dizer, mas agora sabia que o rosto triste, sem nenhum sinal de surpresa, daquela mulher era exatamente do que ela precisava, tudo pelo que havia corrido cinco quilômetros, que era saber que jamais seria perdoada.

Depois da lua-de-mel, David e Marla alugaram uma casa de dois quartos em St. Paul, perto da faculdade. Dinheiro era um problema. Os cheques da pensão por invalidez que David recebia ajudavam um pouco, mas eles ainda precisavam de uma cama, um sofá, água quente e alguma coisa para comer. Tinham os empréstimos estudantis para pagar.

Seus pais podiam contribuir com praticamente nada. Depois de algumas discussões, Marla adiou a formatura e foi trabalhar como assistente em uma firma de advocacia, no centro de Minneapolis. No início, pareceu um bom emprego, mas, na verdade, limitava-se à tarefa de servir café e receber um salário ridículo.

Marla foi aconselhada a alargar seu sorriso e encurtar suas saias. Estavam em 1970. Durante o primeiro mês de casamento, David continuou com sua reabilitação, quatro horas por dia, seis dias por semana, aprendendo a usar escadas rolantes, subir escadas e locomover-se por superfícies escorregadias com o auxílio de uma bengala de mogno. O progresso era lento. Às vezes, o coto da perna amputada parecia ter sido ligado em uma tomada; outras vezes, ele se descobria coçando o ar, onde antes estava sua perna ou tornozelo. Em termos físicos, David sabia que conseguiria. Sua cabeça era outra história. À noite, geralmente durante horas, ele ficava deitado, ouvindo a conversa acusadora de amigos mortos: Kaz Maples, Buddy Bond, Alvin Campbell e todos os outros. Via Doc Paladino desaparecer no mato.

— Eu avisei — Johnny Ever sussurrava. — Todos os seus amigos assassinados têm tempo de sobra. Uma eternidade, por assim dizer. Só harpas, auréolas e anjos virgens. Não há muito o que fazer, exceto falar sem parar. — Johnny fez uma pausa para admirar seu dom da palavra. — Sem querer ofendê-lo, Davy, vou lhe dizer mais uma coisa. Esses sujeitos têm memórias longas. É para sempre. E receio que também não vão deixar você esquecer. Culpa de sobrevivente é uma droga. Matou o cavalo de Custer. Teria matado Custer.

No final de abril de 1970, David conseguiu um emprego de meio período para reformar móveis. O trabalho trazia algum dinheiro, elevava seu moral, fazia com que se sentisse mais completo. Era bom no que fazia. Depois de dois meses, abriu sua própria oficina na garagem, produzindo armários por encomenda, assim como escrivaninhas e mesas de jantar. O negócio prosperou, e, perto do verão, David expandiu a operação para um posto de gasolina fechado, próximo à Snelling Avenue. Pendurou uma placa na porta e contratou um ajudante.

— Você deveria orgulhar-se — disse Marla.

E, em diversos aspectos, era o que David sentia. Carpintaria não era beisebol, mas era uma atividade da qual ele gostava. Agradava-o sentir as ferramentas em suas mãos, assim como o odor da madeira de qualidade, a satisfação de encontrar soluções perfeitas para problemas de geometria. E, ainda, o trabalho ajudava a afastar as vozes e a manter sua mente longe do Song Tra Ky.

Uma semana antes do Natal, ele fez uma delicada mesa-de-cabeceira de nogueira, como presente para Marla. Enquanto lixava, preparava e pintava, cantarolando consigo mesmo, David sonhava com as grandes ligas de beisebol. Tinha as duas pernas. Era rápido no rebote. Tinha um casamento feliz. Continuaria assim. As profecias não eram nada além de fumaça, e Johnny Ever era um fanfarrão com um microfone.

Desde o início, em vários aspectos, Marla e David não estavam à vontade no casamento. Preocupados e desconfiados. Sempre irritadiços. Às vezes, amedrontados.

De sua parte, Marla jamais conseguira erradicar o professor de colégio de seus pensamentos. O homem surgia em sua mente, como se houvesse fixado residência dentro dela, sem ter sido convidado, partilhando o travesseiro dela à noite, puxando uma cadeira nas refeições. Marla sentia falta dele. E sentia falta da jovem alegre e apaixonada de 1967, a Marla Dempsey que durante umas poucas e incríveis semanas flutuara pelo *campus* em uma bolha. Agora, os dias negros estavam de volta. Não era exatamente desespero, nem mesmo infelicidade. Apenas a velha e familiar passividade, a morna neutralidade do espírito. Nada a emocionava. Nada a magoava. Ela se sentia isolada de algumas coisas: dor, prazer, seus próprios sentimentos. Não tinha grandes altos nem terríveis baixos. Às vezes, Marla pensava, era como se ela houvesse recebido doses enormes de uma droga poderosa, como *Valium*, ou um punhado daquelas novas pílulas infalíveis para dormir. Passava um dia inteiro, às vezes a semana inteira, sem dar sequer uma risada. O sexo era bom, nunca mais que bom. A vida era boa, nunca mais que boa. Ainda assim, como se para equilibrar as coisas, sua rotina diária oferecia suntuosa tranqüilidade, o tipo de paz que existe em um casamento estável com um homem estável como David Todd. E a última coisa que Marla queria era magoá-lo. O que significava que tinha de fingir.

— Que linda mesa-de-cabeceira — ela disse, na manhã do Natal de 1970.

Exibiu um sorriso radiante.

— Vou explodir de tanta felicidade — declarou.

Em 1973, compraram uma casa em Bloomington, não muito longe do Met Stadium, e, nas noites de verão, depois do trabalho, eles percorriam de carro o trajeto de nove minutos, para assistir a um jogo dos Twins. David mantinha um registro meticuloso do campeonato, franzindo o cenho colado a um binóculo, analisando jogadas e situações que chamavam sua atenção. A maior parte não significava nada para Marla. Para passar o tempo, ela oferecia comentários sobre o que chamava de "trajes dos times", avaliando detalhes de moda, tagarelando sobre o corte e a cor. Gostava das luzes fortes do estádio, do campo imenso, do cheiro de cerveja e pipoca. O jogo em si continuava um mistério para ela. Mesmo depois das aulas de David, seus cartazes e diagramas, Marla não fazia idéia da função de um *bunt*, ou por que alguém em sã consciência desejaria fazer um *hit-and-run*. — Se quer saber minha opinião — ela dizia —, a coisa toda me parece muito nebulosa, muito duvidosa.

Em parte, ela estava brincando; em parte, não. Mas era bom ver um sorriso curvar os lábios de David, vê-lo rir e sacudir a cabeça e explicar tudo de novo.

No início, Marla temia que aquelas noites esportivas pudessem prejudicar os resultados da reabilitação, trazer à tona algum trauma da guerra, mas o efeito sobre David era visivelmente o contrário. Quase sempre, seu humor melhorava. A tensão desaparecia de seus olhos, levando consigo a guerra, e à noite ele não falava com tanta freqüência enquanto dormia, não com a mesma intensidade de raiva ou violência. Mais do que qualquer outra coisa, eram os murmúrios dele na madrugada que alarmavam e, às vezes, aterrorizavam Marla.

Ela detestava a hora de dormir. Detestava o final da temporada de beisebol.

Em meados de fevereiro de 1975, Marla levou um gravador para o quarto, colocou-o sobre a cômoda e pressionou o botão de gravação.

No dia seguinte, no café da manhã, tocou a fita para David.

— Essa voz — disse. — Quem é?

David não olhou para ela. Levantou-se, foi até a pia, enxaguou seu prato de cereais e serviu-se de uma xícara de café. Ficou de costas para ela.

— Isso me assusta — Marla explicou. — Essa voz. É você, mas não é você. Todos esses palavrões. Seja quem for, parece-me perigoso.

— Perigoso?

— Sim, como se fosse capaz de ferir alguém.

David virou-se para fitá-la. Durante alguns segundos, sua expressão permaneceu pensativa.

— Certo — disse. — Acho que ele seria capaz.

— Quem?

— Não sei ao certo quem. Pesadelos. Vamos tentar esquecer isso.

— David, você ouviu a fita? Como vou esquecer? Diga-me como.

— Não sei como.

— Então, é isso? Não fale sobre isso, não olhe para mim? Ora, vamos rodar a fita outra vez, rir um pouco, fingir que é hora da comédia. Fazer de conta de que tudo se passa na terra dos sonhos. Apaguemos tudo.

— Ei, pare. — David ergueu o dedo em riste. Sua voz parecia vir das profundezas de seu peito, da escuridão que havia dentro dele, um som brutal. — Você não entende. Nada. Se eu tentasse explicar, se eu começasse a explicar. — Sacudiu a cabeça, abaixou-se, ergueu a perna direita da calça e bateu com os nódulos dos dedos contra a prótese. — Está vendo isso? Corte fora uma perna, querida. Assista a dezesseis camaradas morrerem. Sinta o cheiro de podre. Veja se não vai praguejar enquanto dorme.

— Eu não estava criticando, David. Estava tentando...

— Tentando o quê? Conversar?

— Sim.

Ele largou a perna da calça e deu um passo desequilibrado na direção dela. Algo havia mudado em seu semblante.

— Excelente — disse. — Vamos conversar sobre Cadillacs vermelhos, carrinhos de bebê... Tenho só uma perna, querida, mas sou todo ouvidos.

Marla fitou-o, boquiaberta. Lá fora, uma ambulância ou viatura da polícia passou, a sirene gritando a emergência, e, naqueles momentos infelizes, ocorreu a Marla que o mundo era indiferente a tudo aquilo, surdo para a traição, a mentira e as paixões banais.

Os lábios de David se curvaram em um sorriso estranho, deturpado, que ela nunca vira antes.

— O gato comeu sua língua? Talvez devêssemos voltar aquela fita. Capturar o silêncio.

— Você sabia — ela murmurou.

— Desde o primeiro dia. Calcinhas de renda. Não sou idiota.

— E nunca disse nada.

David emitiu um som de desprezo.

— O que havia para dizer? Por favor, me ame?

— David.

— É difícil encontrar palavras, não é?

Ele retirou a fita do gravador e jogou-a no lixo.

— Em se tratando de ex-professores, o que um homem pode fazer? — continuou. — Pensei comigo mesmo: "Ei, dê tempo ao tempo, ela vai superar, com ou sem perna". Então, eu esperei. Cinco anos, três pessoas. Você, eu, o sr. Professor. Jantando juntos, fazendo sexo em grupo. Meu Deus, vi você viajar para a terra da fantasia, mais de uma vez! — Ele riu. — A esposa-robô. Faz um sujeito se perguntar quem é o defeituoso do casal. Colocou a xícara de café sobre a pia, abriu a torneira, fixou os olhos na água. Parecia atordoado, incapaz de enxergar o mundo.

— Foi como se você escrevesse nas paredes. Eu sempre soube.

— Ridículo — Marla protestou. — Ninguém sabe disso.
— Bem, talvez esteja escrito nas estrelas.
— Está dizendo que está tudo acabado para nós?
Ele não respondeu.
Marla esperou um instante e, então, aproximou-se dele e pousou a mão em seu braço.
— Sei que não é o bastante, mas eu tentei. Essa é a verdade. Às vezes, porém, era como se você já houvesse decidido tudo. Quem eu era. O que eu queria. Como se você precisasse me afastar.
— Então, sou o vilão?
— Não, mas as pessoas conseguem o que imaginam.
David ergueu as sobrancelhas com expressão zombeteira.
— Maria-chiquinha? Carrinhos de bebê?
— Não estou falando disso.
— E quanto ao lindo Cadillac?
Marla retirou a mão do braço dele. Tinha a sensação de estar conversando com uma nova pessoa, alguém que usava uma máscara igual ao rosto de David para a festa do Dia das Bruxas.
— Amo você — falou em voz baixa. — Mas quando você pressupõe desde o início que tudo é falso, podre, condenado... Então tudo está mesmo condenado. É assim que me sinto há anos, como se você quisesse que eu o magoasse. — Parou de falar, pois algo lhe pareceu estar errado. — Maria-chiquinhas? De onde você tirou isso?
David fez um gesto casual com as mãos.
— Um passarinho me contou — disse.
— Não é essa a resposta.
— Mas é uma resposta muito boa.
Durante vários segundos, David fitou-a com tristeza e, ao mesmo tempo, com malícia. Então, sorriu e olhou para a torneira, onde Johnny Ever aguardava.

— Que vagabunda! Dê algum tempo a ela, e verá que ela irá embora. Tá-tá! Acredite, parceiro, estamos falando de história. Do futuro, também. Leite derramado. Romance condenado.
— O quê? — Marla indagou.

O casamento durou mais quatro anos. Tanto Marla quanto David fizeram o possível para manter vivo o relacionamento, para caminhar na direção de uma versão condensada de felicidade, e, por períodos de tempo, forçavam-se a acreditar que o que os mantivesse juntos, seja lá o que fosse, ainda podia ser salvo. Não desistiram. Duas vezes por mês, David visitava uma psiquiatra da Administração dos Veteranos, uma mulher da mesma idade que ele, também veterana dos anos 1960, com quem ele partilhava algumas discussões e vigorosas afirmações de que o sargento Johnny Ever não era anjo, nem demônio, nem fantasma, nem intermediário; que, na verdade, o homem ao microfone era o próprio David. Fazia sentido. De alguma forma, dentro de si, ele sempre soubera. David passou a dormir melhor. Seus sonhos tornaram-se nebulosos e vazios. Só raramente ele ouvia o rádio de Ortiz, ou sons de risos, ou a correnteza do Song Tra Ky.

Com Marla, ele havia chegado a um acordo. Tacitamente, como se o silêncio obliterasse a dor, eles evitavam conversas que pudessem levar ao professor de Marla, ou à penosa experiência de David no rio. Nenhum dos dois fazia perguntas. Nenhum dos dois oferecia qualquer explicação. Em 1976, Marla demitiu-se de seu emprego como assistente da firma de advocacia e iniciou um curso de graduação em História da Arte, na Universidade de Minnesota. O negócio de carpintaria de David florescia. Na superfície e, às vezes, abaixo dela, suas vidas seguiam adiante tranqüilamente. Faziam sexo três ou quatro vezes por mês, sempre que as pressões se acumulavam. Comiam em frente à televisão, conversavam amigavelmente, riam às vezes, tiravam férias, planejavam reformas na casa, visitavam amigos, deixaram de fumar, retomaram o vício, celebraram aniversários, ouviram música, compraram um Chevrolet, praticaram ioga, deram-se conta de que nada disso era suficiente.

No início de 1978, a calma tornara-se insuportável. Eles nunca brigavam, o que era o mesmo que brigar demais. Atos de carinho escondiam um toque de suborno.

Mesmo assim, eles continuaram tentando.

Escreviam "beijos" ou "abraços" no final das listas de compras. Matricularam-se em um curso de dança de salão. Em meados de dezembro de 1978, por volta de um ano antes do final, começaram a freqüentar os cultos de um templo *quaker*, em St. Paul, onde o silêncio era norma, e onde eles se sentavam lado a lado, em sólidos bancos de carvalho, dois cépticos cansados em busca de um milagre. — Cara, você simplesmente não presta atenção — Johnny Ever sussurrava. — Todo esse esforço inútil, é como assistir a um pobre diabo tentando respirar debaixo da água. Vá em frente, gaste toda a sua energia, mas saiba que a natureza não funciona assim. Essa mulher já nem está mais aqui. Veja aqueles olhos cinzentos, o olhar distante. Até um cego enxergaria! — Às vezes, Johnny suspirava, outras vezes, soltava uma risadinha de desdém. — E essa bobagem de igreja, Davy! Vou ser franco e direto: não vale absolutamente nada! Não resolveu os problemas do velho Bonhoeffer, nem dos seus camaradas, no Vietnã. Você precisava ouvi-los: "Oh, Deus, meu Deus!". Foi muito impressionante, mas tudo o que conseguiram foi ficarem roucos e, depois, mortos. Veja, tenho boas e más notícias. A má notícia: você vai acabar destruindo seu coração. A boa notícia: todo mundo mente. Encare a realidade agora, encare depois. Eu sou a igreja!

Naqueles momentos, quando o diálogo se tornava maluco, David percebia que estava conversando consigo mesmo, embora não parecesse ser assim. Ele segurava a mão de Marla, apertava-a com força e esperava receber algo em troca: uma leve pressão, o mínimo calor.

— Ei, melindroso! — Johnny resmungava. — Você é um sobrevivente, garoto.

Marla conheceu um homem na primavera de 1979. Achou que poderia ser amor: um homem mais jovem, corretor de ações, motoqueiro, sem rios correndo em seus sonhos. Confessou a David no Dia de Natal.

Sabia que era uma atitude desprezível, mas não confessar era pior.

Marla levantou-se antes do amanhecer. Foi para a cozinha, observou a iluminação de Natal da casa vizinha, voltou para o quarto, deitou-se ao lado de David, esperou que ele acordasse, umedeceu os lábios e contou a ele.

David enterrou o rosto no travesseiro, Marla se vestiu.

Não havia som algum.

A neve caía suavemente.

Marla pegou o telefone, ligou para o amante e pediu que ele a esperasse na esquina de sua casa. Um instante depois, quando desligava, ocorreu-lhe que, para David, nunca mais haveria outro Natal.

Tomou um copo de suco de laranja, comeu uma rosquinha.

Colocou alguns pertences em uma pequena mochila.

Ao amanhecer, saiu pela porta da frente e olhou para a esquina, onde uma Harley preta e vermelha esperava na neve.

— A verdade — disse Johnny Ever — é que não sou um mau sujeito. Nem um bom sujeito, também, mas dê-me algum crédito. O Grande John merecia ganhar uma medalha no concurso de franqueza. Bom ou mau, altos ou baixos, digo exatamente o que vejo: coração partido, desilusão. Não é muito divertido. Todos culpam o mensageiro. Não há justiça neste mundo, e bem pouca no que vem depois deste. — Johnny suspirou. — Aceite minhas condolências, cara. Do fundo do coração, *et caetera*. — Suspirou outra vez, mais profundamente. — Agora vem a parte mais difícil.

Divorciaram-se em abril de 1980. A casa foi vendida por uma boa quantia, que os dois dividiram ao meio. Depois de um mês, Marla mudou-se com o corretor de ações para Chicago, onde ensinou História da Arte para alunos de administração, casou-se novamente, engravidou, teve um aborto, tornou-se inquieta, tornou-se entediada, enfrentou um difícil segundo divórcio e, então, viu-se de volta à tristeza, sozinha, não muito feliz, não totalmente miserável, o que lhe parecia ser a única maneira de viver.

David envolveu-se com sua psiquiatra. Durou seis semanas.
— Você é capaz de conseguir coisa melhor — disse Johnny. — Na verdade, estou surpreso que você tenha mesmo considerado a possibilidade. Ela é apenas uma intrometida *new-age*, invasora de mentes dopadas. Completamente pagã, também. Srta. Sabe-Tudo. Afirma que sou produto de sua imaginação. Agora, falando sério, a mocinha vai ter um choque e tanto quando souber o que espera por ela, no futuro!

David não disse nada. Aprendera a se desligar daquela conversa, a reconhecer sua origem em seu próprio coração e deixar que se dissipasse por si.

Agora sabia que, em vários aspectos, Marla estivera certa. Ele acreditara em sua própria visão das coisas e, no final, em diferentes graus de realização, aquela credulidade havia originado os fatos. Sentiria falta dela para sempre. Nunca abandonaria a esperança. Beberia muito, fumaria muito, daria pouquíssima importância às conseqüências. Nunca mais voltaria a se casar. Até o último dia de sua vida, e talvez muito além disso, lamentaria sua falta de coragem, que também era falta de imaginação, a incapacidade de acreditar em um final feliz.

Em 1987, Marla voltou para Twin Cities. David foi buscá-la no aeroporto. Ajudou-a a encontrar um apartamento, emprestou-lhe um sofá-cama e alguns pratos. — Espero que não seja caridade — Marla declarou.

— É afeto — David garantiu.

Continuaram amigos.

Uma ou duas vezes por ano, encontravam-se em um dos bares próximos a Darton Hall, falavam de suas vidas, desejavam boa sorte um ao outro. Nos reencontros da turma da faculdade, eram inseparáveis. Ficavam de mãos dadas, bebiam juntos e, às vezes, dormiam juntos. Distraído, como se nada jamais houvesse mudado, David às vezes se surpreendia a enrolar uma mecha de cabelo de Marla no dedo, ou a acariciar suas costas, enquanto falava de beisebol com um ex-colega de time. E, com Marla, era igual. Como um tranqüilo descanso. O par perfeito. Eles pareciam estar destinados um para o outro. Pareciam apaixonados. Pessoas que os conheciam bem, e até algumas que não os conheciam tão bem, perguntavam-se com freqüência o que deu errado.

22

TURMA DE 69

Tarde da noite, caíram tempestades a oeste de Minneapolis, com raios, trovões, chuva forte e granizo. O vôo de Marv Bertel fora adiado em uma hora e meia. Para passar o tempo e facilitar as despedidas, Spook levou-o a uma cabine de fotografias instantâneas, em frente ao portão de embarque. Era um tanto apertado. Spook fechou a cortina, esgueirou-se para dentro, disse a ele que sorrisse para a câmara.

— Diga Samoa — ela ordenou.
— Samoa — Marv obedeceu.
— Algum dia.
— Algum dia — Marv disse, e o *flash* piscou.

Depois disso, sentaram-se em cadeiras de plástico, de braços dados, e observaram seus reflexos no vidro espelhado do aeroporto. Não havia nenhum sinal da tempestade que se aproximava. Era uma noite quente e úmida de sábado, 8 de julho de 2000, quase meia-noite, quase domingo, e o saguão estava quase totalmente deserto. Seis passageiros esperavam sentados pelo vôo para Denver. À esquerda de Spook, dois caubóis improváveis, vestindo camisas chamativas e chapéus Stetson, conversavam em voz baixa sobre o atraso, discutindo se deveriam ir para um hotel e tentar a sorte na manhã seguinte. À frente deles, uma senhora idosa e muito pálida cochilava, os lábios se movendo, à medida que ela resmungava enquanto dormia.

Spook suspirou e estendeu para Marv uma das novas fotos.

— Acrescente esta à sua coleção — disse.

— É exatamente o que vou fazer — Marv replicou.

— Nosso segredo, certo?

Ele a fitou com curiosidade.

— Dê-me uma pista. Que segredo seria esse?

— Samoa. Algum dia.

— Ah, algum dia — Marv repetiu. — Trata-se de um daqueles segredos profundos e escondidos... até mesmo de mim.

— Você não acredita?

— Receio que não.

— Nem mesmo por alguns minutos?

— Não. Não posso.

— Bem — Spook declarou —, isso é um problema. Você não acredita em mim.

— Bem que gostaria.

— Então, acredite. Tente.

— Eu poderia tentar, claro. Acontece que você já me disse como a história termina. Coração partido, se não estou enganado.

— Eu disse isso?

— Você disse isso. Alto e claro.

— Com essas palavras? Diretamente?

— Praticamente, sim.

Spook refletiu por alguns segundos.

— Está bem, devo ter dito a verdade, mas isso não impede que exista um dia, um lugar. Quem sabe quando? Depois que eu mudar toda a minha personalidade. Quando eu tiver 800 anos.

— Talvez — Marv concordou.

— Só quero ter esperança.

Marv guardou a fotografia na carteira. A água da chuva, agora, escorria pelo vidro à sua frente. Os dois caubóis haviam saído para fumar; a pálida velhinha cochilava, resmungando no sono.

Depois que algum tempo se passou, Marv consultou o relógio e se levantou.

— Preciso telefonar para Sandra — disse. — Voltarei em um instante.

— Recomendações minhas à rainha.

— Claro — ele replicou. — Considere-as dadas.

Marv demorou apenas alguns minutos, mas, quando voltou, a noite tornara-se elétrica. Uma chuva feroz rugia horizontalmente sobre a pista de pouso e decolagem.

— Cancele o vôo — Spook pediu. — Vá amanhã.

— Hoje, amanhã, que diferença faz?

— Não é disso que estou falando. Tenho um pressentimento estranho, Marv. Não quero que embarque naquele avião.

— Que pressentimento?

— Fique aqui, mais uma noite.

Por alguns instantes, Marv não disse nada. Ocorreu-lhe que ainda não era um velho, que ainda poderia tentar outra dieta, outra vida, abandonar Sandra, vassouras e infelicidade eterna. Também lhe ocorreu que ele havia bebido muito naquela noite.

— É o seguinte — começou. — Se eu acreditasse que existe a menor esperança, eu poria você dentro de minha mala agora mesmo. Compraria uma passagem para Deus sabe onde. Mas sei que não é possível. — Encarou-a. — Quer saber por quê?

— Quero.

— Porque você é Spook. Porque eu sou Marv.
— Vai embarcar naquele avião?
— Se eu couber.
— Meu Deus, você não ouviu o que eu disse? É um mau pressentimento. Estou falando sério.
— Sim, eu ouvi — Marv respondeu.

Pouco depois de meia-noite, enquanto a tempestade se aproximava, Jan Huebner, Amy Robinson e Marla Dempsey continuavam sentadas nos degraus do alojamento, exaustas, desanimadas, um pouco agitadas, um pouco deprimidas, relutantes em subir para os quartos.
— Ora, as coisas mudaram — Jan declarou. — Se fosse antes, pediríamos uma pizza e passaríamos cantadas no entregador. Agora, passamos creme no rosto e assistimos ao programa do David Letterman.
— E navegamos na Internet — Amy Robinson acrescentou.
— Sou humana? — Marla indagou.
— Sim, é — Amy afirmou.
— O que precisamos — Jan disse — é de um ser humano do sexo masculino. Eu me contentaria com apenas uma parte de um homem, agora.
— Bem, ouçam — Marla insistiu. — Se sou humana, o que há de errado comigo? Por que não consigo amar ninguém?
— Consegue, você ama — Amy falou. — Você ama David.
— Mas não estou *apaixonada*.
Jan resfolegou.
— Amarre-o. Faremos uma fita demo.
— Sim, claro — Amy aprovou e riu alto.
No instante seguinte, a temperatura pareceu baixar dez graus de uma só vez. Um vento forte soprou, então vieram os relâmpagos, seguidos por um vento ainda mais forte. Por último, a noite foi esmagada pela chuva e pelo granizo.
— Meu Deus — Jan gemeu. — Vou gozar!

* * *

Do outro lado do *campus*, Dorothy Stier e David Todd procuravam por comida. Iam de mesa em mesa, devorando uma grande variedade de sobras.

— Sou vegetariana, sabia — Dorothy dizia —, por isso preciso ter cuidado. Esse frango com estragão, por exemplo, não vou comer de verdade, apenas um pedacinho.

— Você é muito caxias — David comentou.

— Triste, não? Uau! Por que estou tão faminta?

— Deficiência protéica — David respondeu. — Os ácidos são os responsáveis.

— Ah...

— Trata-se de um fato histórico.

— É claro que é um fato. Isso é *crème brûlée*? Só vou provar. Não me deixe comer demais.

— Coma de uma vez!

Dorothy comeu uma coxinha, meio peito.

— Nosso banquete pessoal — disse. — Deveríamos usar babadores. Trajes formais. Meu Deus, isso é mesmo *crème brûlée*... Sabe, David, eu estava pensando... O que aconteceu com a Guerra Fria? Kruschev? Onde ele pode estar, agora? Você esteve no Vietnã, certo?

— Sim, estive — David respondeu. — Não encontrei Kruschev.

— Bem, é claro que não o encontrou. Aposto que o covarde fugiu. — Dorothy virou-se para fitá-lo. — Sinto muito por sua perna.

— Sim, obrigado.

— Perdi uma teta.

David assentiu.

— Sei disso, querida, e sinto muito por isso.

— Perdi tudo, inteiro. Em um momento, eu tinha dois belos seios, no momento seguinte, era esta republicana assimétrica.

— Eu vi. Você me mostrou.

Dorothy franziu o cenho. — Eu disse teta? Não conte a Ron que eu disse teta, teta, teta.

— É claro que não. Informação confidencial, Dorothy.

— Não que eu sinta vergonha. Ele é rico, sabe? Estou falando de Ron. É maníaco por tênis, maníaco por controle, adora seu jardim. Juro que é verdade, que não estou exagerando: ele apanha folhas secas com as próprias mãos, uma por uma. Ótimo pai. Abdome liso, muito limpo. Recusa-se a sequer falar de minha teta amputada. Apaga as luzes, finge que tenho 21 anos. Ora, estou mesmo faminta. — Limpou uma colher no vestido vermelho de festa, colocou *crème brûlée* em um prato e sentou-se no chão para comer. — Está quente aqui dentro, ou estou me sentindo mal?

— Está quente — David garantiu.

— E esse barulho? É trovão?

— Acho que sim.

— Trovão? Ora, isso é bom! — Ela limpou a boca com um guardanapo e encarou David. — Sente-se, pelo amor de Deus. Ajude-me com este delicioso *brûlée*. Traga um pouco de manteiga.

David agachou ao lado de Dorothy, e eles se revezaram com a colher. A chuva era forte, agora. Os relâmpagos faziam o salão de banquete se iluminar de branco azulado.

— Agora, falando sério — Dorothy começou. — Um dia, digamos há muito, muito tempo atrás, em nossos tempos de faculdade, eu era bastante atraente, não era?

— Atraente não faz jus à verdade — disse David. — Você era espetacular.

— Obrigada. E estive pensando... Dê-me uma opinião honesta, não omita nada. Acha que eu deveria ter deixado Billy... Como posso dizer? Vou sussurrar. Está pronto?

— Pronto.

Dorothy engoliu seco, passou a língua pelos lábios e inclinou-se para ele.

— Não faça como Ron, não "enrole" — disse. — Acha que eu deveria ter deixado Billy me levar para o Canadá? Transformar-me na sra. Benedict Arnold? Não se atreva a mentir.

— É uma pergunta difícil — David admitiu.

— É claro que é difícil. É exatamente por isso que estou perguntando. Mas não consegui. Parecia o fim do mundo. O fator conforto pesou. E eu era jovem. Embaraçoso, sabia? Minha família, a maneira como fui criada. Não se faz isso. Sei o que todos pensam de mim: Jan, Amy e os outros. Pensam que sou uma daquelas madames idiotas que freqüentam clubes de campo, que têm horror a sexo oral. Mas não sou. Sou ardente. Sou inteligente. Sei ler francês, já tive um corpo excelente, quase perfeito, e não vejo por quê... Bem, fiz uma besteira? Afinal, você não fugiu da convocação.

— Provavelmente, deveria ter fugido — David murmurou.

— Não é verdade. Não diga isso.

— Está bem, esqueça o "provavelmente". Eu, definitivamente, deveria ter fugido. Não há a menor dúvida quanto a isso.

— David, você é um herói, é um dos...

— O que eu sou — David interrompeu-a — é apenas um monstro divorciado, infeliz e drogado.

Dorothy sacudiu a cabeça com ar infeliz.

— Tenho a mais absoluta certeza de que você não acredita nisso de verdade. Ah, esse *brûlée!*

— Acredito, sim.

— Impossível. E quanto a mim? Acha que cometi um grande erro?

— Sim, cometeu.

— Cometi?

— Bem, eu não estava no seu lugar para saber, mas é o que me parece.

Dorothy suspirou.

— Um erro. Billy me amava, certo?

— Sem dúvida.

— E, agora, ele ama Paulette. Olha para ela exatamente como costumava olhar para mim.

— É mesmo?

— Não me deixe chorar.

— Está bem, não deixarei — David prometeu.

De repente, Dorothy pareceu lembrar-se de algo.

— David, você disse "sexo oral" há pouco?

— Não, foi você quem disse, Dorothy.

— Eu?

— Exatamente.

— Eu disse isso?

— Com certeza.

— Ora, vejam... — Dorothy sacudiu a cabeça e ergueu os olhos para as janelas. Suas pupilas haviam desaparecido.

— E é granizo o que estou ouvindo?

— Granizo de ácido — David respondeu.

— Alto, não?

— Sim, muito.

Ouviram o ruído do granizo, da chuva e dos trovões, observaram os relâmpagos iluminarem as janelas. Após algum tempo, Dorothy disse:

— Sou feliz, sabe? Tenho um Volvo. Na verdade, são dois.

Em um quarto de hotel, no centro da cidade, Ellie Abbott estava deitada sozinha, na noite quente e úmida de julho. A televisão estava ligada na CNN, mas ela assistia a outra coisa: um dentista morto, um bando de mergulhões. Eram 12h12. Mark deixara o hotel duas horas antes. A mala dele se fora. O bilhete que ele deixara era breve e nada promissor. O que mais doía em Ellie agora, entre muitas outras coisas, era o fato de ela realmente amar o marido, como sempre amara, e também o fato de ela não compreender por que havia arruinado sua vida de maneira tão sistemática. Tamanha estupidez a chocava. A traição a si mesma também. Deu-se conta de que, na verdade, seu romance com Harmon fora apenas uma experiência, um meio de testar a teoria de que ela era mais ou menos bem casada, mais ou menos satisfeita, mais ou menos uma mulher de sorte. Ellie não conseguia chorar, nem conseguia dormir. A chuva e os trovões não ajudavam e, após alguns momentos, ela pegou o controle remoto e pôs-se a trocar de canal, sucessivamente: um programa sobre decoração de ambientes, a previsão do tempo, um comercial da Firestone, o terremoto em Lisboa, o Hindenburg em chamas, Mark mordendo as flores brancas presas à sua blusa, Harmon se afogando, um evangélico com olhos sem cor definida, gargalhada profunda e sotaque texano.

No mesmo hotel, dois andares abaixo, Billy McMann e Paulette Haslo pediram champanhe e salada de lagosta ao serviço de quarto. Estavam na cama, sentados de pernas cruzadas, nus e à vontade. Haviam feito amor duas vezes nos últimos quarenta minutos. Agora, enquanto esperavam pela comida, discutiam momentos decisivos da vida. Concordaram que uma vida humana praticamente se apaga no instante em que é vivida. Também concordaram que da soma de seus tempos na terra, que passava de um século, somente umas poucas horas sobreviviam na memória.

— É o que decidimos que fica gravado — disse Paulette. — Quando dizemos sim, quando dizemos não. Essas escolhas obrigatórias que fazemos. Casar, descasar. Como quan-

do invadi a casa daquela pobre mulher, todas as conseqüências, e, agora, nem sou mais uma pastora. E quando você foi para o Canadá. É isso o que faz a vida ser vida, porque esquecemos tudo mais: almoços, novelas, férias, quase todas as conversas telefônicas que tivemos. Grandes períodos de tempo. É como se não usássemos nossa própria vida.
— Esta noite — Billy disse — não será esquecida por nós.
— Não. Nem a tempestade. Ouça.
— Quer que eu apague as luzes?
— Ainda não.
Billy estendeu os dois braços, ergueu os cabelos de Paulette para longe de seu rosto.
— Não sei bem como dizer isso. Talvez não devesse. Se você realmente quiser, pode continuar sendo pastora. De uma congregação pequena. Salário baixo.
— Billy e filha?
— Isso mesmo, só nos dois. Três.
— Como é o presbitério?
— Presbitério?
— Sua casa, Billy. Imagino que esteja procurando por uma pastora que possa residir no emprego.
— Sim, estou — ele disse e riu.
— E quanto a Dorothy?
Billy afastou as mãos.
— Conhece a história?
— A maior parte. Não tudo.
— Vou precisar das luzes apagadas, para lhe contar.
— Então, apague — disse Paulette.

À 1h20 da madrugada, quinze minutos depois do final da tempestade, Marv Bertel tomou Spook nos braços, apertou-a contra si por um longo momento e, então, sorriu, deu-lhe um tapinha nas nádegas e embarcou no vôo 878 da

United, com destino a Denver. O avião estava quase vazio. Ele se sentou junto à janela, afrouxou a gravata e fixou os olhos na pista escura e molhada. Viajar de avião nunca o amedrontara, mas, desta vez, assim como Spook, ele tinha uma sensação maligna com relação àquele vôo: como um código rítmico na boca do estômago. Marv retirou um frasco de *bourbon* do bolso do paletó, bebeu um longo gole, mais um e, então, apertou o cinto de segurança e recostou a cabeça. Decidiu que não participaria mais de reencontros. Muita provocação, pouca recompensa. Reviviam os velhos tempos, só que muito pior, pois ele não era mais um jovem aluno de faculdade, e porque era difícil ter esperança, e porque as complicações acabavam cansando um homem. Spook era Spook. Inatingível.

E de que adiantava?

Coração doente, artérias entupidas, mais alguns poucos anos, e ele também se tornaria um fantasma.

O *bourbon* alisou as rugas de sua mente e, durante algum tempo, Marv viu rostos conhecidos desfilarem à sua frente: Billy, Jan, David, Ellie, Marla e todos os outros, todos eles gastos pelos efeitos do tempo. Difícil acreditar, pensou. Trinta e poucos anos. Mais difícil ainda era acreditar que não fora há cem anos, ou mil. Vassouras e esfregões, dois casamentos fracassados, pouco para exibir como resultado disso tudo: apenas uma cintura de 1,30 metro, problemas cardíacos e uma hipoteca liquidada. Culpa dele, claro, mas parecia impossível que pudesse ter desperdiçado a vida, atirando-a em um balde de mentiras, preguiça, gula, fantasias e jogos de paciência na madrugada. Sempre pretendera se reformar, na semana seguinte, no ano seguinte, mas, de alguma maneira, seus cromossomos conspiravam contra ele. Quando se vê preso na armadilha de uma vida que despreza, um homem começa a levar tudo para o plano pessoal. Começa a acreditar que merece tudo aquilo. E era como ele se sentia agora. Sentia-se desistindo. Para o inferno com os Vigilantes do Peso. Para o inferno com seu coração.

Bebeu mais um gole de seu frasco e ouviu a comissária de bordo dar instruções alegres para casos de emergência. Os dois caubóis de plástico haviam reaparecido, acomodando-se nos fundos do avião. A velhinha pálida e senil cochilava do outro lado do corredor, de volta à terra dos sonhos, mais velha que o mundo.

Marv apagou a luz de leitura e fechou os olhos.

Bem, ele pensou, e então Spook Spinelli sentou-se a seu lado.

— Veja isso — ela disse.

Amy, Jan e Marla abrigaram-se em seu alojamento. Tomaram banho, vestiram pijamas e se reuniram no quarto de Amy.

Minutos depois, a tempestade cessou, tão abruptamente quanto havia começado. Amy apagou as luzes. As três se deitaram, atravessadas na cama, partilhando um cobertor, de frente para a chama de uma pequena vela verde.

— Ouçam uma idéia interessante — Amy falou. — Bem aqui, nesta cama, temos três autênticos símbolos sexuais. Homens: zero. O que está acontecendo, afinal?

— Lamentável — disse Marla.

— Correção — protestou Jan Huebner. — Dois símbolos sexuais, uma pateta. — Ela acendeu um cigarro e expirou a fumaça tossindo. — Não que eu vá perder as esperanças.

— Sem filhos, também — Amy acrescentou. — Nós três.

— Triste — Marla comentou.

— Talvez seja triste, talvez não — Amy refletiu. — Mas é um enigma. Trinta anos atrás, quem teria imaginado que três mulheres incríveis como nós, totalmente ardentes, férteis como solo de plantação, quem imaginaria que terminaríamos sozinhas? Sem filhos, sem homens?

— Eu — Marla declarou. — Eu imaginei.

— Certo — Jan murmurou —, mas você não é humana.

— Não foi isso o que eu quis dizer — Marla corrigiu. — Foi apenas uma figura de linguagem. — Tirou uma tragada do cigarro de Jan. — Diga a verdade. Eu sou?

— Humana? — Jan indagou.

— Sim — Marla confirmou.

— Quase — Amy respondeu. — Exceto pelo alumínio.

— Eu havia me esquecido — Jan falou. — Esse coração de alumínio que ela tem faz as pessoas subir nas paredes. — Deu um tapinha no braço de Marla. — Chega de besteira. Você é humana. Mas vou lhe dar um conselho. Não quero pressionar, mas, se fosse você, sairia agora mesmo à procura de David. Dê a ele algo que o faça lembrar de você. Mulheres feias como eu não têm segundas chances. Ataque. Faça o garoto gemer. — Seja pervertida — Amy sugeriu. — Depois, mande-nos um vídeo.

Marla observou a chama da vela.

— Onde ele está, neste exato momento?

— Isso não é problema — Jan declarou. — Está fritando o cérebro com Dorothy. Vá até lá. Vejo você daqui a cinco anos.

— Não sei — Marla hesitou. — Tenho medo. E se não der certo?

— E se der? — Amy retrucou.

Marla esperou um segundo, abraçou Jan, abraçou Amy, e saiu.

O quarto mergulhou no silêncio.

— Bem, garota — Amy disse. — Agora, somos apenas você e eu.

* * *

A três quilômetros dali, em um quarto de hotel do centro da cidade, Ellie Abbott tinha seus pesares pastoreados por um evangélico da televisão, um homem barrigudo, de pele pastosa, olhos sem cor definida e um rosto grande e indistinto, e papada enorme.

— Vamos, todos — ele dizia. — Quero que todos vocês com grandes problemas se levantem do sofá, da cama, onde quer que estejam agora. Todos os insones. Todos os pecadores: maridos enganados, psicóticos, adivinhos, cegos de amor. Quero que se aproximem da televisão. Estendam as mãos. Passem os braços em torno de mim, abracem bem apertado.

Os olhos do homem, transparentes como água, exibiam um brilho divertido, charmoso, estranhamente familiar. Ele pareceu piscar para a câmara.

— Estou falando com você — ele disse —, linda flor.

Dois andares abaixo, Billy McMann acabara de delinear a história de seus anos em Winnipeg.

— Como você disse antes — falou a Paulette Haslo —, o que escolhemos é o que somos. Tudo mais é levado para longe. Todas as bobagens tediosas e sem importância. — Ele riu. — Devo soar pretensioso.

— Um pouco — concordou Paulette.

— Não vou falar mais.

— Não, você tem o direito de ser inteligente. O que está dizendo é como eu ter me sentado em seu colo, esta noite. Foi uma escolha, obviamente, e muito boa.

— Sim, isso mesmo.

Paulette pousou a cabeça no peito de Billy. Respirou fundo. Nunca havia amado de verdade antes.

— E este momento — disse — pode ser uma dessas vezes.

— Pode ser.
— Estou perdida, Billy. Não se importa por eu estar confusa? Há poucos dias, pensei que minha vida houvesse terminado. Honestamente, foi o que pensei. — Ela se sentou no escuro. — E se arruinarmos isto?
— Não faremos isso.
— Devemos nos casar?
— Tudo bem.
Paulette riu e disse.
— Só tudo bem?
— Tudo ótimo — Billy corrigiu-se.
— O que Dorothy vai dizer?
Billy deu de ombros.
— Ela vai dizer "Ah".

A oito quarteirões e meio do *campus* de Darton Hall, em uma velha casa de tijolos aparentes, na Summit Avenue, o vice-governador de Minnesota ficara acordado até tarde, tomando leite, reavaliando seu futuro político. A tempestade o acordara quarenta minutos antes. Ele havia descido até a cozinha, enchido um copo de leite desnatado e, então, durante quase uma hora, ficara parado na janela, observando a chuva forte, o granizo e os relâmpagos.
Agora, o temporal se fora para o leste. As estrelas surgiam. Havia uma lua amarela.
No entanto, mesmo no sossego do silêncio noturno, o vice-governador sentia-se inquieto, pouco à vontade com a história. Trinta anos antes, havia trocado um sonho por outro. Havia hipotecado amor, idealismo e boa parte de sua juventude, escolhendo a política em vez do romance, rompendo o noivado com uma colega de classe adorável, dona de um coração enorme. Explicara a ela de maneira convincente, ao menos era o que ele pensava, que a vida de mis-

sionário simplesmente não era para ele, que ele precisava estar no centro dos acontecimentos, precisava de movimento e, por mais que a amasse, por mais que doesse dizer aquilo, não conseguia se imaginar apodrecendo em algum vilarejo atrasado no Peru.

— Muito prático — ela dissera, nada mais.

E seguira adiante para se tornar uma missionária luterana. Ele se tornara um homem influente. A vergonha nunca o abandonara. Nem durante os quatro tediosos anos como organizador do partido, nem depois, nos cinco anos como presidente do partido, nem nos oito anos em que atuou no senado, e, nos seis, os melhores anos, como secretário de Justiça.

Agora, um vice-governador em seu segundo mandato.

Sucessor legítimo, como gostava de pensar, mas, na verdade, era menos que legítimo. Cinqüenta e três anos de idade. Sempre na sombra. Não um fracassado, ainda não, mas mesmo assim uma dama de honra da política: apanhando buquês, fazendo brindes, sorrindo, dando e recebendo tapinhas nas costas, sempre cheio de esperança.

Pouco depois de 1h45 da madrugada, o vice-governador enxaguou seu copo, foi até o telefone e começou a discar.

Então, riu de si mesmo.

Disse:

— Peru.

Em seguida, desligou o telefone e voltou para a cama. Era um homem realista. Sabia que, pela manhã, aquele deslize sentimental seria história.

— O que estou pensando neste exato momento — disse Dorothy Stier — é que poderíamos usar mais um daqueles... Como você os chama?

David riu.

— Mata-borrão — disse. — Creio que não devemos abusar da sorte.

— Imagine, estou em excelente forma.

— Mas é fácil ter problemas. É sua primeira vez, não é?

— Pode ser, pode não ser.

— Seja como for, já tomamos o suficiente.

— Desmancha-prazeres — Dorothy resmungou. — Se não for legal comigo, vou chorar. Acredite, sou capaz.

David voltou a rir e estendeu a ela o cigarro que fumara até a metade. Quarenta e cinco minutos antes, a tempestade cessara e, agora, os dois jaziam no chão do salão de banquete. Seus corpos pareciam flutuar. As paredes se moviam. Eram quase duas horas da madrugada.

— A esta hora — disse David —, chorar seria ridículo. Fale-me sobre seus Volvos.

— Os gêmeos! — Dorothy gritou. — E vejamos... Ah, meu Deus! Aqueles dois filhos maravilhosos que tenho, e rios de dinheiro, e dois clubes de campo, e aquela casa enorme, na qual eu ainda me perco. Ah, David, não quero voltar para casa. Nunca mais.

— Não quer?

— Não. Tenho câncer, sabia?

— Sim, você me mostrou.

— Mostrei?

— Claro.

— Oito nódulos.

— Oito. Eu me lembro.

— Você é muito atencioso. Oito. Que número horrível! — Dorothy emitiu um som estrangulado, como se tentasse engolir algo estragado. Não chorou. Após um momento, riu.

— Sei que parece loucura, mas tenho certeza de que não tiraram tudo. O câncer, ainda está dentro de mim. Aqueles minúsculos pedacinhos... Estou drogada? Aqueles minúsculos pedacinhos, milhões deles, todos de cores diferentes. E posso sentir, David. É como uma alergia, só que em meu sangue, esquentado, provocando coceiras. É câncer, com certeza. E, se eu for para casa... Não quero ir para casa. Não quero, ponto final. — Dorothy atirou o cigarro aceso no teto e observou-o cair em espiral na escuridão. Pareceu demorar horas para chegar ao chão. — Quase deixei Ron, sabia? Há alguns anos, dois ou três, cheguei muito perto disso. Foi por um triz... Ron adora essa palavra. Triz! Ei, estou mesmo drogada, não estou?

— Sim, está — David confirmou.

— O que aconteceu foi que meu vizinho intrometido me dissuadiu de ir embora.

— Talvez você não quisesse ir.

— Quem sabe? — Ela se tornou pensativa. — Importa-se se eu fizer uma pergunta extremamente estúpida? Tanto faz, pois vou perguntar de um jeito ou de outro. Mas, antes, quero que me faça um favor. Passe um braço em torno de meus ombros. Abrace-me por um minuto.

Ele a puxou para si.

— Gostoso — Dorothy murmurou e ergueu os olhos para ele. — Não estou falando como se fosse sexo.

— Sei disso.

— Bom. Fico contente.

— Eu também.

— Não supercontente. Agora, lá vai minha pergunta estúpida. Nesses reencontros, David, alguma vez você olhou em volta e se perguntou quem não chegaria vivo ao próximo? Como aconteceu com Karen e Harmon? É horrível, eu sei, mas às vezes não consigo evitar. Olho para os rostos, começo a especular.

David deu de ombros e disse.

— Não, eu não faço isso.

— Nunca?

— Não assim.

— Pois eu faço — disse Dorothy. — Eu costumava achar que seria o pobre Marv, ou talvez Jan, ou mesmo você, com todas essas drogas, o cigarro, o problema da perna... Mas, agora, tenho certeza... Espero estar errada, naturalmente, mas não acho que vou aparecer, daqui a cinco anos. — Ela fechou os olhos. — Às vezes, eu vejo o câncer. Já lhe falei daqueles pedacinhos?

— Já, milhões deles.

— Isso. Pontinhos minúsculos. Muito vivos.

— Vivos?

— Não estou inventando nada disso. Eles estão em meu sangue. — Dorothy voltou a emitir aquele som estrangulado, como se fosse chorar, mas sua voz tornou-se mais animada. — Meu vizinho diz que estou condenada. Disse que não tenho mais que dois anos.

— Ele é médico? — David inquiriu.

— Assassino. Aposentado, eu acho, mas é complicado. A questão é que ele pode estar certo.

David sacudiu a cabeça.

— O homem é louco, Dorothy. Não dê ouvidos a ele.

— Não tenho certeza. É um sujeito estranho, de fato. Mas algo nele, na voz dele, na maneira como olha para mim... Faz com que eu preste atenção, faz com que eu enfrente as coisas. É o tempo, eu acho. Como usá-lo. Estou contente por termos feito isso esta noite. — Beijou a orelha de David. — Nos tempos da faculdade, acho que eu era um pouco... Ajude-me a encontrar a palavra.

— Rígida? — ele sugeriu.

— Não, eu não diria rígida.

— Chata?

— Chata! Sim, "chata" expressa a idéia. Sou a primeira a admitir... — Ela se empertigou e levou um dedo aos lábios. — Que barulho foi esse?

Dorothy sentou-se.

— Aquele barulho — disse. — Você não ouviu?

— Não.

— Atrás de nós, eu acho. Na porta.

— Não é nada.

— Ah, é, sim — Dorothy retrucou e riu. — Marla, eu aposto. Aposto qualquer coisa.

Um instante depois, Marla Dempsey entrou. Acendeu as luzes, estudou a cena por alguns segundos e, então, baixou os olhos para os próprios pés. Vestia pijama e pantufas.

— Desculpem — disse. — Se estou atrapalhando...

— Você não está atrapalhando — Dorothy garantiu.

Marla virou-se para sair.

— Não — Dorothy a impediu. Então, levantou-se, foi até a porta e segurou o braço de Marla. — Querida, não há problema. Eu estava saindo para voltar para casa. Marido, você sabe como é. Já me atrasei demais.

Dorothy pegou a bolsa, beijou a testa de David, beijou Marla.

— Espero que não pretenda dirigir — David falou.

— Não, não. Vou a pé. Estarei em casa antes do amanhecer. — Foi até a porta, parou e virou-se para Marla. — Você tem um ex-marido muito meigo. Bonito. Um perfeito cavalheiro. Sem uma perna, é claro.

— Já percebi — Marla murmurou.

— Cuide dele, sim?

Marla assentiu e disse:

— Veremos.

* * *

Voando alto sobre Nebraska, Marv Bertel e Spook Spinelli reclinaram seus bancos, fecharam os olhos e ficaram ouvindo o zumbido das grandes turbinas do 737. Haviam sido dois dias estressantes, às vezes divertidos, às vezes insuportáveis. Agora, um misto de cansaço e melancolia da meia-idade havia se estabelecido. Spook tentou dormir, então desistiu e brincou com a aliança de casamento de Marv. As luzes da cabine haviam sido diminuídas, as comissárias de bordo cochilavam, e os motores produziam um ruído sonolento, que parecia vir de outra vida.

Do outro lado do corredor, no escuro, a frágil velhinha resmungava em seu sono.

Dois caubóis se acariciavam no fundo do avião.

Depois de muitas milhas, Spook disse:

— Querido, estou bem. Quando chegarmos a Denver, vou lhe dar um grande abraço, dizer adeus, e pegar um vôo de volta a Twin Cities. Não se preocupe comigo.

— Não vou me preocupar — Marv disse. — Mas e seus maridos? Eles não se preocupam?

— Sim, sem dúvida. Acho que aprenderam a conviver com isso.

Marv esperou alguns segundos.

— O que foi isso, afinal? Refiro-me a você ter embarcado. É a sua nova política "voe com Marv"?

— Já lhe disse.

— Diga de novo.

— Foi aquele pressentimento que eu tive. — Spook lançou-lhe um olhar rápido e embaraçado. — Não sei explicar. Foi um sentimento triste, mórbido. Muito estranho, assustador. Como se eu tivesse certeza de que o avião fosse cair.

— Então, por que embarcou?

— Ora, por favor! É óbvio.
— Para você, pode ser. Por quê?
— Porque, assim, isso não poderia acontecer — Spook explicou. — Porque nada pode me atingir, a menos que eu mesma me machuque. — Parou de falar e pareceu viajar para longe. — Talvez seja essa sua resposta.
— Meu Deus! — Marv exclamou. — Não fale assim.
— Desculpe, querido. Não posso evitar. — Ela olhou em volta, como se procurasse por alguma coisa para dizer. Então, deu um tapinha no cinto de segurança de Marv. — Poderíamos nos divertir um pouco.
— Poderíamos — Marv sussurrou —, mas temos companhia.
— Onde?
— Bem ao lado. A velha senhora.
Spook virou-se para o outro lado do corredor. Um par de olhos lacrimosos e atentos a fitavam.
— De fato — Spook cedeu —, mas ainda quero ouvir você dizer como vai me levar para Samoa ou Bangcoc, ou qualquer outro lugar romântico.
— Podemos providenciar — disse Marv.
— Estou esperando.
Do outro lado do corredor, a velhinha fechou os olhos, sacudiu a cabeça, fingiu adormecer. O problema estava fora de suas mãos. Nunca ninguém lhe dava ouvidos.
A oeste, Nebraska se tornava Colorado.
Adiante, estava a vastidão de Pawnee National Grassland.
— É bonito pensar nisso — Marv Bertel falou, afinal. — Pena que não vai acontecer, vai?
— Não — Spook respondeu. — Mas vamos sonhar.
Então, por algum tempo, eles fantasiaram, inventando finais felizes para eles. Lá embaixo, o imenso coração inconsciente da América parecia planar em sentido contrário, com

a terra negra, os pastos, jardins, campos de trigo, campos de beisebol, velórios, luzes solitárias, estradas desertas. Já era o nono dia de julho, domingo, pouco antes de 3 horas da madrugada, uma nova era, um novo século, e, tanto para Marv Bertel quanto para Spook Spinelli, o mundo turbulento de sua juventude havia se distanciado como uma ameaça inócua, ou uma promessa há muito esquecida. Nixon estava morto. Westmoreland se aposentara. A guerra terminara. Agora, havia novas guerras. Ainda assim, como acontecia com Spook e Marv, além de milhões de outros sobreviventes daqueles tempos, também haveria a fantasia de renovação essencial, de coisas esplêndidas ainda por vir.

Dorothy caminhava alegremente pela Snelling Avenue, apreciando a noite, carregando os sapatos, animada, alerta e conectada ao mundo. Viveria para sempre. Sim, porque na verdade, já fizera isso, e porque não era grande coisa, uma vez que para sempre era uma pequena parte do agora, uma poça para se pisar e deixar para trás, uma lua, uma calçada molhada, um vizinho aguando seus girassóis amarelos. Era tarde. Havia estrelas. Ela se perguntou se Ron conseguiria ácido. Provavelmente, não, mas... golfe ácido, *bridge* ácido.

Dorothy gritou: — Nódulos!

Amy Robinson e Jan Huebner estavam deitadas lado a lado na cama de Amy, observando espirais de fumaça de uma vela já apagada. Estavam planejando uma viagem, em agosto, para Las Vegas. — Sua sorte, minha beleza — Jan dizia. — Como pode dar errado?

Amy disse: — Vamos quebrar a banca!

De pijama e pantufas, Marla Dempsey conduziu David Todd para o outro lado do *campus*. Eram pouco mais de 3 horas da madrugada.

— Poderíamos nos sentar um pouco — Marla sugeriu, convencida de que tal proposta era ousada.

— Sim, poderíamos.

— Não posso prometer nada.

— Não é preciso. Vamos apenas nos sentar.

— Você está sóbrio, David?

Ele sorriu.

— Não muito. Quer experimentar?

— Não — Marla recusou. — Quero que você tente parar.

— Onde vamos nos sentar?

— Não sei — ela disse. — Na capela?

Às 3h11 da madrugada, Dorothy Stier estava no meio do caminho para casa.

O vice-governador de Minnesota dormia. Sua ex-noiva, uma missionária luterana, acabara de se levantar para tomar um sedativo.

Billy e Paulette dividiam um cigarro, fazendo planos, dizendo um ao outro quanta sorte tinham, como estavam apavorados e como tudo aquilo parecia um súbito, impossível e envolvente milagre.

— Como um ataque cardíaco — Paulette disse.

Billy replicou:

— Quase.

E ainda eram 3h11.

Nem dez segundos haviam se passado.

Marv e Spook estavam a quase dez mil metros de altura, sobre o nordeste do Colorado.

Um médico de Twin Cities e uma mãe de três filhos, que fora um dia uma estrela do basquete, brincavam de faz-de-conta em um quarto do primeiro andar do alojamento.

Três andares acima, Jan Huebner explicava a Amy Robinson como seu ex-marido, Richard, um tirano, um manipulador, uma maldição, uma infecção, uma dia acenara, sorrira e a deixara, sem dizer uma palavra.

— Por favor — disse Amy —, pare com isso.

A três quilômetros do *campus*, Ellie Abbott se preparava para o pior, mantinha acesa a chama da esperança pelo melhor. Não fazia idéia de onde encontrar o marido, ou se ele queria ser encontrado, mas, com o sábio conselho de um evangélico da televisão, Ellie concluiu que nada seria perdido se ela tentasse. Sua mala estava pronta. Dentro de poucas horas, quando o dia amanhecesse, ela deixaria o hotel, pegaria um avião para casa, entraria pela porta da frente e esperaria.

— Nunca se sabe — disse o evangélico.

Eram 3h11.

Spook indagou:

— O que é isso?

— O quê? — Marv inquiriu.

Vinte e seis segundos haviam se passado.

A velhinha pálida sibilava.

Marla Dempsey e David Todd sentaram-se nos degraus molhados da capela de Darton Hall. Marla perguntou por que ele nunca tentara conversar com ela sobre a guerra, o que ele vira, o que ouvira, o que passara às margens daquele rio terrível. David Todd fez o possível para explicar que era impossível lembrar-se da maior parte, tudo parecia embaralhado, e que o resto não merecia crédito.

— Eu acreditaria — Marla afirmou.

David sacudiu a cabeça e disse:

— Não, você não acreditaria.

— Tente — Marla desafiou.

David, porém, limitou-se a rir e consultar o relógio. Eram 3h11.

— Talvez, um dia — disse.

O despertador de Fred Engelmann tocou. Ele vestiu um roupão, saiu de casa, sentou-se nos degraus da entrada para ver o que a noite traria.

— Um dia — disse um médico para uma mãe de três filhos.

— Estou faminta — disse Jan.

— Um dia está bem — Marla concordou. Respirou fundo. — Amo você com toda a certeza. Só não posso me casar.

— É claro que não — disse David.

Billy perguntou:

— Acha que conseguiria dormir um pouco?

— Acho que sim — Paulette respondeu. — Mas por quê? Vamos telefonar para sua filha. Agora.

— Você vai gostar muito dela — Billy garantiu.

Dorothy deixou a Snelling Avenue, andando depressa, drogada, a seis quarteirões de casa.

Amy Robinson disse:

— Eu também, estou faminta. Preciso de panquecas.

— Bingo! — Jan concordou.

O som de gotas de chuva caindo vinha das árvores em frente à capela de Darton Hall.

O vice-governador virou-se dormindo.

Pawnee National Grassland continuava como era há séculos, plana e desolada.

Ouviu-se um ruído agudo.

— O problema — disse David — é que parte do que me lembro é muito idiota. Como, por exemplo, quando cheguei no país. Não sei como, não sei onde, mas, por alguma razão, eu havia perdido minhas chapas de identificação. Você sabe, aquelas ridículas plaquinhas de identificação. Em um momento, elas estão penduradas em meu pescoço, no instante seguinte, sumiram, e eu fiquei morto de medo. É como estar sem uniforme, sabe? E eu me lembro de estar chegando na Cidade da Morte, apavorado pela possibilidade de ser preso ou algo parecido. Sem brincadeira, ainda sonho com isso.

— David — Marla murmurou.

— Sim?

— Conte-me sobre o rio.

Ellie Abbott entrou no banho. Talvez fosse apenas sua imaginação, mas ela sentiu uma brisa de esperança agitar seus pensamentos.

— Querido — disse Spook.

Billy falava ao telefone com a filha, que disse:

— Verdade?

Amy Robinson e Jan Huebner estavam se vestindo. Jan dizia:

— Há aquela lanchonete que fica aberta a noite toda, na Grand Avenue. Eles têm panquecas deliciosas e garçons muito atraentes.

Dorothy Stier decidiu que poderia ser interessante sentar-se por alguns minutos na calçada.

Billy passou o telefone para Paulette.

— Talvez encontremos alguém interessante.

Johnny Ever observava o mundo através de olhos claros como água.

— Macacos — ele resmungou.

Marla disse:

— O rio, David, conte-me.

E David confessou:

— Não acredito em mim mesmo.

Dorothy olhou para as opulentas estrelas de verão.

— Querido — disse Spook.

E Harmon Osterberg chutou um melão para Ellie Abbott, e Billy queimou seu cartão de convocação, e Karen Burns avistou um recém-contratado professor de sociologia. Eram 3h11, madrugada de domingo, 9 de julho de 2000, mas sobre o campo deserto e flamejante de Pawnee National era julho agora, julho sempre.

— Talvez nós realmente encontremos alguém interessante — disse Amy.

— Não só talvez — Jan corrigiu, puxando Amy pela mão. — Siga-me, querida. Somos de ouro.